扫码观看视频

衡阳传

胡丘陵——主编
陈群洲——副主编

CNS PUBLISHING & MEDIA | 湖南电子音像出版社 · 长沙
Hunan Electronic And Audio-visual Publishing House

主　编：胡丘陵
副主编：陈群洲
撰　稿：（按姓氏笔画排序）
丁小平　木　亥　王雁鸣　邓　维　吕宗林　刘　阳
刘　洁　刘思进　江　子　旷立志　旷顺年　张文凯
张沐兴　阿　山　陈　曦　陈群洲　林新华　范　林
欧阳明勇　罗诗斌　胡丘陵　胡仲明　侯健康　黄　荣
蒋阳波　萧　萧　萧希求　景　耕　曾　散　谭崇恩

寿比南山　雁鸣衡阳

第三届湖南旅游发展大会

THE THIRD HUNAN TOURISM DEVELOPMENT CONFERENCE

2024·衡阳

南岳云海 罗盟 摄

目 录

CONTENTS

第二篇

一行大雁，增加了
衡阳的高度
——胡丘陵《回雁峰》

文 侯健康

衡阳航拍图 彭斌 摄

古城记

在湘南地区这片历史悠久、文化厚重的土地上，屹立着一座2000多年的古城，它犹如一位坚毅而慈祥的长者，静静地守护着岁月的流转与变迁。

这座城市的名字叫衡阳。“衡”乃量器，引申“均衡”之意，此处特指南岳衡山；“阳”意即山的南面或水的北面。“衡阳”之意就是坐落在南岳衡山南部的一座城市。

走进古城，美丽传说浩如烟海，人文历史罄笔难书。在这无际的瀚海中，笔者追随其崛起的轮廓与脉络，采撷几片闪耀的浪花，同读者朋友来一场古与今的对话，以期对这座古城有个概貌上的认知。

建 制

探究任何一个地域与社会形态的发展，建制无疑具有极其独特的标志性意义和引领作用。衡阳古城自秦汉始，西汉建武侯国，隋唐正式建制，距今已有2000多年的历史。追溯这2000多年崛起与发展的历程，展现在我们面前的是一条绵延不息、清晰可鉴的脉络，犹如一条奔腾不息的长河，在时光的隧道中闪射着耀眼的光彩。

秦汉交替时期，西汉高祖五年（前202年）始建酃县，县址在现珠晖区酃湖乡，西汉至隋朝酃县治现衡阳市珠晖区酃湖，后迁现炎陵县治。西汉末年，酃县西部设钟武侯国；隋唐正式建制，衡阳城廓初步形成。

三国时期，衡阳二郡分立，分别隶属于荆州湘东郡和衡阳郡，耒阳、常宁属桂阳郡。西晋初沿袭之，后析荆州、广州置湘州，现衡阳市均属湘州。东晋废湘州并其入荆州，先后设湘东郡、湘州，现衡阳市均位于其范围内。南朝宋齐梁陈四朝，仍设重安县、临蒸县、衡山县，南朝陈设新城县，湘州隶衡阳国；耒阳、衡东先后属桂阳郡、湘州；常宁均属湘东郡；现祁东刘宋时分属永昌、祁阳二县，隶湘州零陵国，齐梁陈三朝，祁东亦分属永昌、祁阳二县，属零陵郡。

隋开皇七年（587年），隋灭陈并改郡为州，并湘东、衡阳两郡为衡州，并临蒸、新城、重安为衡阳县，州、县城均设湘江东岸，这是历史上首次出现以衡阳命名的县。唐武德四年（621年），置衡州，复析临蒸、新城、重安三县，后重安、新城并入临蒸。开元二十年（732年），复名衡阳，为衡州治。天宝元年（742年），衡州改为衡阳郡。乾元元年（758年），复为衡州。五代十国时期，马殷在湖南创建楚国，衡阳为衡州地。

北宋时现衡阳市仍分属衡州与潭州，现衡山、衡东、祁东属潭州，南宋沿袭之。元朝确定行省制度，省下设路，改置衡州路总管府，现衡阳市分属衡州路总管府和永州路总管府，在衡州设湖南道宣慰司（后迁治潭州），隶属湖广行省。元贞元年（1295年）衡永郴桂诸路人民抗粮、抗丁，起义频繁，朝廷于衡州设行枢密院。

明清时期，置衡州府，隶属湖广行省。下辖衡阳、衡山、衡东、常宁、耒阳、安仁、炎陵、桂阳、嘉禾、蓝山、临武等县地。明朝中后期设雍王、桂王藩国，定都衡阳。雍正十年（1732年），桂阳州升为桂阳直隶州，府境南界北移至耒阳市、常宁市。明末清初顺治九年（1652年）十一月，在清统一战争中，大西军安西王李定国率军于衡州城郊伏击清军，阵前斩清定远大将军敬瑾亲王尼堪，史称“衡州之战”。康熙十五年（1676年），吴三桂曾在衡阳称帝，国号周，衡阳称应天府。

民国三年（1914年），衡阳废府存道，改衡永郴桂道为衡阳道。衡阳道所辖县仍如清代衡永郴桂道，治衡阳，辖湘南34县。民国二十五年（1936年），湖南设立行政督察区，衡阳先后属于第五和第二行政督察区；专员公署驻衡阳，辖衡阳、衡山、常宁、耒阳、攸县、安仁、酃县、茶陵。民国二十八年（1939年）春，因抗战湖南省政府自沅陵迁至耒阳，设水东江至竹市一带，秘书厅设杜陵书院（现耒阳一中）。民国三十一年（1942年），在衡阳县东华、雁峰、西

雁过衡阳 彭斌 摄

湖、石鼓、江东5镇和城郊的广福、奇罡、酃湖3乡区域设置衡阳市。民国三十二年（1943年）改衡阳市为省辖市。

1949年10月8日，中国人民解放军进入衡阳，设置衡阳专区。1952年，设湘南行署，辖衡阳市及郴州、永州部分县市。1954年，复置衡阳专区。1970年，衡阳专区改称衡阳地区，地市分置，地区设行政公署，管辖衡阳、衡南、衡山、衡东、祁东、耒阳、常宁7县，衡阳市升格为省辖市，管辖江东、城南、城北、郊区4个区。1983年7月，衡阳地区与衡阳市合并，实行市管县体制。衡阳市现辖衡阳、衡南、衡山、衡东、祁东5县，耒阳、常宁2市及珠晖、雁峰、石鼓、蒸湘、南岳5个县级区。

雁 说

纵览古今中外，还没有哪一座城市像衡阳这样与一种迁徙鸟类有着如此密切的关联。大雁是古城衡阳的文化图腾，衡阳雅称雁城，有一条路叫雁峰路，有一座山叫雁峰山，有一个湖叫雁栖湖，有一座庙叫雁峰寺，有一顶塔叫来雁塔，就连喝的酒也叫雁峰酒。大雁之于衡阳，有着太多的文化的芬芳，有着太多的意象的圣洁。

自古相传，极具灵性的大雁飞到衡阳，便栖息于此，不再南飞，于是便有了衡阳老少无数次吟诵的“北雁南飞，至此歇翅停回”的诗句。优越的地理位置、湿润的气候，是衡阳吸引大雁“歇翅停回”的天然优势，衡阳也便有了“雁城”这个诗意般的名字。

提到雁城，必然说到衡阳的一个与大雁息息相关的地标——回雁峰，谓之南岳衡山七十二峰之首，高95.4米，山色斑斓，风景宜人，为古代文人墨客纵情歌咏之胜地。山峰名字由来有二，一曰：北雁南飞，至此越冬，待来年春暖而归；二曰：山形似一只鸿雁伸颈昂头，舒足展翅，欲腾空飞翔。雁峰上修建了一座重在保护衡阳城风水的寺庙——雁峰寺，历代高僧在此传经布道，唐代“寿佛”留有袈裟于雁峰寺，寺内设有“寿佛殿”，这也成为南岳谓之“寿岳”的佐证。如今千年时光流逝，雁峰寺遂成名寺，人流不息，僧歌袅袅，香火鼎盛。

关于“衡阳”与大雁的绝世奇缘，更有一代名臣范仲淹的《渔家傲·秋思》中脍炙人口的佳句流传于世：“塞下秋来风景异，衡阳雁去无留意。”毛泽东评价范仲淹的这阕词：“介于婉约与豪放两派之间，但基本上仍属婉约，既苍凉又优美，使人不厌读。”

追寻衡阳与大雁在文学作品中的渊源，最早起自东汉的张衡。他在《西京赋》中写道：“上春候来，季秋就温，南翔衡阳，北栖雁门。”“南寓衡阳，避祁寒也。”这也许是他在叙述大雁的生活习性时，对“衡阳”与“雁”的一种偶然性组合。东汉应玚《侍五官中郎将建章台集诗》中亦云：“言我寒门来，将就衡阳栖。”就是在“雁栖衡阳”这样的背景下，“衡阳雁”成为一个具有象征意义的文化元素，随着时光周而复始的浸润，形成了一种多元价值的“大雁文化”。

第一次将大雁命名为“衡阳雁”的是魏晋南北朝的庾信，他在《和侃法师三绝诗》曰：“客游经岁月，羁旅故情多。近学衡阳雁，秋分俱渡河。”庾信出身于诗书门第，身处魏晋南北朝之乱局，奉南梁皇帝之命出使西魏。从此羁留北方，故国国破而不得归。在这首诗里，他把“衡阳雁”作为一种象征意象，所表达的是自己心灵世界中对故土的眷恋之意和“无国可归”的悲怆、伤感之情。从此，“衡阳雁”作为“乡愁”的代名词，濡湿了古代文人的离愁别绪。

衡阳特殊的地理位置，也给“衡阳雁”注入了一种新的意象。

雁峰广场夜景 彭斌 摄

《说文解字》曰："嶽，东，岱；南，霍；西，华；北，恒；中，泰室。王者之所以巡狩所至。"段玉裁《说文解字注》："南霍着，衡山也。在今湖南衡州府衡山县西北……王者所用至此而巡守也。巡狩者，巡所守也。天子适诸侯曰巡狩。"在古代，中原地区一向称南方地区为"南蛮""瘴气"之地，用作历代获罪贬谪的官员及其家属不得不千里奔赴之所。对于中原这个政治文化中心，他们在主观上肯定是万般不舍，但是皇命不可违。于是这个群体对离开政治中心的留恋，对个人黯淡前途的悲伤，对国家民族命运的隐忧……种种情绪哽塞在心，"衡阳"这个中途的驿站，便有了他们雪落大地的呢喃，"衡阳雁"也便成了贬谪之人失落悲凉之情的意象表达。唐朝诗歌大家宋之问因媚附张易之获罪，他在南贬衡阳之衡山途中，写下了《晚泊湘江》：“五岭恓惶客，三湘憔悴颜。况复秋雨霁，表里见衡山。路逐鹏南转，心依雁北还。唯馀望乡泪，更染竹成斑。”诗人匆忙赶赴贬所，漂泊流离，内心的孤苦落寞、悲戚消沉，溢于言表。这种悲怆之情，犹如寒冬的絮语，引起无数迁客骚人跨越时空的深深喟叹。

伴随着时代的发展、社会的进步，人们对于“衡阳雁”意象有了更深层次的解读——“归雁”。“归雁”意象是对我国传统文化思想精髓“天人合一”理念的深度诠释。唐朝宰相李绅有诗云：“衡山截断炎方北，回雁峰南瘴烟黑。”衡阳有着最适合大雁生存的自然气候条件，也为大雁归来提供了安居乐业的物质基础。衡阳民风淳朴、文化氛围浓厚，亦给大雁的归依赋予了天清气朗的社会环境，于是衡阳就成为了归雁的家。历代遭到贬谪的文人们一路南行，到了衡阳这个地方，更能感受到她海纳百川的温暖怀抱，给心灵世界里播洒了一份点点星辰的慰藉。

改革开放以来，衡阳发展迅速，城市面貌欣欣向荣。一座英姿勃发的“雁城”正以宽广的胸怀，喜迎四方“归雁”，“万里衡阳雁，聚力中心化”，一批院士、博士后安居雁城，致力衡阳建设。衡阳市历时八届衡商大会，“迎老乡，回家乡，建故乡”，神州大地数以千计的衡阳籍企业家齐聚雁城，共叙乡情，同谋发展，促成大批“衡商回归”标志性项目落地衡阳，“歇翅停回”由此古韵流香，春光璀璨。

地 理

古城衡阳自古人杰地灵，位于湘江、蒸水、耒水三江交汇之处，立于南岳衡山之南，钟灵毓秀、风景亮丽。在中国十大风水城市评比

大美衡阳 罗盟 摄

大美衡阳 罗盟 摄

中，衡阳市位居第七，给这座城市和这座城市的人们平添了更多的欢畅、悠闲与惬意。

衡阳地理环境优越，从经纬度看，处于地球比较适宜农业生产和人类居住的黄金地带，总体地势呈现出“周高中低、南高北低”的构造特点。宏观地貌以岗地、丘陵为主，山地、平原为次。四周山区海拔较高，森林资源丰富，成为境内主要河流的发源地。衡阳城位于盆地中央的地带，湘、耒、蒸三水汇流于此，形成冲积平原。这里地势平缓，土壤肥沃，水源充足，物产丰裕，交通便利，十分适合建城和人类栖居。正是优越的地理环境和适宜农耕的条件，让衡阳成为了原始人类的栖居地。

衡阳背靠南岳衡山，湖南省最大的河流——湘江穿城而过，山水相宜，衡阳便有了得天独厚的地理优势，被古人誉为一方风水吉地。相传唐代风水大师杨筠松路过衡阳，也为这里的自然风水所吸引，遂停留数日，留下诸多诗文盛赞此地风水格局俱佳。古衡阳曾有雁峰烟雨、花药春溪、东洲桃浪、岳屏雪岭、石鼓江山、朱陵仙洞、西湖白

衡阳高铁东站 罗盟 摄

莲、青草桥头等八景，被誉为“寰中佳丽”。

湘江、耒水河、蒸水河交汇于衡阳市中心城区，故自古就有“三道水口锁大江”之说，境内建有接龙塔、来雁塔、珠晖塔三座名塔，紧紧锁住三道河眼。第一道“水口”位于城市北部蒸水汇入湘江的石鼓山地带。石鼓山，形若半岛，自西而东伸延于江中，东南北三面临水，蒸水环其右，湘水挹其左，耒水横其前。石鼓山之得名，有两种说法。一是据《水经注》载：“山势青圆，正类其鼓，山体纯石无土，故以状得名。”二是此处三面临水、浪拍山崖，其声如鼓，故称之为石鼓山。石鼓山是一个登高远眺的好地方。为锁风水，固镇守之功，唐宋时期，人们就在半岛上建有观景亭——“合江亭”，并建有类似文昌阁的书院建筑，中国四大书院之一的“石鼓书院”位列其中。衡阳三大名塔之一的接龙塔，位于石鼓山不远之处的雁峰小西麓的接龙山上。传统性建塔一般都是通体建材，或木或砖，或石或铁，接龙塔是按“石三砖二”建的五层塔，实属全国罕见。

第二道“水口”位于城市北部蒸水汇入湘江的河流西岸的合江套三汲矶上，与石鼓山遥相对峙。为强化“出水口”的镇水功能，巩固衡阳城的风水，明代礼部尚书临武人曾朝节在此修建了一座宝塔，因其与回雁峰遥相对望，故名曰“来雁塔”。此塔系楼阁式空心砖石塔，坐北朝南，七级八楞，通高36米。塔的第一层东南设门，南向拱门上嵌有彭玉麟手书“来雁塔”横额的汉白玉碑一块。门内，端坐石佛一尊，塔内石级分两路盘旋，登临顶层。从第二层起塔身逐级递缩，塔的每层皆设有对称神龛，开两窗四门。塔檐为叠座，外壁饰石图案。拱门上有石质龙凤浮雕。塔角旧有风铃，塔上有铁顶，置相轮。整个塔的结构突出了明代的建筑特点。这一护佑风水而建的镇水佛塔，古朴沧桑，成为衡阳市一处醒目的古建筑景观。早在明代的

1637年，著名地理学家、旅行家和文学家徐霞客慕名而来，登临此塔第五层，极目远眺衡阳地形地貌，在《徐霞客游记》中留下了见证古城的履痕。2016年，衡阳市人民政府决定对来雁塔修缮后重新开放。经过几轮修缮的来雁塔已焕然一新，守护着衡阳这一方热土。

第三道“水口”位于城市北部耒水汇入湘江的河流交汇处的北岸。为了强化衡阳城的风水格局，不让财运、文运被水流带走，光绪丁酉年（1897年），清代安徽巡抚、衡阳人王之春（王船山八世孙）在二水交汇处的北岸不远处，修建了一座七层宝塔，叫珠晖塔。此塔耗白银6万两，费时13载建成，通高35米，八角七层砖石结构，正门有王之春手书的“珠晖塔”三字，以及撰写的三幅楹联，门正联“高峙船山远绵学脉，流回耒水广助文澜”。一层塔室的神龛正上方，有龙首石雕口含龙珠，呼风唤雨，镇妖压孽。塔内有石级旋梯，拱门还

衡阳市区航拍图 彭斌 摄

嵌有前清进士黄自元手书的大理石刻碑文。珠晖塔与来雁塔隔江相望，互为犄角，镇锁风水，永葆山清水秀之灵脉。

南岳衡山被认为是朱雀的化身，它以衡阳市雁峰区回雁峰为首，以长沙岳麓山为足，绵延800余里，其主峰为衡阳市南岳区的祝融峰，海拔高度1300.2米。南岳衡山历史文化底蕴厚重，素以“文明奥区”“五岳独秀”“佛道胜地”闻名天下。南岳衡山是中国历史上四次南渡——晋室南渡、宋代南渡、南明王朝南渡、现代抗日战争南渡——形成的一个文化、政治中心地域，在中国文化史上具有重要地位。

衡阳城，拥有着风水学说中常说的“以山为骨架，以水为血脉，以草木为毛发，以烟霞为神采”的环境，即一个典型的依山水而兴建而成的人居环境，也就是所谓的“山水城市”。这座“山水城市”如

今也正迈着雄壮的步伐，响应着“天人合一”的低吟浅唱，再度焕发出灵动的生机和活力。

人文

衡阳历史悠久，文化底蕴深厚，作为中华文明的一脉，是湖湘文化的发源地，既集聚了中华文明的普世价值，又彰显了地域文化的个性特质，洋溢着农耕文明与湖湘文化共生共融的浓郁清香。

衡阳是“农耕文化”的重要发祥地。原始氏族选择了这一块沃土，集聚栖居，形成了一座历史悠久的农耕城市。伴随着男耕女织的农耕生活，这里也自然形成了别具特色的农耕文化。从远古传说中可以看出，嫘祖、神农氏、祝融氏这些在农业领域开天辟地的先人们，都与衡阳这片土地结下渊源，他们发明或创造的农桑耕作技术和农业器具，正是中华农耕文化的重要组成部分。

黄帝的妻子嫘祖在衡阳发明了养蚕、缫丝和织绸技术，巡行天下，教导人们蚕桑之术，有力地推动了中国古代文明的发展。炎帝神农氏为让人们过上居有定所、食能果腹的日子，广尝百草，发现稻、黍、稷、麦、菽五谷，可以种植，定期收获，于是向人们广传五谷种植技术。为了解决人们在播种时泥土板结成块的技术难题，炎帝神农氏在耒阳地界发明了最古老的农具，并命名为“耒”，极大地提高了人们水稻种植的效率，“神农创耒”也成了中华农耕文明的古韵流香。

衡阳的“农耕文化”的一个重要内容即为“火神崇拜”。祝融在中国传统文化中被尊为最早的火神，象征着人的祖先用火照耀大地，带来光明。南岳衡山为火神祝融氏的封地、栖居地、归葬地、纪念地。郦道元《水经注·湘水》说：“衡山南有祝融冢。”之后各代均

二十世纪八十年代初期的衡阳城区　彭斌　供图

在此建有较大规模的部落。考古工作者在南岳及其附近地区发掘上千座古墓葬，出土一大批先秦的古代历史文物，该地区已被考古界确认为属于殷商和周代的文化遗址有南岳彭家岭遗址、衡阳金甲岭遗址和周诗头遗址等，共74处。而由祭祀火神的仪式衍生、演变而来的礼乐制度，如今成为衡阳地区节日和婚丧仪式的范本。

衡阳是“湖湘文化”的主要发祥地与传播中心。衡阳自古就是一个开放、宽容的地方，这里琳宫绀宇相望，书院黉门比连，有道教的“洞天福地”，也有佛教的“天下法源”，更是儒家的重要场所。宋时，衡阳是理学研究中心；明时，是心学传播重地；明清交替之际，成为王船山“实学”的滥觞。衡阳书院文化，对湖湘文化的兴盛、湖湘人才的成长、湖湘经济的发展，都产生了生生不息的影响。

衡阳的“湖湘文化”最早可以追溯到远古时期的“三苗文化”“楚越文化”。相传尧舜时期，衡阳是尧帝、舜帝南巡必经的重要之地。清李元度《南岳志》引《竹书纪年》：“帝尧五年初，巡狩四岳。”《尚书·舜典》记载：“五载一巡狩，……五月，南巡狩至于南岳，如岱礼。”最早的衡阳人，相传被称为九黎人，约生活在距今6000年前的上古时代。炎帝部落南下，击败原本居住在此的九黎部落，逐渐融入当地，形成三苗部落。三苗，古称之为蛮、苗、南蛮。书载：“苗者，人也；三苗者，古之蛮、苗、南蛮的原始部落也。”杜佑《通典》记载：三苗，“其国近衡山”，“凡今长沙、衡阳诸郡皆三苗之地”。二十世纪八十年代，衡阳境内发掘了耒阳高陂村遗址、青麓塔遗址、贺家山遗址和衡东县大樟桥遗址、衡阳县金山岭遗址等数十个新石器时代遗址，出土了大量的陶器和石器。这说明三苗先民早在6000多年前就在衡阳这块土地上繁衍生息，构木为巢；从渔猎到农耕，从旧石器到新石器时代，创造了灿烂辉煌的史前文明。

书院的兴起，奠定了湖湘文化的坚实基础，中国历史文化由此熠熠生辉、光芒万丈。耸立在衡州大地上的著名的书院有邺侯书院、石鼓书院、船山书院等。从这一座座书院中，走出了李长源、胡安国、胡宏、张栻、王船山等博学大师，他们的名字犹如点点星火，耀亮了衡阳历史文化璀璨的天空。从数量上看，明朝嘉靖年间，全国共有书院900多座，湖南就占124座，其中衡州就达31座之多。从现有资料汇总，衡阳历代先后共有“书院”85座。一代儒臣、湘军创始人曾国藩就在《重修胡文定公书院记》中大为赞叹：“天下之书院，楚为盛，楚之书院，衡为盛，以肃岳故也。”

邺侯书院是有史可查的衡阳第一座书院，创办人为唐代名相李泌之子李繁。李泌的一生是儒家“穷则独善其身，达则兼济天下”的真实写照。他历经唐朝玄宗、肃宗、代宗、德宗四朝，担任过唐德宗的宰相。李泌于唐肃宗至德二年（757年）来到南岳，在烟霞峰下的兜率寺旁筑室隐居，并给居处取名“端居室”，一住就是十二年。“端居室”乃名扬天下的“邺侯书院”。历经朝代变迁，“端居室”旧址几近废弃。清朝乾隆时期，衡山知县在其遗址上重修邺侯书院。我们今天所见到的邺侯书院，为民国十一年（1922年）重修的产物。

衡阳名气最大的一座书院，当属石鼓书院，始建于唐初（806—810年），位于湖南衡阳城北风景秀丽的石鼓山上。《水经注》记载：“石鼓之名，因山势如鼓，山依水而立，水浪击石，其声如鼓。”也难怪宋代著名学者朱熹也由衷赞叹：“衡州石鼓山据蒸湘之会，江流环带，最为一郡佳处。”石鼓书院是一座历经唐、宋、元、明、清、民国时期的千年学府，在我国书院史、教育史、文化史上享有崇高的地位。唐宋八大家之一韩愈、理学鼻祖周敦颐、理学集大成者朱熹、湖湘文化的奠基人张栻等先贤大家都来此讲学论道。其与河南应天府书院、江西白鹿洞书院、长沙岳麓书院并称为宋代四大书院。石鼓书院因先后获宋太宗、宋仁宗亲笔赐匾而名扬天下。

为了纪念王船山，衡阳还专门修建了一座“船山书院”。书院于清光绪八年（1882年）由湖南提学使朱迪然倡议建立。彭玉麟、

老衡阳航拍图 彭斌 供图

新衡阳航拍图 彭斌 摄

王之春、杨概、程商霖、蒋霞初等集捐。书院内祭祀船山神位，旨在学习、研究“船山学说”，传播“船山思想”。清光绪二十七年（1901年），彭玉麟亲自聘请王闿运为山长，其在此主持书院20余年，传授“经世致用”学问。大批湖湘人才从这里走出，延续了衡阳的千年文脉。

经 济

经济是人民生存的生命线。作为历史文化底蕴深厚的衡阳古城，也是湘南地区的经济重镇。梳理古城前尘旧事，经济无疑是重要的方面之一。

衡阳所在的地区属亚热带季风气候，具有温暖湿润、热量丰富、光照充足、降水充沛、四季分明的特点，既给人类提供了舒适的居住环境，也有利于人们的农业生产活动，助推了农耕经济的发展。殷商、西周之际，境内奴隶主役使奴隶种植稻、粱、菽、黍等农作物，实行“火耕水耨”。西汉中期至东汉初期，大兴农田水利。桂阳郡太守谷昕率领老百姓开凿耒阳卢塘，灌田数千亩。衡阳自古就是稻香鱼肥的“鱼米礼宾司乡”，为“南中国”的粮仓。明朝在全国设有159府，府按纳税粮数量分为上府、中府、下府三等，纳粮20万石以上的为上府。明嘉靖《衡州府志》卷四《田赋》载：“衡州府，田，一万八千一百四十七顷三十九亩二分九厘八毫；赋，秋粮二十一万一千二百六十八石七斗九升七合八勺。”明代衡州府当属上府。

隋唐时期，社会安定，经济繁荣，衡州人口激增。至玄宗开元盛世，境内有住户3.37万户，为贞观年间（627—649年）的4.6倍；人口增至19.92万人，为贞观年间的5.77倍。产粮达千万担，棉、茶、丝、果等全面发展，茶、丝为盛，途经丝绸之路，远销西域、中亚等地。

1980年元旦衡阳环城跑步比赛 彭斌 供图

衡阳的商业广场 罗盟 摄

唐代中期，衡阳一带的粮食大量向外输出。唐代李勃重新疏通灵渠，沟通了衡州到桂林的交通，桂林屯兵的粮食主要来源于衡州和永州等地。

衡阳地处湘南要冲，历朝历代都是内地通往南疆的咽喉之地。矿藏丰富，工业发展源远流长。殷商、西周时期，先民即山炼铜，制作生产工具、生活器皿和祭器。至西周末，在冶铜的基础上发展冶铁业。金属器具的使用，让社会生产发生质的飞跃。春秋时期，境内已出现手工纺织业。秦汉时期，衡阳的造船业兴起，造船技术有一定水平。秦汉征伐南越的战争中，衡阳即为造船、操练基地。

东汉和帝时，“纸圣”蔡伦于元兴元年（105年）发明的造纸术传入境内。蔡伦造纸术推进了衡阳造纸业的发展，耒阳、酃县、临蒸乃至泉陵各县争先效法，建造纸作坊数百个，年产纸万担，行销外地。产于衡阳酃湖的酃酒始于西汉，盛于三国，历代均作为贡酒。司马炎建立西晋，举行开国大典，将酃酒荐于太庙。张载作《酃酒赋》对其大为赞颂，酃湖之酒遂名满天下。

唐朝时，商品交易活跃频繁，官府所铸钱币不够，民间私铸钱币之风屡禁不止。衡州是唐代私铸货币最多的地方，甚至出现了“衡钱”这个专有名词。私铸货币的兴盛，极大地提高了冶矿业、手工业的工艺水平。衡阳人民在蒸水流域中发掘出砂金，一度形成淘金高潮，采金者达万人。

衡阳的陶瓷业亦是发达，考古发掘出来的窑址就有衡州窑、衡山窑和耒阳窑三处。与长沙窑闻名遐迩的釉下彩绘艺术相比，衡州窑和衡山窑偏向于以青瓷为主，大多数属于平民百姓日常烟火。衡阳的陶瓷业也深受佛教禅宗的影响，瓷器多用莲花图样的刻花。以“衡州窑”为代表的瓷文化，推动形成了中国民窑中最具特色的瓷产业。

两宋时期，衡州城成为东联吴会、北通荆楚、南控岭南、西接黔滇川蜀的通衢，成为当时中国南部商业贸易中心。城区街分经纬，道路宽敞，店铺中陈列着琳琅满目的各式商品。汉代时就兴办的常宁大义山茭源银场，在宋代成为全国著名银场，绵延十里，银光闪耀，擦亮了古城世界。

衡阳工业的发展可远溯至商周时期。常宁出土的江州青铜、秦汉时期的衡阳造船业、产于衡阳酃湖的酃酒、蔡伦的古纸造纸术、唐代的衡州窑……无不展现了衡阳工业经济的起步之早、种类之繁多。衡阳现代工业发轫于新民主主义革命时期，以东阳渡兵工厂、秦记电灯厂为代表的企业，奠定了衡阳现代工业的基础。

1938年，武汉抗战形势危急之际，该地工厂开始向西南、西北地区转移。最先迁往湖南衡阳的新民机器厂，在抗战时期，经过几年的艰苦经营，崛起为集采煤、炼钢、发电到制造机床、蒸汽机、发电

衡阳文化艺术中心　彭斌　摄

衡阳体育中心 罗盟 摄

衡阳市图书馆 彭斌 摄

衡阳师范学院 彭斌 摄

机、轧钢机及至炭精工夹具于一体的综合性企业，工人由200多人增加到2000多人。此时衡阳专设内迁工厂联合会。沿海地区和武汉地区的不少工厂陆续落脚衡阳湘江岸边，颇具规模和影响的工厂有：周锦水的华城电器厂，叶佑阶的民生铁工厂，祝燮臣的机器厂，陈馥歆的新华搪瓷厂，董之英的金钱牌热水瓶厂，邵鸿舜的福泰铁工厂，石庆福的固华电机修理厂等。此外尚有由长沙等地迁来的工厂数十家，如中洲毛巾厂、宝华玻璃厂、裕华染布厂、国泰锯木厂、永生化工厂，以及一批大中型卷烟厂。当时城郊的白沙洲、黄茶岭、合江套等处烟囱林立，工厂遍布，蔚为壮观，衡阳工业步入建国前的鼎盛时期。

战　事

在人类发展的历史进程中，战争的烽火总是刺眼地充斥在前行的光晕里。衡阳历来为潇湘重镇，“扼两广，锁荆吴”，乃历代兵家必争之地。每当政权更替、群雄纷争，衡阳总是金戈铁马、大战迭起，频遭战争烽火的创伤。在2000多年的建制历史中，衡阳发生的较大战争就达数百起之多。然而，坚强勇敢的衡阳人民，高举爱国爱家的大旗，大义凛然，英勇奋战，守护古城，谱写了一曲曲波澜壮阔的军事斗争的历史长歌。

透过时光的帷幕，笔者谨选取几场典型战争案例，窥探那战争的喧腾与惨烈。

距今约四五千年前，中华民族进入史书谓之的传说时代，从黄河流域到长江流域的先民形成若干部落或部落联盟，为着各自的利益，始而相争，继而相亲，以后相争相亲，终结于同化。这一时期，部落与部落联盟或氏族之间的兼并战争，就已在衡阳境内发生。帝颛顼七十八年（约公元前2334年），术器（冀州诸侯共工之子）叛于南方，占据荆州衡阳，残害百姓，帝命辛侯（黄帝之曾孙）征之。辛侯领旨出朝，令伯常为先锋，召虎为后军都督，统率数万人马，开赴衡阳，斩术器于雨母山，其部族则迁逃北塞。此乃上古时期境内战事的最早记载。

秦、汉两朝，中央政府曾多次出兵平南越（广东一带），征交趾（广西南部，越南北部），发起征服和统一华夏南方的战争，衡阳均为重要屯兵或进攻发兵之地。秦王政二十四年（公元前223年），秦将王翦率 60 万大军灭楚后，挥师南下，经衡阳一直打到五岭一带，衡阳全境由此纳入统一的秦帝国版图。公元前214年，秦将屠睢率50万大军再度出兵衡阳，越大庾、骑田、都庞诸岭征交趾，因遭越民抵抗和运粮困难，相持三年之久。秦派监御史禄开凿灵渠，沟通漓、湘两水，终于征服南越。汉武帝元鼎五年（公元前112年），中央政府也曾兵略衡阳，出桂阳、零陵平南越。东汉光武帝十八年（42年），遣伏波将军马援、楼船将军段志征交趾，驻军酃县。汉灵帝中平年间（184—188年），长沙人区星，聚众万余，占据钟武（衡阳古称），自称将军，雄霸一方。零陵人周朝人等，亦率众起事，与区星策应。中平三年（186年），长沙大守孙坚，亲率将士数万人至钟武，经过一个月的围剿、安抚，讨平了区星，后又越境寻讨周、郭，平定三郡。

三国前后，各路豪强割据称雄。境内初由刘表控制，汉建安十二年（207年），曹操南征，据有衡州之地；次年赤壁之战后，刘备乘机略取湖南四郡，境内又归为蜀地。建安十四年（209年），刘备派诸葛亮驻临蒸，督长沙、零陵、桂阳三郡赋税充军实，以庞统为耒阳县令。建安十九年（214年），孙权遣吕蒙攻取长沙、零陵、桂阳三郡。此后吴、蜀媾和，以湘江为界划江而治，境内分属长沙、零陵、桂阳三郡，湘江以东归孙权，湘江以西属刘备。至建安二十三年（218年），吕蒙袭荆州，境内尽归于孙权。刘备在境内屯兵达十年之久。

清初，衡阳是南明政权与清军争夺西南诸省的主战场。清顺治元年（1644年），南明将领曹志建、黄朝宣屯兵衡阳，南明政权招安的李自成部将郝永忠、卢鼎分踞衡阳。郝、卢二人纵兵殃民，弱肉强食。清顺治二年（1645年）四月，南明湖广总督何腾蛟督豫、楚、秦、蜀、黔、粤诸军抗清。顺治三年（1646年），清军大举进攻湖广。次年二月，何腾蛟兵溃于长沙，走衡州，奔武冈。四月，清军占领衡州。顺治五年（1648年）二月，清军复攻湖南，胡一清御清军于衡山，复战于府城青草桥，接着败走永州，清军二进衡州。是年十月，衡阳县举人王船山联络同乡和南岳僧人数百人，在南岳方广寺举兵起义抗清，被忠于清王朝的湘潭人尹长民所破，王船山避走肇庆投南明。是年，占据江西的降清明将金声桓和占据广东的降清明将李成栋反正，清军连失江西、广东。郝永忠等率大顺军与南明军趁机大举反攻，连克衡州、衡山及湘南、湘北各州县，包围长沙，前锋直达汉水北岸，几乎收复湖广全部失地。但由于南明政权内部党派林立、勾心斗角，排挤大顺农民起义军，战局急剧恶化。顺治六年（1649年）正月，何腾蛟在湘潭被俘遇害。清军大举南下，明湖北巡抚堵胤锡与胡一清守衡州，战败走桂阳，清军三陷衡州。顺治九年（1652年），抗清形势再次发生巨变，三月，据守云、贵、川一带的原张献忠部将孙可望、李定国、刘文秀与南明桂王政权实现联合抗清。孙可望留守贵州，李定国率主力八万出湖广，刘文秀偏师六万攻四川。李定国进入湖南，连克靖州、武冈、宝庆等地，转攻广西，下全州，破桂林，再回师北上克永州。十一月，李定国与十万清军大战于衡州城下，血

1949年10月8日，衡阳人民欢庆解放 彭斌 供图

战四昼夜，大破清军，阵斩清和硕敬谨庄亲王尼堪。李定国出兵九个月，纵横三千里，收复湘、桂，大破清军数十万，“两蹶名王，天下震动。”此次战役因孙可望从大西军内部搞破坏，暗撤援兵，李定国愤而收兵走邵阳，清军四定衡州。

解放战争时期，1947年6月至10月，中共湘南工委、中共华中区直属衡阳支部、中共衡阳工委相继成立。1949年2月，中共湘南工委作出“武装起来，保卫组织，发动群众，打击敌人，迎接解放”的决议，境内建立了各种反蒋武装及游击队，打击敌人，搜集情报，配合解放军作战。1949年9月13日至10月16日，解放军第四野战军与第二野战军集中6个兵团16个军58个师共54万余人发起衡宝战役，歼灭白崇禧4个精锐师 47000 余人，粉碎了白崇禧“以衡阳为重心，组织‘湘粤联合防线’阻挠解放军南下”的企图，谱写了近代现代中国革命战争在衡阳的壮丽篇章。

读万卷书，行万里路。如果你渴望在历史的纹理中追忆那份古朴与沧桑，如果你期待在文化的瀚海中寻觅那份惊喜与回响，如果你祈愿在山水的灵气中浸润那份鲜活与神韵，无疑，古城衡阳，是你不可错过的打卡地，这里必将以明媚笑靥、风姿绰约遂愿于您！

第二篇

群峰列队，匍匐而来。晚霞湮没
偶尔的红晕。它们，不是凡夫俗子
不知道占卜命运，它们的存在
为了一场纯粹的膜拜
——陈群洲《这一刻的祝融峰》

文 旷顺年

祝融峰 彭斌 摄

南岳记

南岳衡山，中华五岳名山之一，是古代华夏人文祖先驻足栖息之地，历代帝王巡狩祭祀之山，是中华民族江山社稷的象征。

南岳衡山，是首批国家级重点风景名胜区，首批国家5A级旅游区，首批国家级自然与文化双遗产，国家级自然保护区，是人们登临揽胜，畅游山水，朝圣祭祀，祈福求寿，科学考察和体育健身的中国名山。传统儒释道文化在此开宗发派，衍生不息，成就一座思想大山、宗教圣地、艺术名山，其蕴满深厚爱国情怀、人生志趣，是人们激励斗志、净化心灵、涵养身心的精神家园。

南天一柱

南岳衡山，横亘于湘中衡邵盆地，七十二峰横空出世，跨越湘中七个县（市）区，相伴湘江蜿蜒北去，周环八百里。衡阳市回雁峰为首，长沙市岳麓峰为足，主峰祝融峰在南岳区境内，海拔1300.2米，高插云霄，俯瞰洞庭。立足祝融，放眼潇湘，风帆九转，云山苍苍，天地悠悠。其他众峰，皆簇拥而攒祝融，或挺立，或俯首，起伏绵延，千姿百态。亦有调头而东，撑紫盖而迎朝霞；环抱而仰，成莲花而托青天。从方广石廪而北上，烟霞轻盈之中，祝融峰真如朱凤垂天，冉冉东飞。因处于亚热带季风气候区，雨量丰沛、土地肥沃，其林木苍翠，古树参天，万山皆绿，四季花开；至今保留完好的七处原始次生林，郁郁苍苍、沉碧叠翠，为衡山誉获“五岳独秀”的殊荣。高山流水，深谷溪涧，流泉汩汩，遇悬崖而飞泻，隐石潭而低吼，形成十里龙凤、水帘奇观、黑潭幽瀑、福昌飞雨的泉溪奇观。“黄山松，衡山云”早已蜚声古代，山峦起伏与流云飞泻，构成衡山出没云海、飞翔九天的壮阔景象，故而北魏道士“铁脚道人”杜巽才登祝融

祝融峰游人如织 曹正平 摄

观日出，恰遇云海，惊叹道：“云海荡吾心胸矣。”祝融峰之高，水帘洞之奇，方广寺之深，藏经殿之秀，素称南岳“四绝”奇观。春观花，夏看云，秋望日，冬赏雪，四季风光各放异彩。明代谭元春描述方广寺“声光影三绝”，清代魏源咏叹“唯有南岳独如飞”，而邹鲁觉得衡山堪比九华、匡庐，“俊奇秀美，诸山各有大观，而雍容大雅，惟南岳足以当之”。

文明奥区

祭祀文化是南岳古老文化的源头，是保存至今的远古文明的“活化石”。传说炎帝驻跸于此，黄帝封岳，嫘祖薨逝于“衡阳道”，大禹治水时在金简峰获得“治水之要”的金简玉书，众多人文祖先的足迹，使南岳衡山神圣而崇高。据《尚书》《史记》记载，自四千多年前舜帝“五载一巡守”，南巡至衡山，集约南方部落首领，于安上峰下祭祀天地山川。自此，南岳的国家祭祀即再没有中断过；虽有曾经

祝融峰朝霞 彭斌 摄

移祀安徽霍山的历史，但自隋代开始南岳的国家祭祀就进入常态化时期，不再变动。

祝融，是南岳的灵魂。我们常说，水是生命之源。那么火呢，火是文明之源。是火给人熟食，远古制陶，驱赶野兽，给人温暖，给黑夜带来光明。火炙给人治病，冶炼出现铁器和青铜器，生产力成倍增加，人类进入文明时代。

祝融是华夏人文祖先之一，部落首领，为炎黄之后。《山海经·海内经》载，“炎帝之妻，赤水之子听沃生炎居，炎居生节并，节并生戏器，戏器生祝融。”祝融是炎帝的第五代孙。同在《山海经·海内经》中又载：“黄帝妻雷祖，生昌意。昌意降处若水，生韩流……（韩流）生帝颛顼。”接着《山海经·大荒西经》“颛顼生老童，老童生祝融。”所以，祝融乃炎黄一脉。

祝融是楚国的祖先，历任火正官，本名重黎。因为功劳很大，被帝喾命名为祝融称号。但在与共工氏作战中没有彻底取胜而被帝喾

所杀，帝喾又任命重黎的弟弟吴回继续任火正，仍然号称祝融。《史记·楚世家》载：“楚之先祖出自帝颛顼高阳。高阳者，黄帝之孙，昌意之子也。高阳生称，称生卷章，卷章生重黎。重黎为帝喾高辛居火正，甚有功，能光融天下，帝喾命曰祝融。共工氏作乱，帝喾使重黎诛而不尽，帝乃以庚寅日诛重黎，而以其弟吴回为重黎后，复居火正，为祝融。”

祝融功绩巨大，德行高尚，不施刑法，善于管理，达到天下和谐，移风易俗，天下大治。他还善于制作音乐，以谐神明；以火施化，被尊为赤帝。即通过保存火种、造福百姓而管理百姓。祝融的故乡是郑州。他死后葬于衡山之阳，人们为了纪念他，把南岳最高峰命名为祝融峰。《路史》载：“（祝融）未有耆欲，无所造作，师于广寿，以毓其德，刑罚未施，而民劝化，三纲正，九畴序。是以天下洽和，万物咸遂，于是听弇州之鸣鸟以为乐歌，作乐属续，以通伦类、谐神明、而和人声。是以耳目聪明，血气和平而寿命长。移风易俗，天下大治，则歌乐为之节文也。以火施化，号赤帝，故后世火官因以为号。都于会，故郑为祝融之虚。其治百年，葬衡山之阳，是以谓祝融峰也。”

人们世世代代感恩祝融、颂扬祝融、祭祀祝融，把他神化，并当作自己的保护神、护法神。正因为祝融是火神，是中华民族善于用火的伟大英雄，所以，在给我国第一辆火星车全球投票取名时，大家都选择了“祝融”。它燃起中华民族的火的激情和高昂斗志，实现人类对宇宙、对未知的不断探索和自我超越。

所谓祭岳，就是祭岳神。公元738年，唐玄宗派遣内侍张奉国携道士孙智凉投龙金铜简于紫盖仙洞，南岳成为帝王求寿祈福之圣地。天宝五年（746年）唐玄宗封南岳为司天王，自然之神人格化，地位堪比人间“王位”，南岳与其他四岳一起成为江山社稷的象征，成为国家祭祀之常礼。北宋，南岳衡山之神再度升格，大中祥符四年（1011年），宋真宗加封南岳为司天昭圣帝，其神格与人间帝王并驾齐驱，其祭祀规格，祭典规模，达到有史以来之鼎盛。到元代的至元二十八年（1291年），南岳衡山之神再度被加封，名曰司天大化昭圣帝，民间“五岳大帝”之称呼，开始广泛流传。明代洪武三年（1370年），南岳衡山之神回归本来面目，但朝廷遣官致祭，倍加隆重。清代祭祀没有另封名号，南岳依然为南岳司天昭圣帝，但祭祀次数最多。

目前有文献记载的第一个祭祀南岳的宰相是张九龄。其后，朝廷命官浩浩荡荡来南岳举行大型祭典达118次之多。整个宋代，南岳庙直接归属中央政府管理，朝廷派遣庙监常驻庙内，每日祭扫，其中，理学大师朱熹曾三次任南岳庙庙监。民国时期，湖南省南岳管理局与衡山县政府延续传统，在南岳庙举行春秋二祭，各界参与，礼循新式，传承不断。甚至蒋介石到南岳视察和召开会议，亦罕见地到南岳庙举行祭祀南岳圣帝之礼。中华人民共和国成立之后，从二十世纪九十年代开始，地方政府亦以祭祀南方人文祖先祝融氏之名，于祝融峰和南岳庙举行隆重祭礼。

祭祀岳神的场地——南岳大庙，在隋代由祝融峰迁至赤帝峰下之后，越建越宏大，至宋代时期，规模堪比皇宫，精美冠甲江南。其有九进四重院落，两厢八寺八观，金碧辉煌，溢彩流光，再加上前有寿涧堪比金水桥，后有接龙桥，外有两溪环绕，妥妥的一座“江南故宫”。人们一旦走进南岳大庙，自有一种朝圣之感、神圣之情涌上心头。

国家祭祀是主导，民间祭祀是主流。这种源于远古的山岳崇拜、民间信仰，延续农耕文明早期湖湘地区的人们对大自然的恐惧、敬畏、感恩以及祈祷平安的诉求，体现对家庭和顺、风调雨顺的朴素追求，在世世代代吟唱的香歌中体现得淋漓尽致。黑衣、黑裤、黑头巾、红带绑腿，拜凳、香筒、红肚兜，尽显春秋战国时楚国遗风。朝拜的对象为南岳圣帝，但他们高唱的却是“安邦定国大天尊”，这也体现人们对上天的敬仰，以及深受道教的影响。逢庙即拜、逢神磕头，遇井燃香、过桥作揖，体现了人们朴素的泛神信仰。为专注朝圣，朝圣者一路高歌，心中聚神，行为带有原始宗教的歌舞特色。各地朝拜时间有异，但农历八月为朝圣高潮，正是古代秋收过后酬神报恩的时候。到如今，来南岳旅游的人们，受到浓厚氛围影响，几乎都进庙烧香，登顶朝拜。各个宗教节日与民间节日为朝圣小高潮，而正月春节是第一个高峰。从1994年起的“抢头香”开始，连续20年的大年三十夜晚的南岳庙“吉祥香火”“幸运香火”把这种民间朝圣推向顶峰。虽然从文物安全的角度考虑，官方取消了大年三十晚上的有组织的“朝圣之旅”，但民间朝圣的浪潮却一直澎湃。总之，在南岳，没有哪种文化有祭祀文化那样悠久、古老、频繁和神圣；保持传统，持续不断，占领主流，因而影响深远。

思想大山

衡山，高山深谷，林木苍翠，流泉飞瀑，远离喧嚣，正是在官场失意的仕大夫平复心情、安度余生的乐土，也是忧国忧民、愤世嫉俗的仁人志士寻找内心安宁、探究人生意义的一方静土，更是高人雅士暂避锋芒、冷眼看世的休眠之地。南阳刘子骥，深入衡山采药，载入《桃花源记》。隐士廖凝、廖融兄弟，德行高尚、学识渊深，厌恶官场，隐居衡山，追慕陶潜遗风，吟诗作文。后世隐居的理学家、哲学

南岳朱陵宫 彭斌 摄

家，更是层出不穷，让一座大山充盈着思想的光辉。

号称古代第一神童李泌，在南岳安度12年，筑室幽谷，读书山中，入道修心，与佛为友，“一品衣披紫微令，半生心在白云中”，遂成就后来仕途的步步高升，历仕四朝，达到人生的至高时刻——宰相之位，完美诠释了儒释道思想合体的古代典型。宋高宗绍兴元年（1131年），南宋大儒胡安国，携子胡寅、胡宁、胡宏父子，结庐南岳紫云峰下，蛰伏碧泉书堂五年不出山，写出博大精深《胡氏春秋传》，倡导尊王贱霸，重释《春秋》而正位华夏，深研“人性”而再振儒学，开创“湖湘学派”，为湖湘杰出人才喷涌而开启思想闸门。其《胡氏春秋传》因“深得圣人之旨”，成为宋高宗案头必读之书，后成为宋元明清科举考试的标准答案。胡氏父子，身在山林，心系朝廷，当国难来临敢于担当，数度上书，民族气节千古流芳。其中胡宏是湖湘学派的理论核心提出者；张栻乃胡宏关门弟子，是湖湘学派的最高成就者。朱熹、张栻会讲于岳麓书院，提倡“经世致用”，将湖湘之学推向高潮。乾道三年（1167年）冬天，他们从岳麓出发，冒风雪，登南岳，畅游七天，把理学与诗歌融入山岳之旅，成就“朱张霁雪”的文坛佳话。明代“心学”大家湛甘泉醉心南岳，筑书院于紫云峰下，研讲“心学”。有明一代，理学鼎盛，成果丰硕，被管大勋概括为“文明奥区”。湛翁一生三游南岳，讲学数月，不但自己建书院，还建白沙书院纪念自己的老师（陈献章，被尊称“白沙先生”），这位高寿的哲学家，终生对南岳一往情深。

回雁峰下诞生了一位本土杰出的思想家王船山。他隐居南岳双髻峰前后17年，刚住到续梦庵里，他就开始研究《易经》。在深山躲避兵燹的岁月里，他修建二贤祠，修复方广寺，撰写《莲峰志》；同时，时时刻刻观察时世动态，在明末清初瞬息万变的战争空隙，组织儒士、僧道、农民、烧炭工人，毅然高举战旗，起兵深山古寺。虽然这场起义最后被扼杀于摇篮里，但开启了中国知识分子与工农相结合的道路。而在他的人生后期，因涵育着南岳的灵气，其理论高度达到当时世界思想的高峰；经过几十年的潜心探索，在生活极度艰难之下著写鸿篇巨著，开启东方思想启蒙的曙光，成为一位百科全书式的伟大哲人，与山岳共千古。而他的一切文化苦研的根本目的，是他内心深藏的华夏文明复兴的“中国梦”，而南岳莲花峰下的“续梦庵”是他一生爱国情怀的永恒见证和泣血注脚。衡山，这是一座思想的大山，它的高度像“祝融峰之高”一样直接云天，它的深度像“方广寺之深”那样深邃而宽厚。

南岳是中国历史上书院最多的名山。书院“山长”之名就出自南岳。曾国藩说：“天下书院，楚为盛，楚之书院，衡为盛……”按照所述南岳72峰范围，包括岳麓书院、石鼓书院在内，南岳衡山的书院超过30余座，衡山县境内超过27所。李泌隐居烟霞峰下，建端居室（明道山房），藏书万卷，读书论道，修心养性，为南岳书院的滥觞。中国最早的民间书院是唐代南岳书院，它建于集贤峰下，是李泌之子李繁为纪念其父隐居南岳而建，带有藏书、讲学、纪念和祭祀功能。宋代，胡安国父子在南岳书院讲《春秋》之学，张拭、吴翌、赵师孟等人受业于五峰先生胡宏，相聚于南岳书院，讲读之风盛极一时，湖湘学派由此发端。这时的书院已经变成学术重镇，为高等人才培养基地。至宋，南岳书院更名为邺侯书院，明代又更名为集贤书院。唐代，韦宙于双石峰创韦宙书院，卢潘于紫盖峰下创卢潘书院。宋代南岳著名书院为文定书院，初为胡安国所建的碧泉书堂，后由其子胡寅、胡宏等在碧泉书堂基础上建成文定书院，作为著书立说、讲学授徒之所。胡氏父子培养的弟子，不是那种死啃书本的学究，而是一批关心国家民族前途命运、经世致用的栋梁之才。宋代，赵季西书院建于安上峰，南轩书院建于岳后。明代的甘泉书院（紫云书院）为著名的心学家湛甘泉所建，湛甘泉还为老师陈献章建白沙书院于旁边。湛甘泉的到来后，蒋信、邹东廓等一批理学家来南岳讲学，将南岳理学的“心性之学”推向高潮。尤其是邹东廓建东廓书院于瑞应峰下，三代讲学于南岳，传为佳话。明代管大勋首提“文明奥区”之

祝融峰雪景 彭斌 摄

说，即南岳是儒家宋明理学的创新、弘扬和传承之地，其书院是理学学派的创立、传播基地，更是人才培养的摇篮。

南岳近代教育，蜚声全国。到民国时期，各所书院多改为国民中小学。清末开始，基督教进入南岳，由外国资助的南岳圣经学校办在白龙潭。从全面抗战开始，高等院校进入南岳，形成近代史上的一个特殊现象。1937年初冬，由北京大学、清华大学和南开大学组成的国立长沙临时大学，其文学院办于圣经学校旧址，一批著名的教授、学者云集南岳，数量之多，为南岳历史之最。从1941年开始，湖南省工业专科学校、农业专科学校、商业专科学校三所大专学校相继创办于南岳古镇，成为南岳高等教育的高潮。之后，私立中华文化学院国文专科学校、私立震华文学院、长白师范学院亦曾迁至南岳。1946年，国立师范学院迁至南岳，这是一所直属教育部的高校，教学质量高，学风朴实，治学严谨，为国家培养了大批人才。南岳中学教育更是发

达繁荣，名山之麓，千年古镇，岳云中学、南华中学、国立师范学院附属中学、省立第十二中学、五四中学、私立祖安中学、私立三忠中学一批中学弦歌不断，衡阳之冠，响彻湖湘。还有，小学教育方面亦有省政府举办南岳小学（今南岳完小），毓秀小学为南岳乡贤旷筱巽创办；宗教界亦举办国民教育，道教的宏道小学，佛教的觉民小学，华彩纷呈。

宗教圣地

千古英雄浪淘尽，天下名山僧占多。1800多年来，不管是繁华盛世，还是荒凉乱世，南岳一直都有宗教的重重身影。

最早进入南岳的宗教是道教。道教的创始人张道陵“自天目山游南岳，谒青玉、光天二坛，礼祝融君祠”。道教的洞天福地，南岳有一洞天、四福地，即朱陵太虚洞天（水帘洞），光天坛、青玉坛、洞灵源福地，以及岳麓山的洞真墟福地，数量为天下之最。最早进入南岳的道教宗派是上清派，上清派尊《上清经》为经典，把女道士魏华存作为开派祖师，把黄庭观作为祖庭，前者的《黄庭经》至今乃是道教正一、全真两大派系共尊的必读经典，可谓道气长存。紫盖峰下、朱陵洞侧的九仙观在晋代成为南岳道教的中心。九仙，是南岳道教史上最庞大的高道群体：陈兴明修“明镜玄真”之道和济世利民之方；施存习《三皇内文》；尹道全修“洞真还神之道”，陪五帝六甲之符即《五岳真形图》；徐灵期写出《衡山记》第一次提出“南岳有72峰，回雁为首，岳麓为足，周环800里”；陈慧度潜心《黄庭经》，冶炼外丹，光华满山，诊治民间疾苦，仙逝之后，大诗人张九龄写诗追忆。九真后来在宋代都被赐号为真人，载入国家史册。唐代司马承祯是中国道教史上的一代宗师，是帝王之师，其弟子有唐玄宗。武则天、睿宗多次诏司马承祯入京问道，玄宗更是邀其进入禁中校正《道德经》，呼为“道兄”。司马承祯修炼于南岳，上言于朝廷，认为五岳之神乃山林之神，非真正之神，山林之神用血祭，上真之神用斋醮，故而请求皇帝建五岳真君祠。唐玄宗居然也同意了，于是五岳遂各建真君祠一所，成为道教史上的一件特例，即道教祠庙也可作为国家祈福之所。司马承祯的弟子薛季昌、王仙峤以及邓紫阳被封为天师。尤其是王仙峤，携茶进京，巧遇高力士，被唐玄宗召见，不但获重大颁赐，还把衡山之茶带入京城、带到宫中。著名道士刘元靖在南岳修道15年，辟谷炼气，书符治病，被唐敬宗召入宫中问长生之术，赐号广成先生，授予银青光禄大夫，冲崇元馆大学士，加佩紫绶，铸印置吏，成为南岳第一个实授三品官职的道士，道家兴盛到达顶点。李冲昭著《南岳小录》，陈田夫著《南岳总胜集》，李常庚著《琐碎录》，为名山文化历史作出重要贡献。

佛教最早进入南岳的，是岳麓山上的麓山寺，由竺法崇始创于西晋武帝泰始四年（268年），被誉为“汉魏最初名胜，湖湘第一道场”。岣嵝峰下云轮寺创建于晋咸和元年（326年），后更名为金轮寺。梁天监年间（502—519年）惠海、希遁来到人迹罕至的莲花峰下兴建方广寺。陈光大二年（568年），慧思大师率弟子40余人来到南岳，创立大般若寺（今福严寺）和小般若禅林（今藏经殿），悟得法华三昧，定慧双开，“昼谈义理，夜便思择”，广集信众，弘法讲道，创立天台宗，并被尊为中国佛教第一个宗派——天台宗的三祖，开启南岳佛教的规模化发展。这位佛教里最具忧患意识的一代高僧，倡导“末法时代”以警醒佛教界和芸芸众生。天台宗在与道教冲突、磨合与融洽后，通过与原有的山岳崇拜、祭祀文化的有机融合，传播天台宗的教义，形成南岳特色的佛家文化，佛教的中国化亦在此开启航程。慧思被尊为天台宗三祖，被誉为南岳佛教的开山祖师，其弟子遍布海内，有国师智者大师，有开凿石经的静琬，亦有海外的新罗玄光，光耀古今。鉴真大师不惜身命，六次东渡日本传播佛法，就是因为他“惜闻南岳思禅师迁化之后，托生倭国王子，兴隆佛法，济度众生”，南岳亦有三生塔的遗迹。而且，汉武帝、汉宣帝先后把南岳搬至安徽霍山，至隋代才回归湖南衡山，其背后与慧思大师、智者大师的贡献密不可分。

到了唐代，中华民族的盛世再次到来。整个朝代，全国人民，上上下下，自信满满，各种宗教亦如百花在华夏大地盛开。其中佛教禅宗最为兴盛，乃至到了“选官不如选佛”的地步。佛教八大宗派，如盛开之莲竞相绽放。禅宗六祖慧能之下枝分二系，一系为南岳系，一系为青原系。南岳系的开创者即怀让和尚，他通过在掷钵峰下用磨镜之式，悟化马祖道一，开创澎湃浩荡的南岳系，弟子遍布天下，“磨

南岳大庙历史照片 彭斌 供图

南岳大庙 彭斌 摄

镜台”成为人人皆知的公案，马驹亦如六祖所言“踏杀天下人”。南岳系之下又开沩仰宗、临济宗两宗派。青原系本弘法江西，行思大师的弟子石头希迁于天宝初年（742年）驻锡南岳南台寺，其法嗣开创曹洞宗、云门宗、法眼宗三派。怀让二宗与行思三宗合为禅宗五宗，佛教史上称之为“一花五叶”，誉之为“五叶流芳”。临济宗之下又分杨岐、黄龙二派，史称“五叶七派”。“临济临天下，曹洞曹半天”，以南岳衡山为中心，禅宗弟子传遍中华大地，浩浩汤汤，再传至日本、韩国。所以，中国佛教协会原会长赵朴初说，“谈中国的佛教，离不开禅宗；谈禅宗，离不开南禅；谈南禅，离不开南岳，南岳是出祖师的地方”。南岳衡山是中国禅宗聚合、创新和弘扬的中心，福严寺被誉为“天下法院”，南台寺被誉为“天下法源”。

除了禅宗，净土宗来南岳的第一人为承远大师，他被尊为净土宗三祖，是慈愍派第二代宗师。其弟子法照被尊为净土宗四祖，是慈愍派第三代宗师。法照是南岳佛教第一位国师。祝圣寺被尊为净土宗祖庭。南岳净土宗另外一中心为广济寺，“豆儿佛”之后，无碍和尚、竺禅师、龙山和尚、智犁和尚等一代代净土僧人传承着祖先的宗风。律宗亦在南岳大放异彩，唐肃宗乾元元年（758年）诏选天下名山大德七人长讲戒律，承远大弟子日悟获选首席。律宗进入南岳，惠开为第一人，唐肃宗诏令衡山立毗尼律藏，广选律僧七人，惠开获选，他主持戒事22年，受戒之人达数万。法证律师、希操律师、知俨律师在南岳持守戒律，使得南岳成为当时律宗三大中心之一。华严宗惟劲，唯识宗默安、灵涛、明真亦在南岳修习一生，成就卓然。

到了清代，各地佛教日益衰微，而南岳佛教却再度复兴。福严寺海岸和尚造诣精深，佛学著作和诗文等身，工书法，刺血写经，被广为赞誉，与彭玉麟为方外之交，被誉为“湖南一宝”。默庵和尚，精通佛典，佛学著作数十种，为临济宗四十代法嗣，善讲《唯识论》，修复颓废的大善寺，辟为十方丛林。淡云和尚精研三藏，才德兼优，先后维修祝圣寺、清凉寺，重修千古祖庭——“天下法源”南台寺，任衡山祝圣寺、南台寺、福严寺、大善寺、清凉寺五大丛林主持，僧俗崇敬，有“佛门迦叶”之誉。更有佛教里的“大诗人”敬安和尚主持上封、大善，诗名满天下。

到了民国时期，南岳佛教势头不减。道阶和尚是佛教里的著名教育家，创建佛教教育机构10处，编写《新续高僧传》十六卷，即宋代僧人赞宁《宋高僧传》后的续作，为中国佛教史研究做出重要贡献。宝生和尚为木匠出身，曾亲自设计、修复开福寺、上封寺、准提庵、密印寺、仁瑞寺、福严寺等，是佛教里的设计师和工程师，所造寺院建筑，既具有传统风格，又各有特色、互不雷同，被传为美谈。宝生和尚热心佛教教育，创办沩山佛学社，自任社长，支持学僧参加抗日爱国活动。1938年10月，武汉失守，沩山学僧全部来到南岳福严寺华严讲习所继续学习；后来，南岳佛教在共产党引导下，成立“南岳佛道救难协会”，宝生和尚被公推为会长，福严寺的学僧大部分成为骨干，有的奔赴抗日前线，谱写了一曲爱国主义的颂歌。明真法师一生办佛教教育，既教佛学，也教国文，文笔优美，几十年孜孜不倦，把“南岳佛学讲习所”办成全国佛教界知名学校。1937年卢沟桥事变之后，他写了大量文章，有论文、散文、诗歌、小说，议论风发，吸引大量读者。1939年，周恩来为南岳佛教界题写“上马杀贼，下马学佛”，在佛教界内部引起不同看法，部分人士认为佛教第一戒律就是“不杀生”。这时候，是明真法师站出来，以广博的知识在僧俗两界进行解释：阿罗汉的第一个汉译就是“杀贼”，不杀烦恼之贼，就成不了阿罗汉。可见在佛教的原始教义中就有“杀贼”一说。题词写的是“杀贼”，不是“杀人”。现在有一批强贼正在大批“杀人”，把“杀人”的贼杀掉，可以救大批的人。“杀贼”是爱国，出家人只出家，没出国，出家人同样要保国、爱国。抗战就是杀贼，杀贼就是抗战。经过明真法师解释，大家疑虑解除，并积极参加南岳佛道救难协会举办的各种抗日救亡活动。解放后，明真法师被调到北京，任中国佛教协会副会长兼秘书长、中国佛学院副院长兼教务长，同时一直兼任湖南省佛教协会会长。他圆寂后，赵朴初题写对联：“弘教弘禅，高标一塔尊南岳；爱民爱国，丹心万古护中华。”

一座山中，有这么多的佛教宗派、宗师和祖庭，有这么多声震僧俗、彪炳青史的高僧大德，在中国佛教史上极为罕见的。

抗战名山

近代史上的抗战风云，救国救民的泣血史诗，运筹帷幄的战略部署，给南岳衡山留下一首激越、悲壮的爱国主义颂歌。国民政府军事委员会四次南岳军事会议在此召开，尤其是1938年第一次南岳军事会议，中共代表周恩来、叶剑英参加会议，使得抗日统一战线之下的战略方针得到贯彻执行，形成国共合作、团结御侮的精神，也使南岳成为抗战胜利的重要战场之一。军事委员会的游击干部训练班最早于1939年开办于南岳，共产党派出以叶剑英为团长的中共代表团教授游击战术，奠定了南岳在抗战中的战术人才基地地位，体现中国抗战的战略实施启动，助推国共合作的具体落实。周恩来来南岳视察与讲课，为僧人题写“上马杀贼，下马学佛”，给宗教界极大鼓舞。1939年5月南岳佛道救难协会成立，最广泛的爱国统一战线在各界形成，僧道走出深山古寺，奔赴前线，部分僧人还俗当兵，体现家国情怀。岳麓山下的三次长沙保卫战、回雁峰下的衡阳保卫战，是世界反法西斯历史上重大战役，是可歌可泣的英雄史诗。1944年南岳沦陷，日寇烧杀掳抢，百姓财物和名山文物遭到严重破坏。南岳人民和地方游击队出奇制胜，英勇反抗，谱写了一曲爱国主义的颂歌。

1938年，打响卢沟桥“七七事变”第一枪的宋哲元将军在南岳刻石“不教胡马度衡山”，表现出强烈爱国主义豪情。他在天柱峰下建设双忠亭，是中国最早的抗战纪念文物。在当时政府财力极端困难的情况下，国民政府、第九战区和湖南省政府，在战火硝烟之中新建国内最大的抗战烈士陵园——南岳忠烈祠，由蒋介石亲自题写祠名，并设立“抗战阵亡将士总神位”，表旌阵亡将士，祭奠英灵，体现国家对抗战胜利的信心，让名山回荡一股英雄之气。田汉率领剧团到城镇乡村演出，发动抗战，写下大量抗战诗词，是名山历史上又一组爱国战歌。1945年抗战胜利后，蒋介石立马安排湖南省长王东原在南岳最高峰祝融峰建设抗战胜利纪念塔铁塔，该塔突破传统中式纪念塔建筑风格，高9尺，宽3尺，由铁铸而成，极为壮观。1946年，中国第一座“凯旋门”式的抗日胜利纪念坊——南岳胜利坊，建在南岳衡山山门入口，标志着中国人民十四年抗战彻底胜利，南岳衡山也载入了抗战的光辉历史。

中华寿岳

寿比南山，是中国人对生命的理想追求。南山，在中华大地上，本有多指。而有“寿岳”之名者，唯南岳衡山。其来源于古代星象文化，即南方七宿之轸星对应大地山川的衡山，轸星主管人间王侯之寿，衡山故名为五岳之一的南岳。古代南岳的寿文化，不属今天自然科学所言长寿范畴，而是一种带有信仰色彩的礼仪文化和祭祀文化。最早提出“寿岳”之名者为道士尹道全，他说：“仁者爱山，智者爱水，南岳山水悉备，又名朱陵寿岳，若修心于此，志勤于道，何必更历他山？”唐代僧人齐己有诗云“壮堪扶寿岳，灵合置仙坛”。第一个题写“寿岳”的帝王为宋徽宗，其石刻至今保留在金简峰上。清代康熙皇帝在《重修南岳庙记》中开篇即说“南岳为天南巨镇，上应北斗玉衡，亦名寿岳”。自此，帝王和民间更加重视衡山“寿岳”文化，这在南岳大庙里体现得更为丰富：御碑亭屋檐之下，就有200个不同写法的寿字。自宋代开始，学界称衡山为“南山”。宋代理学家胡宏在南岳隐居数十载，撰《南山即事》；张拭在《南岳倡酬集序》中直言南岳为“南山”；明代学者撰《翰墨志》直呼衡山为南山；清代僧人智犁在《重修广济寺记》中直言：“南岳乃天下五岳之一，世

万寿大鼎 南岳区委宣传部 供图

称寿比南山者即此岳也”；更有南岳最高峰祝融峰刻石“南山”大字，径至一米。至此，“寿比南山”与“寿岳”在文化上高度融合，故从清代开始一大批著名画家画南岳山水图，作为祝寿礼品。清代重臣刘权之作《南岳衡山图》自题为“南山图”，以祝皇太后之寿。祈福求寿，更是每年成千上万的香客的主要目的。南岳道教的《黄庭经》有宗教关于养生益寿的内容。到2000年南岳举办国际寿文化节，此后连续九届，南岳寿文化大放异彩。通过新建南天门“寿比南山”大型石刻、新建“寿岳衡山”牌坊，打造中国最大的露天寿文化博物馆——万寿广场，铸造世界上最大、最重、寿字最多的青铜鼎——中华万寿大鼎，通过系列举措，使南岳寿岳文化再度辉煌。

诗歌之山

南岳满山的诗词歌赋，从汉代一直铺到今天，已有2000多年历史。由《南岳志》总纂谭岳生主编的《衡岳古今诗词集成》收录的7947首诗词，是从3万多首南岳相关诗歌中遴选出来的，可见南岳诗歌数量之惊人，因而被诗人谭雪纯自豪的称为“诗岳”。璀璨群星之中，刘祯是那样孤愤，“凤凰集南岳，徘徊孤竹根”；谢灵运仙隐灵动，“衡山采药人，路迷粮亦绝。偶息岩下坐，正见相对说。一老四五少，仙隐不可别。其书非世教，其人必贤哲”。陈子昂是那样的高洁坚贞，“春木有荣歇，此节无凋零。始愿与金石，终古保坚贞”。李白是那样的飘逸豪放，“衡山苍苍入紫冥，下看南极老人星。回飙吹散五峰雪，往往飞花落洞庭”。杜甫是那样的沉郁悲悯，“君不见潇湘之山衡山高，山巅朱凤声嗷嗷”；韩愈是那样的突兀森然，“祝融万丈拔地起，欲见不见轻烟里”。还有黄庭坚的劲健奇崛，张孝祥的忧国尤民，王船山的贞固入圣、承前启后，等等。

乾道三年（1167年）的寒冬，朱熹张栻，不惧风雪，煮酒吟诗，七天吟诗149首，为千古名山留下一条“诗路”，也留下南岳历史上第一部诗集——《南岳唱酬集》。他们真是口吐莲花，芳香八百年：“下马驱车过野桥，桥西一路上云霄。我来自有平生志，不用移文远见招。”还有：“我来万里驾长风，绝壑层云许荡胸。浊酒三杯豪气发，朗吟飞下祝融峰。”南岳，无峰不诗，无景不吟，诗词歌赋如彩霞普照，令万峰绚烂。道士夏元鼎到南岳就吟出“踏破铁鞋无觅处，得来毫不费工夫”的名句，广为流传。进入民国，革命诗魂，浩荡名山，抗战烽火，燃起诗情，叶剑英登顶祝融而豪迈赋诗：“四顾渺无际，天风吹我衣，听涛起雄心，誓荡扶桑儿。”郭沫若踏进邺侯书院诗兴勃发，“暂把豪情寄山水，权将余力写肝肠”；田汉率领剧团宣传抗日救亡，以诗纪实，以诗明志，“巾紫峰头一振衣，松涛如吼白云飞”。

南岳佛教诗人在历史上赫赫有名，唐代僧人王梵志的《放歌》甚至进入高考试题，“世事悠悠，不如山丘。青松蔽日，碧涧长流。山云当幕，夜月为钩。卧藤萝下，块石枕头。不朝天子，岂羡王侯？生死无虑，更复何忧”。“衡岳沙弥”齐己写南岳的诗达36首，是《全唐诗》收入诗歌最多的佛教诗人。明清佛教诗人破门、大错之诗具有爱国主义色彩，晓堂、淡云诗歌禅意盎然，特色鲜明。中华佛教总会第一任会长敬安大师曾驻锡大善寺，卜筑烟霞峰，痴迷诗歌，“不贪成佛生天果，但愿人间有好诗”，其诗清新隽永，诗名饮誉全国。解放后，不少诗人写了很多现代诗吟咏南岳。1983年8月，南岳诗社成立，羊春秋任社长，创立社刊《衡岳风骚》，自此，数以千计的国内诗人与诗歌爱好者创作了成千上万首诗歌讴歌南岳，马积高、羊春秋、王晨牧、胡遐之、谭雪纯、康华楚等创作大量诗词，佳作频出。1992年康华楚主编《南岳当代诗词精选》。进入二十一世纪后，《衡岳风骚》已办70多期，丁欣、李静等人的诗歌受到赞誉。

艺术名山

满山石刻是历史见证，亦是艺术载体。被誉为“中国最早的石刻”的禹王碑有77个蝌蚪文字，是自两晋就一直流传的神奇石刻，罗含《湘中记》、徐灵期《衡山记》、南北朝梁刘显《粹玑录》均有记载。韩愈登临，寻而未得，以诗记之。南宋嘉定五年（1212年）被何致发现于云密峰下隐真坪，遂被翻刻于岳麓山，陆续传至全国各地。南岳石刻主要分布在水帘洞、福严寺、高台寺、祝融峰区域，从唐代李泌手书的“极高明”、到宋代徽宗的“寿岳”、明代计宗道的“天下第一泉”、清代龙山道人（广济寺和尚）的“禹王城”、民国何健的“南天柱石”等，共计有426处石刻被确定为全国重点文物保护单位。中华人民共和国成立后，1985年开辟的“穿岩诗林”书法艺术景点，包含40余位全国著名书法名家所书，篆隶行草皆备，蔚为大观，被誉为刻在石头上的名山诗集、藏在林中的艺术迷宫。2002年起开辟的南岳大庙碑廊共有300多幅书法石刻，均为全国书法家所书。南岳忠烈祠以及新建的牌坊，包括兴隆水库大坝石刻，亦有众多书法精品。

南岳美术，洋洋大观矣！从宗炳所著的作为中国美术史上第一篇山水理论大作的《画山水序》，到他所画的“卧游”开始，南岳之景和南岳美术便在中国美术史上有了一席之地。虽五代董源《潇湘图》失传，但自此后的《潇湘八景》都有描绘南岳山水，包括北宋的宋迪、黄筌、米友仁、苏轼，南宋的王洪、牧溪与玉涧，元代的张元等名家作品。自明代开始的以七十二峰为题材的山水长卷，其中萧云的《南岳七十二峰图》现为国家一级文物。清代宫廷画家张宗松、沈

南岳机场 彭斌 摄

振麟分别作《衡岳七十二峰之图》献给皇帝，重臣刘权之的《南岳衡山图》专为皇太后祝寿。清代王宸的水墨山水《衡岳七十二峰图》是七十二峰图中最长的一张，艺术成就很高。衡山人文子源所作的《衡山七十二峰图》亦献寿之作。吴大澂《衡岳纪游图十卷》、陆廉夫《衡岳纪游图八卷》，他们均自评为“平生杰作”。著名画家石涛作《江上望南岳》，为传世名作。因清代几代帝王尊“寿岳”，故一大批著名画家如王时敏、王原祁、王昱、石涛、张庚、吴彝、钱维乔、黄璧等，作祝寿的《南山图》或《南山积翠图》馈赠亲友，流传至今。近现代，一批美术史上著名画家，在南岳创作了大量的山水画，如黄宾虹、萧俊贤、曾熙、苍崖和尚、齐白石、张大千、黄君璧、吴湖帆、陈少梅、冯超然、谭泽闿、关山月、黎雄才、陆俨少、吴琴木等，流传世界各地。黄宾虹的《南岳衡山寿意山水图》乃为毛泽东祝寿特作。当代画家周令钊、曾晓浒、钟增亚、王金石、旷小津、曾进、张一尊、杨应修有大量衡山风光作品，2012年王金石领衔创作的《衡岳松云》陈设于人民大会堂第四会议厅。邓辉楚的《八百里南岳衡山全图》水墨山水长卷，王金石领衔创作的《锦绣潇湘·南岳衡山七十二峰图》72米青绿山水长卷，皆为南岳题材佳作。

旅游名山

诗与远方，灵魂与身体，在南岳衡山这座千古名山无限交融，带动南岳服务业的蓬勃发展，形成独具特色的旅游经济。远古的山岳祭祀，包括史书记载的舜帝南巡，是南岳旅游的开端。封建时代的皇家祭典和官员的登山视察，是衡山接待式旅游。名人之旅，留下众多传奇与佳话。朱熹、张栻是诗歌之旅，人生快意至巅峰时刻。徐霞客南岳7日之游，是科学考察之旅，也是真正意义的山水旅游，他于崇祯

祝融峰雾凇 罗盟 摄

十年（1637年）到南岳，不顾冰天雪地，翻山越岭，留下南岳珍贵记录。唐代南岳庙会的形成，是大众旅游的自觉与成熟的表现。民众朝拜南岳圣帝是其中最大的旅游活动，在范成大的《骖鸾录》中有翔实记载。民国时期的旅游，抗日战争是高峰，祭祀朝圣是常态，庙会经济依然是特色。中华人民共和国成立以后，政府以接待为主，百姓以朝拜圣帝为核心。陶铸在南岳召开中南局常委扩大会议，僧道人员不再种田种茶，以看守寺院、保护文物、接待香客为主，南岳旅游迎来一个短暂恢复时期。中共十一届三中全会后，南岳旅游迎来了旅游事业的春天。1979年，国务院、中央军委批准南岳对外开放，湖南省南岳管理局着手修复旅游景点和基础设施。1984年，南岳国际旅行社设立，开始接待海外团队，标志着真正的“旅游”概念在南岳落户。1984年成立衡阳市南岳区，南岳真正开启了以旅游为主业的宏大序幕，从此，南岳旅游迈入快车道，超过历史上任何时代。

旅游节庆，异彩纷呈，蔚为大观。1986年的南岳庙会，是新中国成立以来政府第一次举办的大型旅游活动，进一步推动朝圣旅游的快速发展。传统的朝圣烧香成为主流，古镇民宿家家户户接待香客、开办斋食，沿街摆摊设点出售宗教工艺品和南岳特产，形成壮观场景。农村香客队伍恢复古代朝圣衣着和仪式，成为一道人文旅游风景。佛教与道教的宗教活动逐步开展，佛教的法会活动影响越来越大，宗教旅游全面推进。从1994年开始，佛道教于春节大年三十晚上子时在南岳大庙举办“吉祥香火”“如意香火”“幸运香火”法会等独具特色的宗教民俗活动，春节旅游开始火爆，南岳周边地区与本省城市信徒连夜赶往南岳，来访人数由最初的数千人到1999年的30万人次。南岳市区，万人空巷；古镇街道，人山人海。中国南方最大的旅游活动由此形成，家家户户出售香烛，成为南岳最大的旅游产业。从二十世纪九十年代开始，南岳区政府就着手开展主动对外的营销，举办一系列活动，扩大影响。1992年第二届传统庙会除了宗教活动，还举办伞翼飞行大赛、武术擂台赛，新意频出。1999年12月31日举办“千禧之旅”，迎接2000年第一缕霞光，成为二十一世纪南岳旅游的开篇之作。2000年开始的南岳衡山国际寿文化节，至今已连续举办九届，成为全国十大旅游节庆品牌。2001年的山地车自行车大赛、2003年的千年佛教论坛、2011年的国际道教论坛都成为南岳新世纪规模宏大、具有国际影响力的旅游活动。2014年，南岳机场开通；2015年，南岳被成功列入湖南省文化旅游特色县域经济重点县区；2019年，成功创建国家全域旅游示范区；2021年举办的湖南省国际文化旅游节，把南岳的旅游节庆推向新的高潮。

巍巍乎衡岳，赫赫乎祝融！自古以来，天地之间，南岳七十二峰，上接苍穹，飞翔南天，秀气毓于斯，灵气钟于斯，浩然正气充盈于斯，青春朝气流淌于斯。千载悠悠，朱鸟翱翔；云开九面，雍容大雅；名山胜迹，往哲流风；史诗画卷，今日铺陈。祝融号已刺破苍穹，飞向火星。我们相信，南岳衡山，一个世界级文化旅游目的地将雄峙于中华大地，响彻寰宇！

第三篇

湘江、蒸水、耒水，在雁城
用湖湘千年的能量
拧成一根电缆
让遥远的海洋，感受到
温柔的压力

——胡丘陵《来雁塔》

文 景 耕 木 亥 蒋阳波 黄 荣 邓 维 江 子
胡仲明 王雁鸣 旷立志 欧阳明勇

湘江与蒸水汇流 彭斌 摄

河流记

湘江篇

水乃生命之源泉，亦为文化创造的凭借和传承的纽带。“湖湘文化”的命名与水紧密相连，“湖”即洞庭湖，“湘”即湘江。烟波浩渺的八百里洞庭湖，在先秦的古籍中已被列为“五湖四海”中的“五湖”之一，我国古代传说中的舜帝南巡及娥皇、女英二妃之后的追随，亦是从洞庭湖进入湘江。湘江作为贯通湖南南北的最大河流，在先秦时期与沅水并称为“沅湘”，至汉代被称为“湘”。初唐诗人王勃在《益州德阳县善寂寺碑》文中曰：“虽复苍梧北望，湖湘盈舜后之歌；绿苻西浮，江汉积文妃之颂。”自此，“湖湘”一词大量出现。追溯“湖湘文化”之命名，亦源于水。

湘江从广西临桂县海洋圩海洋山麓汇流而来，自祁东县归阳镇洼塘堰流入衡阳境，从衡东县彭陂港出境；境内河长255公里，接纳了耒水、蒸水、洣水等支流，形成了纵横千里的水网，河流交织，水源丰沛。衡阳文化源远流长，养育了蔡伦、王船山、罗荣桓等风流人物，湘江之滨挺立千年石鼓书院，文脉书香广为传播，衡阳遂成为“湖湘文化”的重镇——蓝墨水的上游。

独坐书院观三江

拥有一座千年书院，乃一座城市的福气。

某个冬日的下午，一个人走进石鼓书院，端坐于合江亭旁的石凳上，观“三江”如何汇流，听萧萧竹叶声卷起安静的记忆。

“三江”即湘江、蒸水、耒水，蒸水和耒水是湘江的支流。称蒸水、耒水为江或许过了点，但人们愿意这样称呼，湘江也没有意见，那就这样吧。也有说两江汇流的，因为蒸水在石鼓山先与湘江汇流；再往下约一里余，耒水自耒河口汇入，三条江就汇流了，像三个老朋友见了面，稍作寒暄，便滔滔北去，奔赴它们的洞庭湖以及长江、大海，约会去了。

最先站在石鼓山眺望三江汇流的，或许是三国时代的诸葛亮先生。每当督赋的空隙，对着江水摇一摇羽扇，其实并不算奢侈。第二位站在这里眺望的，或许是晋代那位写《观石鼓》诗的尚书郎庾阐，因为行色匆匆，可能只是稍作观望而已。第三位站在这里眺望的，或许是北魏地理学家郦道元，面对石鼓发出“临承即故酃县也……县有石鼓，高六尺，湘水所径，鼓鸣则土有兵革之事”的感叹。第四位站在这里眺望的，当是我们的韩愈先生，韩愈不但目光犀利，而且诗笔了得，一首《合江亭》便把几条江的情爱冷暖调制得如鸡尾酒一般，令人垂馋三尺。自韩愈以后，眺望似乎就成为了一种风流，一种气度，一种士大夫情怀。到了唐元和初年，一位名叫李宽的秀才慕名而来，因为崇拜《合江亭》的大气与潇洒，遂决定在此结庐读书。每当朝阳升起或夕阳落下，他与三条江是否已达成了“之乎者也”的默契，现在已很难想象。不论你相信不相信，吕温要来，朱熹要来，张栻要来，范成大要来，文天祥要来，徐霞客要来，彭玉麟要来；还可以开列一大串长长的名单，凡夫俗子、达官显贵、文人墨客、三教九流，在某一天某一时刻，与我一样，独坐书院观三江，不论意气风发或颓废失意，人与风景构成一种短暂的平衡，安静与自在。

人生的分合与江水的分合，尽管门类不同，但好像也有某种无言的默契，不管分离得多久，终归会汇合，不管分裂得多深，终归会弥合。三条江，以各自的风采梳理着岁月，以各自的晶莹洗礼着智慧。被耒水滋润的，有大名鼎鼎的造纸术发明家蔡伦；被蒸水滋润的，有名扬中外的哲学家思想家文学家王船山；被湘江滋润的，有君子情怀、风度翩翩的理学开山大师周敦颐。还有无数平凡的普通老百姓，祖祖辈辈生活在这纵横交织的水乡，劳碌奔忙中无意间的一瞥，莫不充溢着内心的感动。三条江，在我居住的城市里默默地流淌，默默地聚合，默默地流逝。多少目光在这里湿润，然后带着无语的乡愁离

开；多少迷茫在这里清醒，然后捂着熟悉的名字入眠。有一次，我坐在石鼓书院的石墩上发呆，仿佛就回到当年凿打石鼓的现场，任扬起的飞尘与我亲吻。有一次，我被一杯浓茶泡成了南岳的云雾，在帆影绰绰的江面上游离，又被风吹散。

这个冬日的下午确实很宁静，任我独坐、遐想。回雁峰在朦胧中，来雁塔和珠晖塔也在朦胧中，江水仍然平静地流着，平静得没有任何声响，可是我仍然能够感觉到时间在不知不觉地滴答，这滴答声使我与那些先行到来者擦肩而过，而又在此时相遇，默默相对。对于江水而言，每一个人都是匆匆过客，都会如江水一样流走，唯一可自慰的是，我们曾经来过，曾经眺望过，就如这些文字，与我一道融入了这个石头般客观的下午。

湘江衡阳段 彭斌 摄

十里画廊是衡州

历史烟雨中，一位诗人泛舟湘江，船到衡州，伫立船头，眼睛一亮，脱口吟出了美妙的诗句："淡烟十里锁江楼，湘水南来抱郭流。回雁峰头声断处，青杉翠竹是衡州。"这是三百多年前，湘江河畔衡州古城的一幅鲜活的生态画卷。

弹指一挥间。衡阳城旧貌换新颜，湘水依然穿城而过，但十里江岸不仅有"青杉翠竹是衡州"的自然美景，更有人文荟萃的十里风光带，为雁城锦上添花。湘江两岸风光带，南起雁峰区铜桥港，北至石鼓区枣子坪，东沿耒水至茶山坳，西沿蒸水至蒸水大桥，形成"两水绕城过，一江抱半城"的独特山水城市生态。自然与人文交相辉映，城市与山水相互衬托，成为衡阳水域亮丽的风景线。

漫步江岸，或泛舟湘江，可欣赏湘江流经衡阳"州依岣嵝屏边住"的自然美景，又可领略雁城"人在潇湘画里行"的人文华章。花岗石砌成的十里江堤从白沙洲一直延伸到石鼓山，两岸垂柳依依，亭台回廊，沿江胜景，美不胜收。

从湘江东岸开始漫游，首选湘水明珠文化长廊。一公里长的文化长廊构思奇特、景致精美，以园林造型和书画石刻等传统艺术形式再现了衡阳千年历史文化。与湘水明珠相望的东洲岛，如一颗翡翠镶嵌在碧绿的湘江中，岛上船山书院卓立千古，注视着湘江北去。在湘水明珠文化长廊漫步之际，放眼湘江西岸，一山"翠光欲滴"，便是南岳第一峰——回雁峰。唐宋以降，众多文人墨客诗词吟唱，风光千年。

在唐诗宋词萦绕中，一幢幢古朴典雅的清代公馆映入眼帘，最引人注目的为一代名臣、湘军将领、衡阳人彭玉麟的古宅"退省庵"。彭玉麟半生惊涛骇浪，晚年急流勇退，筑屋江畔，三省其身，德昭天下，美名垂青史。公馆建筑的北端即"红色摇篮"——湘南学联旧址，原为“浮桥公馆”。中国共产党成立之初，1922年10月至1925年，毛泽东先后4次来衡阳指导革命，其中两次住在湘南学联，在此指点江山，叱咤风云。

与湘南学联隔江相望的石鼓山，山虽不高，却名振天下，被朱熹称赞“最为一郡佳处”；山上矗立着千年书院——宋代天下四大书院之一的石鼓书院。登临参观游览，别有一番情趣。

夏夜泛舟湘江，十里江岸风光尽收眼底，从东洲岛乘游船顺流而下，湘江两岸十里长堤灯火辉煌，一川碧水，一江斑斓，汩汩流动，无声地流入了城市的梦境。

二塔临岸守风水

石鼓书院往北约一里余，衡阳城北合江套临湘江河西岸的山坡上，耸立着来雁塔。湘江河东岸，耒水与湘江汇合处之拜亭山上，耸立着珠晖塔。二塔遥遥相望，守护着衡阳的文运和财运，使其不至于像江水那样流走。

来雁塔，因与城南的回雁峰遥相呼应故得名。衡阳籍、明代礼部尚书曾朝节倡议疏通湘江河中影响船只通行的石滩，在岸边山坡上建塔，历时13年，建成来雁塔。其后，清嘉庆、道光、同治及民国年间均曾修葺，基本保持明代建筑风貌。来雁塔系楼阁式砖石塔，坐北朝南，七级八楞，中空，通高36米，底边长7.3米，塔置于须弥座石基上，塔基饰图案雕饰，门额为汉白玉石质，中镌“来雁塔”三个大字，系清朝兵部尚书彭玉麟手书。抗战后期，塔顶宝瓶毁于战火；1983年，来雁塔被公布为省级文物保护单位。1989年，衡阳市人民政府对其进行了全面维修。新世纪以来，来雁塔作为文物古迹被纳入了整体保护范畴，修葺一新。

二十世纪八十年代的来雁塔 彭斌 供图

来雁塔 彭斌 摄

珠晖塔的建造有个传说：清咸丰年间，衡阳富商议论，流水散财，衡阳的蒸、湘、耒三水汇合北流，钱财随水流走。一位风水先生出主意，在湘江东岸再建一座塔，与对岸来雁塔互为顾盼，守住水口，衡阳的文运和财运即可保持。珠晖塔经清朝衡阳盐运使程商霖等绅士倡修，由衡南县籍安徽巡抚王之春奏准修建，始建于清光绪二十六年（1900年），珠晖塔属砖石结构，八角七层，高30米，塔之外层均有环道，并雕刻石狮子。塔的第一层进门上方刻有王之春手书的“珠晖塔”三个苍劲大字，第一层内立着一尊文君帝塑像，供游人朝拜。塔内备有石级旋梯，游客可拾级而上，站在塔的最高层凭窗眺望，湘江犹如彩带飘舞，雁城风光尽揽眼底。

塔是佛教的纪念性或标志性建筑，其原型及宗教含义源自于印度，原意是坟墓，用来葬埋释迦牟尼的遗骨。引入中国以后，含义有所拓展。譬如来雁塔，其修建的本意是保佑过往船只平安，很有佛教“修行尽善”的意思。此外，来雁塔与湘江河东岸的珠晖塔遥遥相望，双塔临岸，树立镇守之威，乃风水学意义上城市水口建筑的最佳配置。

归阳古镇状元桥

状元桥座落于祁东县归阳古镇，横跨于白河入湘江之口，始建于明代万历年间（1573—1620年），重建于清同治年间（1862—1874年）；该桥为五孔石拱，桥长80米，高10米，宽8米，全部由青石砌成，桥两头各矗立一对石狮，建有桥亭，桥亭正中悬挂“万古不磨”木匾；状元桥属廊桥，桥上两侧有木栅栏。1944年日军入侵时桥亭被毁，1959年祁东县人民政府拨款重建，2006年状元桥被批准为“湖南省文物保护单位”。传说大桥建成合龙时，有一位状元经过，工匠出上联考之：“大桥刚合，从此通行，必吟诗作对，有所感，有所为，状元公有何想法？”状元稍思片刻，答曰：“小生新中，尔后为官，当效国惠民，不图名，不图利，众父老不必担心。”状元桥因此而命名。上联巧问，下联智答，百姓期盼，为官要义，皆从联出，可谓言简意赅，志从心生。由是，一座冰凉的石拱桥骤然间便拥有了文化的气息。

盛夏酷暑，怀着强烈的好奇心，从祁东县城乘客车到达归阳镇渡口。湘江边码头石阶上，一株百年古槐树豁然扑入眼帘，郁郁葱葱，绿意盎然，陡然就抛给人一束沧桑感。再看湘江，碧波如织，涛涛北去，大气而淡定；江边停泊三两只渔船，有鸭群嬉戏啄食；江水古槐，古渡渔船，令人顿生出一种怀古的感觉来。

乘着渔船，驶向状元桥。湘江水被船头犁开，浪花翻飞。船行约五分钟，一座古朴苍劲的廊桥映现于眼前，保存尚好。站立桥上，夏风习习，全身的汗水顿时收敛了，凭栏远望，湘江波光粼粼，两岸长堤碧绿延伸，江心偶有机帆船驶过，好一派湘江田园风光。桥面石板路面有一“仙人掌”脚印，据说踩了能添福添寿，大家到此争相围观，一踩为乐。桥上行人或路过小憩，或端坐于护廊条石休闲谈心，乡风俗趣，和谐自然。

状元桥距今已有四百多年历史了，依旧安然挺立，莫不是古人智慧的结晶。而那位状元的表白，可算是为官者的高境界，他一定明白了“当官不为民作主，不如回家卖红薯”的道理，才回答得如此从容大度。细细想

湘江东洲岛风景 彭斌 摄

湘江东洲岛风景 彭斌 摄

来，这实在可以成为今天为政者的一面镜子，也是老百姓朴素的期盼。

离开状元桥，步入归阳古镇老街，依稀可辨当年古街道老建筑风貌。频频摁下数码照相机快门，生怕这些古建筑遗存会随时间的流逝而风化消弥。回望状元桥，它依然挺立在湘江白河口，连接着两岸老百姓的生活，连接着童心与乡愁，连接着渔唱与诗吟，连接着渺远与未来。

萱洲古镇老河街

湘江向北流经衡山县萱洲镇时，扭了一下腰，形成了独特的U形河弯——萱洲。萱洲成为天然的避风港，往来船只均在此停靠；成为水陆交通码头，商贾云集于此，遂成集镇。萱洲镇，因当地盛产萱草而得名，鼎盛时期，衡山当地的土特产通过此地运往全国各地。萱洲古河街背倚青山，面临湘江，由两纵两横四条石板街组成，街上保存完好的明清古建筑有二十余栋，有建于清朝年间的刘锦公祠，历经数

衡山县萱洲镇风景 周围 摄

个朝代的金莲寺、三圣祠，镇守萱洲风水的杨泗水府庙，清朝名将曾国藩故居易家院子，行善积德的读书圣地慈善堂，造纸术发明人蔡伦的纪念祠蔡侯殿。

萱洲古河街，街的一边是深宅大院，另一边则是烟波浩渺的湘江，江的开阔、大气与古建筑的江南风格相映成趣。沿着小镇的青石板路往深处走去，可领略千年古河街的明清遗风。古街氤氲着悠长韵味，明清建筑，纯朴民风，鱼、水酒、风味小碟、金丝小枣等传统美食，带给人挥之不去的遐想。若是雨天，可听得到水滴石板的清响，也可见水汽从石板地面、青砖灰墙间升起，可领略到戴望舒《雨巷》里的那种风味。沿途的老房子里，仍有少许做买卖的器具搁置在柜顶上、橱窗里，上面落满了厚厚的灰尘，像是与这墙面、这砖瓦一般古老而遥远。沿渡口往左走不多远，便看见一幢现代气息的房屋，名彭康公馆，上面挂了一块“闲居”匾额，虽是仿古风格，却总觉有些别扭。房子前面立有渡口坊，坊前石刻雕三条龙，取名“蟠龙护江”。传说舜时期，湘江水灾泛滥，舜派大龙沿途镇服，从此风平浪静。

沿江再行，便是刘锦公祠了。此祠曾经一度荒废，墙面上小补之处甚多，像穿了件百衲衣。镶嵌在墙角的几处大石块却引起了我的兴趣，那都是用我们家乡俗称“磨刀石”的那种带沙质感的石头做的，上面雕刻了凤凰、鹿、荷花等动植物，用手抚摸，有沙沙的感觉。走远了再看，这一群建筑中，有不少人家虽是飞檐翘角，却在墙面上贴了瓷砖，地面铺了地板砖。

在小镇上漫步，到处可以看到枣树。房前屋后，江边村里，或是在一块空地上孑然独立，或是在湘江边匍匐延伸，或是两三棵竟相向上，或是渡口边一芳独秀。在这变换着的美丽画面中，忽见江中一叶小舟随水浮动，极具国画的美感。

耒水篇

耒水为湘江最大的支流，发源于桂东县烟竹堡，流经桂东、汝城、资兴、郴县、永兴，自耒阳市黄市镇大河村大河滩入境，经耒阳市、衡南县，至衡阳市珠晖区耒河口汇入湘江，境内河长179公里。耒水因炎帝“神农氏创耒”而命名，养育了伟大的造纸术发明家蔡伦。张良、韩愈、杜甫等文人墨客均与耒水情牵意连，耒水两岸有蔡伦竹海、环秀楼、张良洞、凌云塔、杜甫公园、江口乌洲等风景名胜。耒水被誉为湘水中的圣灵之水。

耒水悠悠载圣人

耒水千古流，流淌着大江大河的情怀，孕育着中华文明的经典故事。

耒水因炎帝而名。远古洪荒年代，人类农耕文明在华夏大地上拉开帷幕，炎帝神农氏从中原辗转渡湘江，入耒水。在耒水河畔，炎帝发明耒耜，教人耕种，人们从此摆脱了刀耕火种的原始耕种方式，迈进了农耕文明时代。如今，湘江、耒水流域两岸，遍布与炎帝相关的珍闻遗迹。炎帝死后，最终归葬炎陵。炎陵，汉属长沙国，唐属衡州茶陵县，宋元明清属衡州酃县。这位中国农耕文明的始祖长眠于斯，伴悠悠耒水，引人发万古情思。

耒水还涌现了人类文明中一朵瑰丽的浪花。两千年前的一叶扁舟，载着一位少年，出耒水，渡湘江，进长安，以造纸发明术掀开了人类文明的新篇章。这位奇才便是耒阳人蔡伦。耒水的灵奇触发着他的灵感，尽管从政坎坷、命运多舛，但他用造纸发明术开创了人类文明的新纪元。如果没有蔡伦发明造纸术，我们很难想象人类文明会如何演进。正如没有耒水汇流湘江，没有湘江汇流长江，中国文明长河、人类文明长河，会不会如此豪情澎湃，奔腾向前？

耒水也拍打着唐时的明月。那位吟唱着“安得广厦千万间，大庇天下寒士俱欢颜”的诗人杜甫，晚年乘舟飘泊湘江、耒水间，吟出了“飘飘何所似，天地一沙鸥”的绝唱。刚吟出“吴楚东南坼，乾坤日月浮”，又抒意“万里衡阳雁，今年又北归”。一个盛世的王朝怎么容不得一位忧国忧民的诗人？还是多情的湘水、耒水接纳了这位诗圣。耒阳的聂县令给被困洪水中的杜甫送去了酒肉，衡州的友人为潦倒的诗人送来了身心的慰藉。无奈诗人望着“衡阳雁去”的天空，无法释去“北归”的情怀，“老病孤舟”客死在耒水。这就是杜甫，把生命的绝唱写给了耒水，留在了衡阳。

直钓岩前张良洞

从耒阳城溯耒水到黄市镇，镇对岸有一山峰，高百米余，独耸云霄；有一寺名昭灵寺，寺内有岩洞，便是张良洞。洞岩壁有“直钓”二字，为元至正年间李从善书。相传，张良曾隐居此洞，仿姜太公直钩钓鱼，故此处又名直钓岩。石壁有张良书“灵源”石刻，洞西南近水处石壁刻有“浦南佳处”四字，亦为李从善书。洞中有保温洞、独角兽、顶天柱、张良榻、张良墩、万民伞、飞来钟、千人锅、通天塔、石布波十景，千姿百态，堪称耒水之上一处特色旅游景点。

秀美的山水掀动了一页沉重的历史。两千多年前的一幅画面依稀闪烁眼前：楚汉之争，张良献计刘邦，击败项羽，大功告成，他却悄然而退。张良南游，来到耒水之滨，宿直钓岩，以石为枕，日钓夜琴，过着隐居生活，躲过了“狡兔死、走狗烹；飞鸟尽、良弓藏；敌国灭、谋臣亡”的大劫数，不愧为天下少有之明白人。韩愈被贬潮州时路过耒阳，为该洞题写了“还我本来面目”六字，历代住持和尚将

耒水风光 彭斌 摄

此题词制成匾额悬挂佛堂。因此地有汉张良、唐韩愈题词，引来历代官员、文人墨客前来欣赏或题咏游记。其中有宋进士、耒阳上堡人氏李芮，明地理学家徐霞客，明名士刘季矿、刘芳，清衡山状元彭浚，邑令刘宗沛，清名士彭维新、刘谦、向大观、何绍基、陆绍礼等。有一副对联曰："今古英雄数指留侯识进退，历代君主岂独高祖负忠良。"这副对联，既是对张良智慧的评价，更是对历史的深刻反思。

每年农历的二月十九、六月十九 、九月十九，即观音菩萨生日，张良洞都会举行佛事。是时两岸人头攒动，耒水波光潋滟，方圆数十里的乡亲们聚集在一起，入寺先拜佛，虔诚求平安。

杜甫公园醉游人

杜甫公园是耒水中游的一颗明珠，耒阳十景之一。公园位于蔡子池东部沿江路、耒水之中，四面环水，故有"东洲"之称。东洲深林密阴，奇花遍地，异草丛生，史称"花洲"。民间传说，很久以前，天上有两只仙鸭，因私自来耒河洗澡，触犯天庭，被玉帝贬下凡间，才成了这块南北绵长、东西壮阔、形同两只浮在水面上的鸭子的绿洲，此处也被当地人称为"鸭婆洲"。据史料记载，杜甫曾脚着朝靴驻足花洲，洲上留有他的靴迹，故花洲又有"靴洲"之称。杜甫公园不但山水绮丽、风光优美，而且故事丰富、美名颇多。

踏上通往杜甫公园的张飞索桥，凭栏放眼望去，耒水奔流不息；上、下两洲之间，一衣带水，洲上游人络绎不绝，水面游船扬波穿行。花洲与绿水拥抱，水声与小鸟齐奏，有动有静，有声有色，令人心旷神怡。在公园的东面，三米高的基座上用汉白玉雕塑了一尊杜甫像，诗人仰首望天，似乎还在吟唱"万里衡阳雁，今年又北归"的诗句。诗人一生忧国忧民，开盛唐一代诗风，莫人能及；晚年又绝唱耒水，令人景仰。南面不远处的花坛中塑造了“芙蓉女”立体雕塑，还建了几处可供游人娱乐、休闲的“鲁班轩”“休闲楼”“岛中乐”……公园的自然景观和人文景观，极富南国风韵，倍受广大游人青睐，更为历代文人墨客所赞赏。相传唐大历五年（770年），诗圣杜甫为避乱去郴州投靠舅舅崔伟，船行至耒阳，迷恋花洲，游历后返回时不幸卒身耒河。后人为祭奠这位杰出的诗人，把花洲改为靴洲，将其遗骨安葬于耒阳城区东北角（现耒阳一中校园内），还建了杜工部祠，祠旁后来又建了杜陵书院。清末民初，杜陵书院改建为乙种师范传习所（耒阳一中的前身），以勉励后人学有所成，勤奋笔耕。

明代进士胡文璧曾游历于此，写下“花洲春涨”的赞美诗篇；清末学者李楚渔在一首七言律诗中道出了“东洲桃李争春色”的胜景。也许是沾着耒水的灵气，无论是耒河两岸的彪勇男儿，还是毓秀女子，都长得眉清目秀，招人喜爱。他们傍水而居，依水而行，以种田、捕鱼、泛船为业，心性淳朴厚道。他们热情好客，以其豪爽仗义的性格酿就了一道情深意浓的风景。

明代奇楼环秀楼

我知道耒阳市有一座建于明代的环秀楼，她虽然没有黄鹤楼、滕王阁、岳阳楼那样声名显赫，没有因名人雅士追逐吟咏而广播于天下，但在我心中，却是有着另一番牵挂的；因为在雁城衡阳范围内，她是仅存的一座明代楼阁式建筑了。

环秀楼，又名望江楼、奎星楼，通称八角亭，位于耒阳市城区五一广场东南侧，紧临耒水，与杜甫公园遥遥相望，始建于明洪武九年（1376年），学士解缙书其额。楼为砖木相间结构，共四层，高30米，底为八卦形，底层直径18米、周长约31米。现存环秀楼建筑于明成化年间（1465—1487年）由知县张时谨重修，清康熙五十八年（1719年）、民国十八年（1929年）再修。新中国成立后，先后三次按原样进行修缮，1956年定其为县级重点文物保护单位。

中国古代楼阁与欧洲古代的楼房有较大的区别。欧洲的楼房用砖石砌造，窗子不大；而中国的楼阁以砖木相间为结构，窗子开得大而多。以环秀楼为例，每层楼八面都开花窗，从不同角度摄入光线，使楼内通风采光达到最佳效果；同时，这种开放的视觉，也体现出中国文化重视人与自然和谐相处的倾向，通过窗子远眺山水，使人与天地河流融洽交流，进入到天人合一的美妙境界之中。环秀楼造型典雅、端庄古朴，具有明代楼阁“结构精巧、造型大气”的风格；楼宇飞檐俏立，又兼有江南楼阁的秀气，名为“环秀”，真是不虚此名。环秀楼额由解缙书写，又好生了得！解缙乃明朝第一位内阁首辅，官至翰林学士，被誉为“江南才子”，主持撰修了《永乐大典》，其书法行、草皆佳，狂草名噪一时。可以想见，当年环秀楼玉成喜庆之日，大学士解缙题额时笔走龙蛇，面对一片喝彩叫好声，该是如何风流倜傥。

牛年盛夏，我慕名前往，环秀楼依然屹立于耒水之滨，沿江马路从她身边穿过，市声喧嚣，车流往来。楼乃苍劲，只是与楼相连处横生一门面，且紧闭，不得入内。奇怪之余，便不免为环秀楼担心。现存环秀楼经历代修葺，保存尚好，但已经面临“与楼争地盘”的窘境。二十世纪五十年代，耒阳县将民众教育馆改为人民教育馆，在环秀楼内设书报阅览室，后迁出；如今，横生之门面已影响到环秀楼的独立存在。都市寸土寸金，可以砌无数栋高楼大厦，但是否也可以给环秀楼一个独立存在的空间？耒阳的明代环秀楼，以文化价值考，说她价值连城丝毫也不夸张。悠悠耒水，神农氏创耒，蔡伦造纸，罗含撰《更生记》，杜甫留诗，皆是人类文明和历史文化的大手笔；环秀楼又何尝不是一双文化的“眼睛”，在耒水之滨眺望着芸芸众生，俯览着滚滚红尘？有联曰：“八角亭，八角铃，八角亭铃悬八角；奎星楼，奎星阁，奎星楼阁藏奎星。”魁星又称奎星，为我国古代神话中主宰文章兴衰的神，换言之，环秀楼所凝聚和珍藏的，不正是耒阳的文脉？自蔡伦肇始，耒阳文人辈出，颇有长江后浪推前浪之势。文之所依，脉之所藏，一介诗痴的我竟飘飘然进入了环秀楼内，观那山水人物，依旧是明朝的气派，摸那檐角灰尘，依旧有明朝的气息。解缙来过，湛若水来过，张时谨来过，胡文璧来过，无数耒阳老百姓来过，看一看，想一想，走了，太阳照样从耒水上升起，又从耒水边落下去。门开了，门又关了，“吱呀”一声，将我从梦幻中惊醒。

青麓山巅凌云塔

凌云塔，又名青麓塔、青龙塔，位于耒阳市城区东北的青麓山巅，东悬耒水。清康熙五十八年（1719年），由耒阳县令张应星筹建，塔立风水龙脉最佳处，有镇风水宝地之意，建塔取“壮志凌云”意，为邑士勉。塔为七级，高31米，通体用青石、青砖砌成,塔顶为铸铁空心葫芦，门窗呈檐穹状，浮雕有人物、云气、瑞兽。

耒阳自古以来就有一个妇孺皆知的传说：相传太上老君察访人间时，玉帝叫他“宝撒四方”，他错听为“宝撒耒阳”，于是耒阳出现了一大批人才。清朝康熙年间，张应星任耒阳县令。他懂一点风水，查看了耒阳县城的形势：东、南、西三方地形高,东北山势低，耒水由南向北，转向东北滔滔而去，东北似一“箕口”，按风水是留不住才（财）的。东北又是青龙方位，青加低，地脉不旺，张县令决

耒水大桥 彭斌 摄

定在此筑一幢七层高塔，以壮耒阳地脉。康熙五十五年（1716年）春，张县令派去选址的人在东北青麓山的荆棘蔓草中发现一块石碑，上刻“耒邑欲兴，须于此处筑塔，以塞泄”，于是定塔址于青麓山，取名“凌云塔”，取“壮志凌云”之意，鼓励邑人发愤图强。张县令召集乡绅义士捐款，筹资备料，于是年八月建塔并竣工。拆架时，塔顶铁葫芦掉下，塔身歪斜闪裂，两天后塔全部倒塌。一时谣言四起，一说，塔建在青龙腰上，青龙一翻身就把塔给掀翻了。一说，塔建好当晚，恰值雷公雷婆巡查人间，塔高突兀，挡了他们去路，雷公雷婆

发怒了，一个电闪雷鸣就把塔给炸倒了。还有一说，上古时，耒阳有一民谣：“耒阳耒阳，周围城墙，儿孙智慧，代代侯王。”从这里路过的神仙听了后，施展法术，把东北的山压低了，变成“簸箕口”，并把歌谣改成：“耒阳耒阳，三面城墙，东北低矮，流水精光。”张县令为恢复耒阳四面城墙之说，建其塔，山川怨其耸拔，风云憎其突兀，奏报玉帝，玉帝在昏睡中下玉旨：派神仙推倒此塔。一时众说纷纷，可塔终究是倒了。

张县令是个咬定青山不放松的人。他认为，既有所异，定有所灵，便一定做对了。他弃前功而图后效，重新集资购料，又在原址上重建。重建塔时，张县令做了两件事。一是在塔基中心挖了一口三丈三尺深的井，在井里烧了九千九百九十九本经书。俗话说，“一字值千金（斤）”，九千九百九十九本书里总共有多少字，无从计算。张县令说，这么重，再大的青龙也无法翻身了。二是在塔的八个角上挖了八个一丈八尺八寸的大坑，每个坑里填了三石三斗绣花针。张县令说塔有千万铁针，风吹雷打不动。张县令吸取了前次的教训，重建时塔的基础下得扎实。据传竣工后各路神仙又上报给玉帝，玉帝被张县令的诚心所打动，亲自查看后传旨：“建塔以振脉气，壮一方文风，此塔与天同寿。”凌云塔终于建成。

1956年，凌云塔被定为县级重点保护文物，湘耒高速公路联络线从塔前经过，交通极为便利。2009年，耒阳市人民政府将该塔纳入了整体规划予以保护，使古塔重现沧桑厚重。至今已三百多年，塔依然挺立如初。

江口鸟洲听鸟声

江口鸟洲保护区位于衡南县江口镇耒水之中，四面环水，由三个洲组成，核心区面积32.5平方公里，沿岸风景区70平方公里，一年四季在此栖息和繁衍的鸟类有18目、38科、208种，总数达12万只以上，1984年被列为全国重点和湖南省以保护鸟类为主的自然保护区。

“去江口鸟洲，不要带别的什么，只需带上耳朵就行了。”临行前，一个朋友如是说。刚开始并不以为然，待真正去了之后，才发现朋友说的话一点都不假。

带着耳朵去，一叶小舟顺水而漂，远远地，由陈家洲、张家洲、龙家洲三个岛组成的鸟洲，像只展翅欲翔的大雁，仰冲进视野。一片青绿，一片翠绿，一片纯绿，那是一片鸟洲的绿，绿得你的胸口发跳，绿得你的双眼发痴。那绿不是云，不是山，也并非水，那是一片茂盛的树木，一片没有污染的树木，一片高大的乔木，一片常青的灌木。每天清晨和傍晚是鸟出巢和鸟归巢的时间，也是观鸟的最佳时候；无数只鸟成群结对，鸟洲上空，群鸟啾啾，或翔或翻，或跃或跳，煞是壮观，印证了人们的“飞时疑是天上云，落时不见河边雪”之说，鸟洲也被专家冠以“人群中鸟的天堂”。

带着耳朵听，先听听鸟们的私语。声音最大的当数喜鹊，这种鸟是吉祥、幸运与快乐的象征，在湘南农村一带最受欢迎。她的脖子有一块白色的，据说那是魔鬼留下的罪恶，魔鬼们妒忌她的吉祥、幸运与快乐，于是，便想用白绸把她勒死，结果，目的没达到，那白绸却变成了一束白羽毛，让魔鬼们见之，羞愧难当。喜鹊每次落到屋后的梧桐树上，翘着尾巴，“喜啦喜啦”一叫，母亲就会拍拍小孩子的头说，娃崽，家里有喜事来啦！那年月，家里有喜事是件多么令人高兴的事情呀！别的暂且不说，光在吃上是可以改善改善的，比如糖果花生之类的，母亲平日里把这些东西藏得很紧，现有客人要来，总会拿出来招待招待吧。一般来说，喜鹊上午报的喜，下午就有亲戚来串门，或是告诉谁家闺女生了个胖儿子，或谁家的小儿子长出息了，考上了名牌大学；谁家的男人在外做生意，发了大财，在城里购置了房产……各种各样令人愉快的事，总是随喜鹊拍打着翅膀，不停地飞来。

带着耳朵听，在江口鸟洲，你还可听到很多很多关于鸟们的趣闻与美传：黄鹂超级PK，大雁南北旅行，白鹭空中戏水，鹦鹉赴京学艺……数不完的趣闻与美传，总会让人为之陶醉，为之迷恋；陶醉于那鸟的天堂，迷恋于那鸟的世界。

蒸水篇

蒸水古名承水，俗称草河，系湘江较大支流之一，发源于大云山西麓邵东县毛荷殿乡郑家冲雁鹅川，于衡阳县金兰寺镇金树村入境，流经衡阳县、衡南县、衡阳市，呈“乙”字形贯穿衡阳县金兰寺、渣江、台源寺、西渡、呆鹰岭、三塘等地，于衡阳市石鼓区石鼓嘴草河口汇入湘江，境内河长139公里。蒸水养育了杰出的思想家王船山、清末名臣彭玉麟、民初大书画家曾熙、革命先烈夏明翰、当代作家琼瑶，拥有中洲公园、渣江古镇等旅游景点，以其古朴人文之美和饮食文化吸引着天下游客。

溯流蒸水观风流

历史上蒸湘代表衡阳，蒸水系湘江一大支流。蒸水多情，湘水浪漫，蒸湘汇流出衡岳大地的千姿百态。蒸水最窄处才一两米，最宽处也不过百多米。这么小的一条河，从远古洪荒到现世而今，荣枯消长之间却蜿蜒跌宕、生生不息。站立山巅俯瞰，这块数千平方公里的土地，绿色山林间由粗到细盘旋着明晃晃的一道白练，这是横卧着的蒸腾之状。每到入秋时节，河面上水气袅袅，云蒸霞蔚，如梦似幻。沿河两岸草木繁茂，连河底的水草都郁郁葱葱，故蒸水又习称草河。

从青草桥出发，溯流而上，向青草更青处漫游。五六十年前的蒸水河上，可划一叶扁舟，摇过青草湾，摇过呆鹰岭，摇过三塘。这一片水域是蒸水的入江段，水草茂盛，水面宽阔，水鸟翔集，鱼肥虾壮，是衡州城下有名的捕鱼区，每天清晨都会有最鲜活的水产卸船上岸。千百年过去，直到现在呆鹰岭还有不少居民长期生活在船上，渔业成了他们家庭收入的主要来源。而三塘更是盛产草鱼，三塘鱼粉与西湖鱼粉齐名，成了衡阳米粉界的金字招牌。

同属于下游的西渡是蒸水河边最大的城镇，历史悠久、文化深厚，已演变成衡阳县城。蒸水冲积出草塘、英陂和豆陂三大平町。武水入口段，传为钟武故城所在地。武水演水汇流形成的大小东洲二岛，为县城景观最佳处。曾经数百年香火鼎盛的灵瑞寺和大小西林二寺分居县城东西两头。还能依稀寻到的古迹当属西渡老街了，老码头老街老铺面静静留在河边，健在的老人们还在向路人诉说曾经西去宝庆的喧闹与繁华。

过了咸水亭不远便是台源寺了。台源寺保存有蒸水边最大最好最完整的石板码头石板街。“九渡的豆腐，台源寺的酒”太有名了，青草桥头许多酒家卖的酒便是这里产的。无论湖之酒还是米烧酒，甜了一条河香了一条河。台源寺还盛产全国有名的湘莲，曾被列为贡品送宫廷享用。台源寺已不复存在，离街上不远的地方倒有一座贞节牌坊，风雨中站了几百年，见证世风的沧桑变迁。

蒸水中游最著名的地方要数渣江了。没通公路的时候，这里是水路上最繁华的口岸。岸上沃野万顷，五谷丰登。以粮换钱的漫长岁月里，尊诗书、重耕读成了这一带黎民百姓的传世追求，彭玉麟、曾熙、王祺、陈墨西、琼瑶等一大批近现代文化名人相继出现于此。渣江米粉、渣江假羊肉、渣江豆豉、霉豆渣等传统饮食产品也非同寻常，其制作工艺精细，味道鲜美，千百年间脍炙人口。

西乡洪罗庙因为有了隐居著述的王船山和离家革命的夏明翰而名振天下。一个三百年前的明末举子，一个八十年前的热血青年，顺着这条河一进一出，便演绎出思想史和革命史上两段极其光辉灿烂的篇章，成就了衡州城上下五百年两大荣耀。

以山水风光见长的恐怕要属金兰了。金兰山上有“金”山下有“兰”，风光旖旎，景色神奇。蒸水河西岸有聚湖峰，峰上有聚湖

蒸水风光 张志伟 摄

庵，距聚湖峰不远有石荷岭，岭上有石荷殿，皆为名刹。河上有“延寿桥”“寒峰桥”，桥的不远处是清代两湖总督常大淳的故居，以及被孙中山誉为“大丈夫”的谢彬的家乡。

聚湖峰和石荷岭两山过去不远便是衡邵交界地了。蒸水入境口在金树村村头，再往上就是邵东县的水东江。河流越往上越窄，可水草也越发的丰茂。寻到佘田桥、灵官殿，只见青草难见水流，河道只剩下一两米宽；而到了毛荷殿见到的便只是涓涓细流的大云山了。大云山的高泉隐流饱含自然的精华，并积淀了人文渊薮，低调而旷达地涌出。沿途接纳岁河、柿竹水、岳沙河、演水、武水、青化水、柿江、石狮港等二级支流，像一棵巨树的庞大根系，集广袤的蒸湘大地之灵气，向蒸水汇聚，让上游的山水更青秀，让中下游的丘陵与平原更丰盛。

渣江古镇寻古风

渣江镇相传为蒸水河渣滓冲积而成，故名渣江。渣江镇虽地处衡阳县腹地，但商贸非常发达，交通十分便利，是衡阳县东北角经济、文化、交通中心。现在的渣江分为新城、旧城。新城道路宽敞，高楼林立，商铺旺盛。老城、老街、老屋、老木，古风古朴。渣江素有“衡西小平原”之称，境内阡陌交错，土地肥沃，物产丰富；其饮食文化也很有特色，如“假羊肉、水豆腐、霉豆腐、渣江米粉”等，莫不令人垂涎三尺。还有衡阳名菜“玉麟香腰”，更是以彭玉麟大名冠之。渣江自古以来人文厚重，渣江出土的“戈作宝彝”提梁卣，堪称国宝。人杰地灵，俊杰辈出，渣江镇涌现出清末名臣彭玉麟，民初大书画家曾熙、教育名人陈墨西、著名史学家陈致平、当代作家琼瑶等风流人物。

蒸水中游最著名的地方要数渣江了。六七十年前没有公路，连接衡阳和渣江的是可并行四匹马的渣衡官道，而水道因数百年的疏浚也变得十分畅达与繁荣，几吨、十几吨的货船客船经西渡直达青草渡，

蒸水　彭斌　摄

更远处可直抵潭州及汉江。这一带名人辈出。下河口上方进去不远的和睦村便是湘军主将彭玉麟的故居地，故居有御书楼和赐福堂。彭玉麟追随曾国藩重整内湖水师，因抗击太平军和抵御外强有功被朝廷授予水师提督、兵部右侍郎，继又加封太子少保衔；病逝于衡阳江东岸寓所后，清廷追赐太子太保赐谥刚直。彭玉麟关心教育，注重人才，热衷于船山学说的整理和传播，曾捐白银万两重建船山书院。军事之暇，绘画写诗，尤善画梅，现在还有不少诗画留传于世。

近代书画大师曾熙的故里也在渣江。曾熙光绪二十九年（1903年）中进士，曾任兵部主事，后一直在上海鬻书卖画，其书法造诣颇深，各体皆精。晚年兼学绘画，倡书画同源之说。亦通经史善诗文，门生甚多，张大千、马宗霍皆一时俊才。张大千曾亲自扶柩至渣江并守墓一月方去。现石市乡石狮村石狮口有曾熙故居，建于光绪年间，系土木青砖结构，五进两横共四十九间，现存两进。

在渣江醒狮村，诞生了国民党元老王祺。中华民国临时政府成立时，王祺应孙中山之召任内务部秘书，后任国民党中央执行委员、立法委员。王祺博学多才，诗书画造诣极高，曾任暨南大学教授，编辑出版了国内第一部《孙中山全集》，并有国画集、诗集留世。王祺故居位于醒狮村枫树湾，建于民初。故居一进两横，正屋九间，杂房两间，系土木结构，小青瓦屋面，一直有亲人居住。因及时检修和改建，故居保存尚好。王祺后裔发达，女婿唐振楚，外孙唐浩明、唐翼明均成就卓著。

著名作家琼瑶的老家也在渣江，她的祖父陈墨西是著名学者。琼瑶祖居于渣江“兰芝堂”，为四代书香门第。其曾祖父陈维之亦进士及第，曾任江西九江知州。陈家作为渣江一带名门望族，其文化上的贡献令海内外注目。

洣水篇

洣水发源于湘东罗霄山脉桂东县八面山北麓，经炎陵县、茶陵县、攸县，自衡东县草市镇江萍村入境，自东向西流经草市、高湖、杨林、青山、甘溪、吴集、潭泊等乡镇，于洣河村洣河口汇入湘江，境内河长75公里。古以来，洣水流域水产丰富，粮食充盈，为湘南渔米之乡。共和国元帅罗荣桓就诞生于此。洣水沿岸点缀着二十多处风景名胜，如甘溪河坝、水上街市、吴集老街、锡岩仙洞、罗荣桓故居等。

水清玉洁洣水情

“洣水汤汤，鹿原苍苍，东方的神话从这里流淌……”相传炎帝神农氏从北方来到南方，亲手教化了生活在洣水流域的先民种植水稻，“洣”也就是取水丰米足的意思。洣水是湘江流域最为清幽而洁美的支流，如果把湘江比做湖湘大地的母亲，那么洣水便是它的女儿河，清纯可爱、圣洁秀美。

站在宽阔的甘溪河坝上，只见一江碧水深藏于崇山峻岭之间，精神不禁为之一振，一种远离城市喧嚣、回归大自然的感觉油然而生。坐上渡船，溯江而上，挺立船头，迎着江面湿漉的清新空气，望着水平如镜的江面、两岸秀丽的风光、远处连绵的群峰，心便轻易地被洣水的美震慑住了。

水的美不是飞扬妖冶，却是明艳照人：不是那样抢眼、夺目，细看却很秀丽、娟美；沿河傍水而生的小草，就像她浓密的睫毛，而垂拂至河面的树枝又像是在想着心事的她泯在唇齿间的一绺绺秀发；岸边那在深秋里染上了色度不一的黄色的树林更像是她时尚的秀发，远远望去，无风的时候，她直发及腰，那么妩媚绰约，而风起之际，又增一份娇艳飘逸。她取卧姿，含羞带怯地静静地躺在大山的脚边，她的胴体线条柔和，丰腴适度。她那么从容，一副春风不来柳絮不惊的女儿态。河的水好清，就像藏在深山中的一条天然玉带，碧绿澄清、冰清玉洁。行舟，把手伸入水中，一股爽心的凉意瞬间传遍全身。望着那水，仿佛是满江的琼浆玉液，游人一下子变得很渴，恨不得一口饮下这满江的琼浆。有资料显示，洣水的洁净度在湖南乃至全国都十分罕见，这是一条还没有被工业污染的河流，是衡阳的一条生态之河。洣河水面很平，在阳光照射下，波光粼粼，宛若水晶般的绸缎。河面的空气十分清新，就像过滤了似的，纯净得没有一丝杂质。人们可以很奢侈、很过瘾地呼吸着，把沾满城市灰尘和废气的胸肺洗得干干净净，一尘不染。

航拍洣水畔的衡东县城 周围 摄

江两边长满了荷叶，漫成一汪一汪的，蔚为壮观。几艘渔船出没江面，有健壮的男人、朴实的妇人、无忧无虑的小孩。几只野鸭浮在江面，等游船一到，忽然一下钻入水中不见了，只留下几道涟漪。抬头望去，一群白鹭从空中飞过，静静地消失在远处黛绿的群山间。人们享受着这份宁静、这份和谐，生怕把她破坏，连说话都变得格外小声。两岸的山峰不断变化着，时而险峻，时而低缓，时而茂密，时而嶙峋，偶尔还能见到几处青墙飞檐的古祠堂、古民居，点缀在两岸青山翠柏之中，使人仿佛回到了一个清纯而自然的年代。远处的群峰层峦叠嶂，苍翠欲滴，矗立在苍山白云深处，倒映在旖旎的江面，真如一幅秀丽的世外桃源图。置身其中，让人赏心悦目，疲惫烦恼顿消。

孔子曰：智者乐水，仁者乐山。在洣水，既有水，又有山，人们能完全融入大自然，可达“天人合一”之境，以无穷的遐思，在自然的纯美中滋润心境。

洣水湿地 彭斌 摄

吴集古镇青石街

吴集镇位于洣水河畔的杨山脚下，北面与衡东县城隔河相望、一桥相通。它三面环山，一面临洣河。在以水上交通为主要运输方式的年代，这里大小舟楫，往返如织，成为河汇入湘江前的最后一个大集市。古镇历史悠久、山清水秀，具有诸多美丽传说。据《衡山县志》载：“吴集市后，广袤五里，为吴三桂集兵之处。”吴集因而得名。相传炎帝曾路过洣水，近臣杨山亦长眠于此。吴集老街上还有保存完好、建于三百多年前的杨山古祠，还有为纪念“天符老爷”生辰于每年农历五月十五、十六、十七、十八连续四天举行的庆典庙会——包括抬故事等传统活动。吴集古镇历代人才辈出，清代提督秦伯西、刑判秦国宝、台湾故宫博物院院长秦孝仪等均在吴集古镇出生、长大。

春雨中的吴集，显得格外的离奇。古镇四周春意盎然，古镇脚下的洣水河畔已是青草萋萋，古镇身后的环山满目青翠，唯有这条老

街，在一片湿绿中更显“老”得出奇。迷离的是脚下的这条老街，青石板听着雨点，一听就是百年。神奇的是雨帘中的吴集，古镇静立着看着雨巷，看着一个又一个古老的故事从历史的时空中滴落到今天。

走进吴集，定会走进这条千米长的老街。老街有些老了，就像吴集这个名字。人们自然会想起一个人的名字，一个曾经改写中国历史的枭雄的名字——吴三桂。有时历史像风像雨又像雾，很难认清它的真面目。时光定格在清康熙十七年（1678年），吴三桂在衡阳称帝。为对抗清庭、守卫衡阳，吴三桂看中了洣水河畔三面环山的杨山，在此屯守重兵。是时，大清已一统天下，人心思定。当地百姓自发组织起来，与吴军抗争，直到把吴军击溃。为纪念抗击吴三桂的斗争，杨山改称吴集。

一页已经发黄的历史，宛若足下这条老街蜿蜒了三百多年的光阴。人去物非，老街依旧。墙面剥落的明清建筑拥挤着青石板铺成的街道，在一年一度的春雨中，诉说着什么，等候着什么?没人知道。亦或美在发现，美在自然，美在历史。历史有时以一种“残缺”为美，这种美或许能更多地给人以直觉以外的感受，为衡阳历史文化提供了一页珍贵的记忆。所以吴集老街“老”出了一种离奇，“老”出了一种神韵。

洣水 彭斌 摄

春陵水 彭斌 摄

宜水篇

宜水，又称西江，发源于桂阳县白水乡小洋泉，向北流经常宁市钟岭林场和黄洞、洋泉等乡镇，自江口塘注入湘江，常宁境内河长78.5公里。

宜水河畔培元塔

培元塔耸立于常宁西郊宜水河畔的罗汉石上，是常宁城区现存唯一的古建筑，“宜河塔影”为常宁久负盛名的景观。

清同治年间，安徽巡抚唐训方首捐廉金白银2万两，县绅张择清捐地，由唐绳武、殷盘精心建造培元塔，此塔距今已有140多年历史。塔的结构极为罕见，为楼阁式砖塔，通高36米，七级八棱，坐北朝南。南门门额阴刻楷书“培元塔”，东、西、北三门分别刻“迎紫气”“挹青云”“洪恩至”。塔心室下方上圆，内有夹壁梯道盘旋而上，可登各层乃至塔顶。塔顶置铁质葫芦宝瓶一个。2006年至2008年，常宁市人民政府组织对培元塔进行修缮，使古塔重焕荣光，现为湖南省文物保护单位。

为找到一个可以俯瞰常宁的支点，一个阳光温馨的午后，穿过宋代刘克庄诗歌里的菜地，穿过那些大摇大摆的鸭群，前往培元塔。沿着曲折幽暗而陡峭的石阶，闻着清代同治年间的气味，颇费周折地来到了塔顶。倚着塔顶偌大的铁葫芦，坐在红色光滑的方条石上，享四面浩浩凉风，远望广袤的宜河平原。宜水蜿蜒北去，万亩油菜示范片正在收割，老牛悠长的哞鸣，给南面繁华的城市下了另一个注脚。

培元塔由常宁籍安徽巡抚唐训方倡建，目的是“固山川之元气，培邑中之人文”。但就是这个31岁才中举的常宁人，成为一代又一代读书人的榜样。对唐训方来说，培元塔是一种江湖的解脱。这位从军八年、为政六年的读书人，对战争的残酷有极深的厌恶，以至于他带领常宁籍的训字营官兵突出重围后，向曾国藩和胡林翼请辞时，胡林翼不屑地说，到底是读书人啊，不堪重任，没什么出息。其实，对读书人唐训方来说，与太平军作战，根本是“人在江湖，身不由己”。他要的是另一种江湖。他在自己的诗里写道：“为爱清虚住上方，万山苍翠泼兰房。四时花草皆诗料，写上云笺字亦香。”被僧格林沁亲王弹劾降职后，他乞假省墓，回了老家常宁。他重新出任双蹲书院山长，捐资建立培元塔，为常宁培育人才。

倒有一个轶事，流传甚广。培元塔建成后，唐训方的政治对手向同治帝奏了一本，罪名是“为官期间，贪污将士的俸银”。同治皇帝也很有意思，就派了同是衡州府人、湘军“书院派”的彭玉麟前来查处。彭玉麟微服私访来到唐府，一进门先见到唐训方的小儿子，便问：“你父亲在家吗？”正好唐训方在屋里听到这个熟悉的声音，一听是彭玉麟，知道他从来“无事不登三宝殿”。于是，唐训方赶紧脱下身上长袍，穿上农夫短装，手拿一个粪筐和一把粪耙子从后门出去。这是典型的江湖手段。他在外面晃悠了一圈，再从前门进来，故作惊讶地说：“啊呀！是雪琴兄您啊。我刚从外面捡粪回来，真是失礼失礼！”彭玉麟看到唐训方的落魄模样，想自己有朝一日也会处江湖之远，顿生同情心，此事后来便不了了之。

整个常宁城区被宜水和潭水围绕，在常宁一中谷家洲汇合，通常我们叫宜河。宜河是常宁人的母亲河，倒映在宜河里的培元塔，渐渐被水流放大，逐渐融入常宁人的经脉。伫立塔顶，极目远眺，阳光下，宜水河熠熠生辉，蜿蜒远去，汇入湘江。培元塔也注视着这一切，注视着沧桑巨变，换了人间。

第四篇

浊浪击鼓，石鼓不为所动
它有永不生锈的腔调
靠近它，有一座山的回响
——萧萧《石鼓记》

文 刘洁

石鼓书院航拍图 石鼓区融媒体中心供图

书院记

安史之乱之后，历经漂泊的杜甫于公元769年乘一叶孤舟从洞庭湖进入湘江，到达衡山县城。县尹陆宰邀请杜甫参观了当地新办的学堂，听着琅琅读书声，杜甫不由地赞叹：“衡山虽小邑，首唱恢大义。”30年后的公元798年，宰相李泌之子李繁在父亲曾隐居过的南岳创立了邺侯书院，藏书颇多，引得后来游历南岳的韩愈写下“邺侯家多书，架插三万轴”的诗句，这是衡阳有历史记载的第一所书院。又过10年，唐代元和年间，石鼓山上开始有了书院的千年传奇。

据统计，唐代全国49所书院中湖南8所，其中衡阳5所，除石鼓书院和邺侯书院外，还有杜陵（纪念杜甫而建）、卢藩和韦宙书院。衡阳书院曾形成以石鼓书院为中心的书院群，其中著名书院有文定、甘泉、邺侯、南轩、濂溪、白沙、东廓、双桂、集贤、卢藩、六峰、船山等，衡阳的书院最多时为110余所，仅南岳就有27所。

曾国藩在《重修胡文定公书院记》中曰：天下之书院，楚为盛，楚之书院，衡为盛，以隶岳故也。

众多的衡阳书院，犹如满天星辰，照耀了衡阳的历史文化天空，而在这繁星丛中最闪亮的自然是石鼓书院。石鼓书院始建于唐，历经

石鼓书院 周围 摄

宋、元、明、清、民国，至今1200余年，为创建最早的书院之一，是中国古代书院发展历史的缩影。

韩愈《合江亭》与唐朝肇创

细说石鼓书院的千年历史，还要从韩愈的《合江亭》讲起。

805年秋天，时任衡州刺史的邹君迎来了大文豪韩愈。韩愈的到来，对于衡阳的文化界无疑是件大事，邹君当然是异常欢喜，设宴于石鼓山上的合江亭，盛情款待。

何为合江亭？明朝衡州知府沈鈇在其《沧浪亭记》中写道：石鼓之山，蒸、湘二水交会处也。唐刺史齐映名其亭曰“合江”，旧矣。

石鼓晨曦 彭斌 摄

石鼓山所处之位，湘水挹其右，蒸水环其左，耒水横其前，为三水合流之处。且其三面临水，一峰突起，悬崖峭壁，犹如一块特大的石头屹立于江心，气势雄伟壮丽。787年，唐朝宰相齐映被罢相外放为衡州刺史，感叹其独特风貌，修建了一座楼阁式建筑，取名合江亭。801年，时任衡州刺史宇文炫扩建了合江亭。

邹君在合江亭接待大文豪韩愈，自然是觉得这个地方有衡阳最拿得出手的风景。

韩愈（768—824年），世称“韩昌黎”，居唐宋八大家之首，官至吏部侍郎。803年韩愈担任监察御史，因刚正不阿，得罪权贵，同年12月被贬为广东连州阳山县令。805年春获得赦免，去江陵途经衡阳，心情自然大好。站在合江亭上，面对宽阔的江面，看着江水奔流不息，韩愈不由得心旷神怡，感慨万千，写下千古绝唱《合江亭》。

合江亭

[唐] 韩愈

红亭枕湘江，蒸水会其左。瞰临眇空阔，绿净不可唾。
维昔经营初，邦君实王佐。翦林迁神祠，买地费家货。
梁栋宏可爱，结构丽匪过。伊人去轩腾，兹宇遂颓挫。
老郎来何暮？高唱久乃和。树兰盈九畹，栽竹逾万个。
长绠汲沧浪，幽蹊下坎坷。波涛夜俯听，云树朝对卧。
初如遗宦情，终乃最郡课。人生诚无几，事往悲岂奈！
萧条绵岁时，契阔继庸懦。胜事谁复论？丑声日已播。
中丞黜凶邪，天子闵穷饿。君侯至之初，闾里自相贺。
淹滞乐闲旷，勤苦劝慵惰。为余扫尘阶，命乐醉众座。
穷秋感平分，新月怜半破。愿书岩上石，勿使泥尘涴。

韩愈以其独特的昌黎笔法，高度洗练且极具神韵的文辞，一气呵成，韵律优美。整首诗气势雄浑、格调隽永、挥洒自如，其“瞰临眇空阔，绿净不可唾”两句，成为后世人们广为传诵的名句，而合江亭亦因此又被称为“绿净阁”。

宋代赵汝鐩在《题合江亭》中写道：石鼓山头一小亭，乾坤万里眼双明。虽因刺史来寻胜，不遇昌黎岂得名。

明朝弘治年间邓淮对联云：石鼓双江水；昌黎一首诗。

韩愈的《合江亭》为石鼓山做了千年的“广告”，由此合江亭声名远播。

受韩愈诗的感召，秀才李宽（又名李宽中）在石鼓山上创建了书院。1200多年以前的事，我们又是如何知道的呢？有诗为证，作诗者为时任衡州刺史吕温。

吕温（772—811年），曾是朝廷重臣，因得罪宰相李吉甫而遭贬，初贬道州刺史，于810年春再改任衡州刺史，遗憾的是，他在衡阳仅一年便去世了。

吕温中年不得志、心中抑郁，大概只有浩渺宽阔的湘江水才能稍稍安抚他的心情。于是，石鼓山成了他常来的地方，他在多首诗中写出了宦海沉浮、洁身自爱的自叹和得不偿失的感慨，而其中一首诗则记下了石鼓书院的千年历史。

题寻真观李宽中秀才书院

[唐] 吕温

闭院开轩笑语阑，江山并入一壶宽。微风但觉杉香满，烈日方知竹气寒。

披卷最宜生白室，吟诗好就步虚坛。愿君此地攻文字，如炼仙家九转丹。

这首诗中，吕温有了难得的愉快心情。全诗简练明快，语言朴素，直抒胸臆。诗题就很考究，指明了李宽中秀才书院，就是石鼓书院的前身。首联“闭院开轩笑语阑”，说明吕温来时推开关闭的院门，里面是一幅学子们谈笑风生、讨论学问的景象。

史料记载，吕温重视教育，大力支持书院的发展。而这首诗又给书院做了极好的宣传和推广，激起社会各界尤其是文人士子们的极大兴趣和追崇，书院一时兴旺起来。

感谢有吕温来过衡阳，重视文化，拜访书院，留下诗篇，以此为证可以让千年之后的我们知道石鼓书院的确切始建时间。

石鼓书院创建于唐元和元年至五年间（806—810年），就时间而言居于全国四大书院之首。白鹿洞书院创建于937—942年，岳麓书院创建于976年，睢阳书院（又称应天府书院）创建于1009年。

石鼓书院不仅是四大书院中创建最早的书院，而且是有史料记载的最早具有教学功能的书院，开创了书院招收学生授课的先河。从此书院不再只是个人读书、做学问和藏书的地方，而是一种新的民间教育模式。自此，中国书院经过几百年的发展，最终促使中国古代教育事业进入到官学、私学、书院三足鼎立的新时代。

文化相对落后的“南蛮之地”衡阳，为何能成为古代书院先行者？

首先得益于唐朝科举兴盛的大时代背景，给社会民间办学创造了条件。其次衡阳属重要交通枢纽，自汉以来就是湘南地区的绝对中心。且境内又有南岳，山水秀美、民风淳朴、交通便利，唐宋时期，被贬、被撤至此，以及自己选择来衡阳隐居的文人雅士非常多，其中不乏当时一流的学者、政治家、思想家和诗人，如杜甫、韩愈、柳宗元、齐映、宇文炫、邹君、吕温等名家都在石鼓留下过诗文墨迹。

石鼓书院　石鼓区融媒体中心供图

名人诗作在古代是最好的传播媒介，这些诗文为石鼓书院做了很好的宣传，使得石鼓书院在唐代就已经相当著名，此为四大书院之中石鼓书院的独特之处。

皇帝赐额，朱子作记而名扬天下

唐末至五代，战乱频繁，直到100多年后的北宋，天下重新太平。北宋政治开明，读书人有相对的言论自由，由此涌现了一些著名的文化人，如范仲淹、欧阳修、苏东坡、司马光、王安石等，他们既是政治家也是大文学家，而另一些文化人则开始自办学舍或去到别的书院讲学，弘扬儒家思想。宋初的几十年间，朝廷没有兴学，国民教育全赖于书院。

997年，李宽的后人李士真在李宽书院旧址上重建书院，形成讲学、藏书、祭祀的书院规制，并以“石鼓书院”命名。

李士真是个什么样的人物呢？各版本的《石鼓书院志》中并无明确记载，而《石鼓李氏族谱》中记载比较详细：

士真祖，字子固，宋至道时成进士，不仕。修治裕卿祖（李宽）读书处，荟萃名流，讲学石鼓。一时儒风丕振，人宗仰之。

至道是宋太宗的最后一个年号。太宗时平均每科进士230人，全国参考举子往往上万人，李士真能中进士，可谓凤毛麟角，他向官府提出重建书院，朝廷自是重视。

明朝天顺初年，户部尚书翁世资被贬衡州太守，重修石鼓书院，并作《重修书院记》，其中记载：

至宋至道三年，李士真者援李宽故事，告郡重建，以居学者。石鼓之名由是闻天下矣。虽岳麓、睢阳、白鹿洞殆不是过。

李士真重建书院是石鼓书院历史的转折点，不仅延续了书院的文脉，又使得石鼓书院因得到宋朝皇帝的赐额，晋升为宋初四大书院之一。

1488—1505年，衡州知府何珣重修石鼓书院，竣工后请礼部尚书周洪谟作《重修石鼓书院记》，其中记载：宋至道间，郡人李士真援故事，愿以私财即合江亭故址造书院，以居衡之学者。景祐中，赐敕额及田五顷。

景祐是宋仁宗的年号，宋仁宗不仅给石鼓书院赐了匾额,还赐予了学田，这让书院在社会地位和经济上都得到了保障。

是怎样的机缘，能让宋朝皇帝对偏远的衡阳石鼓书院又是赐匾额又是赐学田呢?

明万历《石鼓书院志卷上部·书院沿革》记载：景祐间，集贤校理刘沆以书院上请，始赐额并学田，与睢阳、岳麓、白鹿洞并称为四大书院。

刘沆（995—1060年），进士出身，曾任北宋宰相，集贤殿大学士（集贤校理）。1035年，刘沆任衡州知府，对书院教育非常重视，将石鼓书院有关情况上奏朝廷，请求皇帝颁赐院额。此时正是北宋书院发展的高峰期，宋仁宗对书院文化非常重视，于是应刘沆之请，于当年或次年赐额“石鼓书院”。

宋代以文治国，强化科举取士。宋代皇帝表彰几所典型书院作为天下榜样，就有了宋初四大书院，石鼓书院有幸名列其中。

100多年后，1187年朱熹为石鼓书院作《石鼓书院记》，是石鼓书院历史上又一重大事件。

朱熹（1130—1200年），出身儒学世家，从小接受多位儒学大师的教导，19岁考中进士，一生博览经史，治学严谨，著作宏富，最终成为理学的集大成者。朱熹一生与书院结下难解之缘，南宋书院的发达与其一生的努力奉献密不可分。

1187年，石鼓书院重修竣工时，提点邢狱宋若水请朱熹作《石鼓书院记》。此时，宋朝建立已有200多年，原本生机勃勃的科举制度也开始走向僵化。当时的官学只重科举，不考德行，而学子们也是只求功名。对此，朱熹在《石鼓书院记》中对官学进行了严厉的批评，同时对重修石鼓书院之事大加赞赏，倡导学子们要提高自我修养、注重实践，倡导书院要以义理之学教育诸生。

因为有了朱熹的推崇，石鼓书院有幸在天下众多书院中脱颖而出，盛名远扬。在此有必要将《衡州石鼓书院记》完整刊出，以示对朱子的崇敬和怀念。

衡州石鼓书院记

[南宋]朱熹

衡州石鼓山据蒸湘之会，江流环带，最为一郡佳处。故有书院，起唐元和间，州人李宽之所为，至国初时，尝赐敕额。其后乃复稍徙而东，以为州学，则书院之踪，于此遂废而不复修矣。

淳熙十二年，部使者东阳潘侯畤德鄜，始因旧址，列屋数间，榜以故额，将以俟四方之士有志于学而不屑于课试之业者居之，未竟而去。今使者成都宋侯若水子渊，又因其故而益广之，别建重屋，以奉先圣先师之像，且摹国子监及本道诸州印书若干种若干卷，而俾郡县择遣修士以充入之。盖连帅林侯栗、诸使者苏侯诩、管侯鉴、衡守薛侯伯宣，皆奉金赍割公田以佐其役，逾年而后落其成焉。于是，宋侯以书来曰："愿记其实，以诏后人，且有以幸教其学者，则所望也。"

予惟前代庠序之教不修，士病无所于学，往往相与择胜地，立精舍，以为群居讲习之所。而为政者乃或就而褒表之，若此山，若岳麓，若白鹿洞之类是也。逮至本朝庆历、熙宁之盛，学校之官遂遍天下，而前日处士之庐无所用，则其旧迹之芜废，亦其势然也。不有好古图旧之贤，孰能谨而存之哉？

抑今郡县之学官，置博士弟子员，皆未尝考其德行道义之素。其所受授，又皆世俗之书、进取之业，使人见利而不见义。士之有志为己者，盖羞言之，是以常欲别求燕闲清旷之地，以共讲其所闻而不可得。此二公所以慨然发愤于斯役，而不敢惮其烦，盖非独不忍其旧迹之芜废而已也。故特为之记其本末，以告来者，使知二公之志所以然者，而毋以今日学校科举之意乱焉。又以风晓在位，使知今日学校科举之教，其害将有不可胜言者，不可以是为适然而莫之救也。

若诸生之所以学，而非若今之人所谓，则昔者吾友张子敬夫所以记夫岳麓者，语之详矣。顾于下学之功有所未究，是以诵其言者，不知所以从事之方，而无以蹈其实，然今亦何以他求为哉？

亦曰：养其全于未发之前，察其几于将发之际，善则扩而充之，恶则克而去之。其亦如此而已，又何俟于予言哉！

（淳熙）十四年丁未岁夏四月朔，新安朱熹记。

石鼓书院 罗盟 摄

石鼓七贤

朱熹的好友张栻则是石鼓书院历史上另外一位非常重要的人物。张栻（1133—1180年），号南轩。父亲张浚是南宋宰相，学养深厚，又是主战派领袖，受排挤后被贬到湖南。张栻自幼才华出众，而使其成为湖湘学派重要学术领袖的重要原因，则是他在29岁正式拜胡宏为师。

胡宏（1106—1162年），因长期居住在南岳五峰之下，人称“五峰先生”。其父亲胡安国为程颢、程颐的再传弟子。南宋初年，胡安国带着家人从荆门避居湖南，在乱世中苦苦寻觅能重新支撑起人们信念与筋骨的精神力量，于颠沛中完成了《胡氏春秋传》。胡安国到达南岳后建立文定书院，此后30余年，胡氏父子在此讲学撰著，深论《春秋》，是湖湘学派的开创者和奠基人。

清代著名史学家全祖望在《五峰学案》中称道胡宏：绍兴诸儒所造，莫出五峰之上。其所作《知言》，东莱以为过于《正蒙》，卒开湖湘学统。

1161年春，张栻在南岳文定书院正式拜胡宏为师。胡宏感慨道：“圣门有人，吾道幸矣。”同年，胡宏去世。从此，张栻遵从恩师的遗教，完善自己的思想体系，使湖湘学派的文脉得以传承和光大，由此成为湖湘学派集大成者。

石鼓书院是张栻传播湖湘文化的重要阵地，他曾多次来石鼓书院讲学，并作《武侯祠记》和《诸葛武侯画像赞》。

明《一统志》中记载：“诸葛亮故宅在石鼓山，相传亮督饷临蒸曾居此，今为武侯祠。”石鼓山上未有书院时即有武侯祠，韩愈诗中有记载。石鼓书院创立后，武侯祠多次重修重建，对诸葛亮的祭祀是千年来的传统。

汉丞相诸葛忠武侯画像赞

[南宋]张栻

惟忠武侯，识其大者。仗义履正，卓然不舍。

方卧南阳，若将终身。三顾而起，时哉屈伸。

难平者事，不昧者几。大纲既得，万目乃随。

我奉天讨，不震不竦。维其一心，而以时动。

噫侯此心，万世不泯。遗像有严，瞻者起敬。

张栻所处南宋，偏安东南一隅。张栻和朱熹都追求正统，主张收复中原。恢复宋朝以前的疆域，一直是他们的理想，而诸葛亮则成了他们心目中中兴宋朝的寄托。朱熹最喜爱的文章就是诸葛亮的《出师表》，他请当时著名的书法家张孝祥为自己书写《出师表》挂在家里。而张栻的书房里则挂了阎立本画的孔明画像。

张栻在《汉丞相诸葛忠武侯画像赞》中说诸葛亮最大的精神就是“忠”“义”和“正”。张栻心中的“忠”“义”“正”是什么呢？他在《武侯祠记》中写道：“不以强弱利害二其心，盖凛凛乎三代之佐也。”这是张栻对诸葛亮的“忠”的最好诠释。不以强和弱做选择，为了义，可以放弃强而选择弱，可以放弃利而选择害，这是诸葛亮对刘汉的忠心。其对“忠”“义”“正”的理解，正是湖湘学派所提倡的：匡扶正义、敢为天下先的精神，以天下之任为己任的精神。

张栻一生致力于书院教育，反对仅为科举利禄而学的士风，提出“成就人才，以传道而济斯民”的办学宗旨，希望能以理学所致力的拯救时弊和匡扶世道人心的思想从事书院教育，培养湖湘弟子。

受张栻的影响，湖湘学子们很少流于空谈心性，更主张在经邦济世的社会政治活动中求道传道，由此铸就了融合儒家筋骨和楚蛮血性的湖湘文化。经过一代一代人的努力，原本潇湘荆蛮之地成为儒风兴盛之所，形成湖湘文化的“传道济民，经世致用”的传统。

1167年，张栻邀请朱熹在岳麓书院主讲两个月，前来听讲者络绎不绝，四方学子汇聚一堂，被后世称为“朱张会讲”。由此开创了不同学派之间进行自觉学术对话的先河，也强化了湖湘文化“不囿门户”“兼容并蓄”的精神基因。

1180年3月，48岁的张栻英年早逝。年长其3岁的朱熹逝世的时间比他晚20年。朱熹自己说：“如果张栻不死，他的学问应在我之上啊。如果张栻有寿，宋代思想史或许会更加精彩”。

朱熹亲自编定张栻文集，并在《文集·序》中说张栻的学术“足以名于一世”，其理学思想如同一根矗立的灯柱，在茫茫太空中，只有日月星辰才可以与之俯仰对视。

在朱熹作记和张栻来石鼓书院讲学的100多年前，衡阳城里最耀眼的少年是周敦颐。

汉代独尊儒术后，官学的任务是传注儒经，由此形成一批世家大族，垄断了高官和学术，官学逐渐走向僵化。到了两晋南北朝时期，玄学、道教、佛教兴盛，此时的儒学已经无法凝聚人心。从晚唐到宋初，韩愈等人开始了持续的复兴儒学运动，而在众多学者中，周敦颐成为了理学的开山鼻祖。周敦颐的理学后被程颢、程颐所继承和发扬，由此，儒学以理学的新面貌复兴，成为宋元明清的主流意识形态。

周敦颐的成长与衡阳、与石鼓书院也有着密切关系。

周敦颐（1017—1073年），号濂溪，道县人。5岁时父亲去世，1024年，7岁的周敦颐随母亲被舅舅郑向接来衡阳，衡阳是周敦颐的第二故乡。郑向学识渊博，曾考进士第一甲，官至龙图阁直学士。周敦颐从小仁孝聪慧，读书勤奋，深得郑向喜爱，由郑向亲自为其授课督学。因周敦颐自幼喜爱白莲，于是郑向就在“西湖畔构亭植莲”。莲花香、净、柔、软、不可染的品性，陶冶了少年周敦颐的思想情操。

47岁的周敦颐任虔州通判时赠友《爱莲说》，其中便有西湖莲花的影子。

出了郑家门不过几百步就到了石鼓书院。周敦颐在衡阳12年，这是一个人走向成熟的12年。而当时的石鼓书院又正处于宋朝皇帝赐匾额的蓬勃发展时期，少年的周敦颐在闻名天下的石鼓书院读书甚至讲学都是有可能的。受石鼓书院文化熏陶过的周敦颐19岁离开衡阳，开始了他的官场沉浮。

至此，对石鼓书院作出过卓越贡献的“石鼓七贤”几乎都讲到了，分别是：留下名垂千古的《合江亭》的韩愈；石鼓书院创办者李宽；重修石鼓书院的李士真；宋代理学创立者周敦颐；作《石鼓书院记》的朱熹；湖湘学派代表人物张栻；还有一位是朱熹女婿和学术继承人——黄榦（1152—1221年），曾任湖南学事，见石鼓书院经费拮据，奏请朝廷，购置学田，解决了石鼓书院的经济问题。

湖湘文化发源、发展重镇

在石鼓书院文脉传承中，除了“前七贤”还有“后七贤”（湛若水、邹守益、程宏忠、祝咏、刘巘、刘稳、王万善），其中最重要的两位代表人物为湛若水和邹守益。

湛若水（1466—1560年），号甘泉，官至南京礼部尚书，又转吏部、兵部尚书。儒学在宋时发展为理学，明代“心学”的崛起可以视为儒学的又一次革命，其主要代表是王阳明，而与之齐名的就是湛若水，后人称他们的学说为“王湛之学”。难得的是，两人虽然在学术上有论辩，却是终身挚友。

湛若水是个非常有趣的学者，喜欢辩论，又很长寿，曾先后五次来石鼓书院讲学。1556年，已90岁的湛若水来到石鼓书院，“舟泊石鼓，题诗讲堂壁间”。

衡云澜睡六十日，江南痛饮蒸湘头。
含情吊古无言说，石鼓无声江自流。

王阳明曾与湛若水相约游南岳，遗憾终未成行。比湛若水小6岁的王阳明却比他寿短了30年。王阳明虽然没有来过石鼓书院，但他的高足邹守益却是对石鼓书院有过很重要的影响。

邹守益（1491—1566年），探花及第，官至南京国子监祭酒。因直谏被罢了官，于是居乡讲学，从者甚众。他一生讲学简易明了，朴实无华，直指人心。嘉靖年间，邹守益来到石鼓书院，登临合江亭，不由缅思曾来过的先贤，步韩愈《合江亭》之韵作写下《步石鼓书院壁间文公韵》，随后决定留下讲学。他整理出《语石鼓诸生二十五篇》，成为石鼓诸生向学的至理名言。

由于“甘泉学派”的代表湛若水以及“阳明心学”的代表邹守益的多次到来，石鼓书院成为“王湛之学”的重要传播平台，众多一流的学术大师在此交相辉映，书院一时名重天下。

石鼓书院航拍图　石鼓区融媒体中心供图

除了“前后石鼓七贤”之外，历朝历代都有很多大儒来到石鼓书院讲学，如宋代的汪澈、戴溪、程珣，元代的黄勉斋、程敬直，明代的叶丰川、茅坤、蔡汝南，清代的吴时来，旷敏本、余廷灿、张学尹、王闿运、曾熙等，都相继来过这里，或登台传经，或主持书院，或偕同会讲。如此众多知名一流学者来到石鼓书院传播自己的思想，也体现出石鼓书院学术视野之宽阔，学术胸怀之包容，学术精神之博大精深。

石鼓书院有如此成就的一个重要原因是地方官员的高度重视。历史上多位担任过衡阳第一长官的官员都曾亲自担任过石鼓书院的老师，教育学生，为石鼓书院的发展做出过重要贡献。

蔡汝楠（1514—1565年），号白石，8岁时就陪父亲听教于湛若水门下，18岁考中进士，官至兵部右侍郎。1549年蔡汝楠出任衡州知府，任职4年间，对石鼓书院的教学和发展非常重视。他曾诚邀湛若水、赵贞吉、茅坤以及本地的曾朝节、刘尧诲、伍定相、王万善等名家前来石鼓开讲，而自己则是每月的初一和十五，必登台讲学。由于管理有序、讲学有方，学习之风日浓，石鼓书院声名远播，大量优秀学子甚至老师们来到石鼓书院求学。

1552年8月，石鼓学子们赴省城参加三年一次的乡试，六人同时中举，时称“朱陵六凤”。蔡汝楠闻讯，心花怒放，欣然题诗：

紫微秋晓五云开，衡郡联翩六子来。
听讲旧筵希鼓瑟，迎宾新燕共登台。
文星早见朱陵聚，桂树何年赤帝栽。
三楚古来闻国士，绛纱帷下更多才。
……

“六凤”中的王大韶后来官至御史，曾主讲石鼓书院，两次参与编纂万历版《石鼓书院志》，为后世留下了极为珍贵的书院史料。

与宋代书院具有较强的独立性所不同的是，明清书院开始与科举相结合，好在事物都有两面性，书院由此也获得了更大的生存发展空间。虽然书院办学的自主权受到了科举的牵制，但学术的自由化发展并没有停止。

石鼓书院在这种结合中成果颇丰。仅蔡汝楠主讲石鼓书院时，其门生就如群星璀璨，如曾朝节、王大韶、王万善、朱炳如、廖汝恒、欧希稷、彭良臣等，皆名噪一时。其中曾朝节殿试一甲第三名及第，被点了探花，曾任翰林院编修、国子监祭酒、礼部尚书。清光绪六年（1880年），石鼓书院学子祝松云、谭鑫振、杨依斗、陈鼎等四人登科，其中谭鑫振殿试一甲第三名，探花及第。

石鼓学子入仕人数也繁若群星。尤其是清朝道光年间，衡州知府高人鉴对石鼓书院倾力培养，亲临讲学，亲阅考卷，而且慧眼识珠，推荐的彭玉麟日后成长为晚清“中兴四大名臣”之一。

彭玉麟（1816—1890年），字雪琴，衡阳县渣江人，晚清军事家、书画家，湘军水师统帅，曾任兵部尚书，人称“雪帅”。

彭玉麟年轻时就读石鼓书院，多年后，给洪江市衡阳会馆题联，回忆起在石鼓书院的往事。

回首望衡阳，最难忘石鼓书声，雁峰鸿影；

羁身在沅水，一样是春风人面，逆旅乡情。

石鼓书院中的琅琅读书声是彭玉麟对故乡最深情的记忆。1871年，彭玉麟捐资重修石鼓书院，使千年学府再焕青春。他在同年还捐银修葺来雁塔，并亲书“来雁塔”塔额。重修的来雁塔如石鼓书院旁边的一支文笔拔地撑天、庄重雄伟。

晚年的彭玉麟一直想为家乡建造一所更具时代性的书院。1885

年，其捐资白银12000两，在东洲岛上建立新的船山书院，与石鼓书院遥遥相望，并力邀王闿运担任山长一职。

王闿运（1833—1916年），清末民初享有盛名的大学者，一生在经、史、文学、教育等方面都有卓越成就。1891年2月，当王闿运来到船山书院时，彭玉麟已于前一年去世。他感念故友殷殷重托，为船山书院撰联：

海疆归日启文场，须知回雁传经，南岳万年扶正统。

石鼓宗风承宋派，更与重华敷衽，成均九奏协箫韶。

船山书院承接石鼓学风，培养了大量“经世致用”的人才，使得船山学成为重要学派，对中国近代历史产生了深远影响，甚至走向世界。船山书院成为清末民初全国船山学术研究和传播的中心，也是晚清十大书院之一。

王闿运给石鼓书院也写过楹联，现悬于合江亭（绿净阁）一楼：

石出蒸湘攻错玉；鼓响衡岳震南天。

由于湘军在衡阳演练并由此出发，来过石鼓书院的湘军将领不计其数。晚清中兴四大名臣“曾国藩、左宗棠、彭玉麟、胡林翼”中的前三位都到过石鼓山，并留下墨宝。

光绪年间所修《国朝石鼓志》记载，咸丰四年六月，曾国藩自衡郡练兵东下，暇日游石鼓，爱其奇胜，大书“浩然台”三字，于留待轩正中悬额，雄伟夺目，名臣气象具见……孟子曰“我善养吾浩然之气”，登斯台者，其亦有感于斯文。

左宗棠（1812—1885年），其兄长左宗植曾掌教石鼓书院，左宗棠为石鼓书院所题楹联曾悬于石鼓书院二门：

学贯九流，汇此地人文法海；

秀冠三湘，看群贤事业名山。

石鼓书院中的李忠节公祠上的楹联则由彭玉麟所题：

义烈炳潭州，千秋英名垂竹帛；

崇祠仍故宅，一龛清供有梅花。

曾国藩领导的湘军将帅中，十个有九个出自湖湘大地上的各书院。近代湖南的崛起，与湘军崛起后回馈家乡、建立书院有着直接的联系。湘军的成功，也与明末清初大思想家王船山的思想指引密切相关，而王船山与石鼓书院也有着很深的渊源。

王船山（1619—1692年），名夫之，地道的衡阳人，是中国历史上学识最渊博、哲学慧识最卓越且民族气节最坚贞的学者之一。

1655年，37岁的王船山面对国破又家亡，悲愤之下，仿效辛弃疾《摸鱼儿》的体裁作《潇湘小八景词》，其中两首为石鼓书院内的石鼓江山和朱陵仙洞。

摸鱼儿·石鼓江山

[明末清初]王船山

瞰蒸湘，曲影双清，流下洞庭秋远。危崖突兀玉峰寒，界破苍流一线。谁许见，只鲛宫金绳，夜拥鱼龙怨。画船歌扇。对笑水江花，窥楼晕月，惹尽流霞片。

行乐地，记取韶光迅转，画栏彩笔题遍。云杳潇湘千顷碧，瞥眼武陵溪畔。君莫羡，君不见，渔阳挝断霓裳宴。沧桑已变。想眉黛娇青，眼波凝绿，不是旧时面。

摸鱼儿·朱陵仙洞

[明末清初]王船山

向苍崖，笛声吹裂，斜阳一片危岸。江流北泻雁南征，洞里春光无算。星灿烂，都应是，云中剑舞珠光按。花蹊棋馆。留满地苍苔，数峰烟树，掷与人间看。

仙户启，石乳倒垂银蒜，空山翠杳天半。百花桥阻玉壶远，谁倩鸳鸯低唤。君莫叹，君不见，彤云故锁三山断。罡风吹散。想华表鹤归，天台人返，怕见人民换。

王船山把反清复明之志，寓于山水之景的描写中，寄托了孤臣遗老对明朝亡国的无限哀思和愤慨之情。1671年，53岁的王船山再写《潇湘十景词》，将“石鼓危崖”列为衡阳第一景，此时的石鼓书院成为清政府允许恢复的第一座书院，已经得到重建。

王船山先生留下来的词比诗多，也许正是这种词曲的韵律活泼跳跃、长短不拘、起伏不定，正好表达一个大思想家的心律。

近代学者朱孝臧评论王船山的诗词：苍梧恨，竹泪已平沈。万古湘灵闻乐地，云山韶濩入凄音，字字楚骚心。

龙榆生在《近三百年名家词选》中说王船山的诗词是：真屈子《离骚》之嗣响也。

对于船山学的开创和传承，在第一代学人中贡献最大的当属王船山的儿子王敔（1656—1730年）。王敔一生的大半时间是在设馆讲学。从1723年开始，他长期担任石鼓书院主讲，传授船山学说，从学者众，石鼓书院最早成为船山学传播的重要基地。

在石鼓书院千年历史中，可以看到湖湘文化清晰的起源和发展脉络。从理学大家周敦颐，到以张栻为代表的湖湘学派的形成，他们给湖湘文化留下了丰厚的文化遗产。而到明末清初王船山的再度崛起，湖湘文化又一次达到了高峰。石鼓书院参与了湖湘文化演变和发展的全过程，这也是石鼓书院的文脉发展过程。

曾经生活在这片楚地的屈子说："路漫漫其修远兮，吾将上下而求索。"千年的石鼓书院的这种不断探索的传道求新精神，对湖湘文化的演变和发展作出了重大贡献。

石鼓江山，最为一郡佳处

石鼓书院能经历千年不衰，除了传播文化之外，另一大重要原因是因为其独特的地理位置和秀美风貌。朱熹作《石鼓书院记》，开篇一句就是"最为一郡佳处"。

尤其难得的是，石鼓山位于"回雁峰拱峙于前，祝融峰屏蔽于后"之胜地，所谓衡岳石鼓也。魏源在《衡岳吟》中写道："灵均湘灵光怪气，皆是此山万古魂。"南岳独特的山水地理环境，赋予了石鼓书院独特的精神结构、个性和气质。

中国山水诗的起源，大家都知道是谢灵运。但著名历史学家范文澜认为："写山水之诗起自东晋初庾阐诸人。"他认为山水诗的鼻祖是庾阐，比谢灵运还要早几十年。339年庾阐出补零陵太守，路过衡阳，登石鼓山，留下千古名篇。

观石鼓

[东晋]庾阐

命驾观奇逸，径骛造灵山。朝济清溪岸，夕憩五龙泉。

鸣石含潜响，雷骇震九天。妙化非不有，莫知神自然。

翔霄拂翠岭，绿涧漱岩间。手澡春泉洁，目玩阳葩鲜。

南宋程珣（1135—1196年），程朱学派的重要学者。1184年出任衡阳主簿，3年后暂代石鼓书院山长，在他的诗中石鼓山比画更美。

游石鼓观湘水

[南宋]程珦

按行又复到江干，近水遥山照眼寒。

从此潇湘在胸次，不须更向画图看。

南宋文天祥（1236—1283年），著名民族英雄，状元中的状元郎。来到衡阳，作《合江亭》。

合江亭

[南宋]文天祥

天上名鹑尾，人间说虎头。春风千万岫，合水两三洲。

客晚惊黄叶，官闲笑白鸥。双江日东下，我欲赋扁舟。

诗中文天祥把石鼓山比作天上第一星宿，人间最好面相，赞叹其为天下第一美景。文天祥21岁做了状元，40岁做了宰相，47岁面南从容就义，此时距其登临石鼓山正好10年。

元朝李处巽，曾任湖南道宣慰司副使，他在《石鼓书院示诸生》诗中认为，四大书院中石鼓风景这边独好。

方今海上四书院，鹿洞睢阳并岳麓。

若论地秀多贤才，石鼓山明江水绿。

衡阳古八景中的石鼓江山和朱陵仙洞都在石鼓书院内。而石鼓山上又有石鼓八景，明朝万历《石鼓书院志》记载的石鼓八景诗，为"东岩晓日，西溪夜蟾，绿净熏风，瓜樽残雪，钓台渔唱，合江凝碧，栈道枯藤，江阁书声"。到了清朝光绪年间，重修《国朝石鼓志》，后续石鼓八景有所改变，为"洼尊藏雪，孤藤夹岸，枯枝映月，寒潭濯足，真仙遗迹，灵洞交感，石鼓兵占，悬崖晓日"。

光绪《国朝石鼓志·卷之一》还记载了一位女诗人江青枫的《罗江氏半岚新定八景》，真是巾帼不让须眉。她觉得古人所言石鼓八景与自己心意不合，便从女性角度创作新石鼓八景：东岩晓日、塔影凌空、开轩待月、长桥烟雨、湘帆夕照、古壁留题、渔歌唱晚、仙洞寻幽。难得的是，她将石鼓书院附近的来雁塔、青草桥与石鼓江山景色融为一体，并在石鼓八景中首次提到唐宋以来的摩崖石刻，实属独具慧眼。

千百年来，相同的自然风景因不同的人而赋予其不同的心境和情怀，自然界不断上演的荣与枯、盛与衰、得与失、生与灭的变故循环

石鼓书院 彭斌 摄

着，给予来到石鼓书院的文人们以无穷的想象，成就其不败的生命精神，如年年红似火的秋叶，给人温暖和向往。

石鼓山现今留存最珍贵的文物当属石鼓山体西侧的露天摩崖石刻，即镌刻在山岩上的文字，其中最珍贵的是唐代衡州刺史宇文炫所题“西谿”二字，楷中带隶，规整端正，笔力遒劲，乃初唐书风。当年，与其相对的还有宇文炫所题“东岩”二字，位于石鼓山东侧山岩上，遗憾的是东岩石刻因长年风雨剥蚀基本上无存。

清乾隆《清泉县志・碑刻》中记载：“东岩”二字，在石鼓山东岩上；“西谿”二字，在西溪石壁，字大径八寸，与“东岩”字皆贞观中刺史宇文炫书。今“岩”字无存。

石鼓山上保存的唐代摩崖石刻有3处，即“西谿”“大和九年”和“朱陵後洞”。我国现存唐代摩崖石刻中属文人名士题刻的仅20处，石鼓山上的唐代摩崖石刻列其一，弥足珍贵，1963年被列为湖南省级保护文物，2011年石鼓山摩崖石刻以及石鼓书院一并被列为省级文物保护单位。

除唐代所存石刻外，还有宋、元、清各代遗留下的摩崖石刻，现存30余处，未见有明代年款的题刻，有可能是毁于自然风雨或是日寇的炮火。现存题刻大多集中在石鼓山西面约40米长的山岩上，其书体包括隶、楷、行、草诸体，内容丰富，涉及历史、政治、文化、宗教及历史人物。除题景感怀外，一些记事也涉及石鼓书院，成为探究和考证石鼓书院乃至地方历史文化十分难得的珍贵文物。

南宋文人曾丰在游览石鼓书院时诗曰：

眼底西溪少，碑间北客多。雪霜风日剥，岁月姓名讹。

后有诗堪勒，傍无石可磨。可磨悬绝处，留勒中兴歌。

千百年留下的石鼓摩崖石刻，留下了岁月的沧桑，也见证了石鼓山的兴盛衰败，成为千年书院不可或缺的文化遗迹和景观。

除了露天的摩崖石刻，石鼓书院的历代碑刻也很多，或题诗咏词，或记事训示，碑刻林立，数不胜数。多少碑刻，历经时代变迁，屡废屡兴。有据可查的最早碑刻为南宋张栻撰书刊立的《武侯祠记》碑和张栻书写的韩愈《合江亭》诗碑。当然，最有名气的还是朱熹的《石鼓书院记》碑，碑刻也是屡废屡立。2006年重修石鼓书院后，广场上刻立有“翻不动的”朱熹《石鼓书院记》石碑大书。

石鼓书院除有历代大量石碑，还建有碑亭、碑廊。1581年督学管大勋在石鼓书院里刊立禹碑，并建亭保护，称为禹碑亭。“禹碑”也称“岣嵝碑”或是“大禹功德碑”。碑文如蝌蚪，无人能识，也称“蝌蚪文”。石鼓书院的禹碑曾多次修葺，2006年重修石鼓书院时也重建了禹碑亭，其立于石鼓山前新建石拱桥的中部，楹联为：蝌蚪成点画；天地衍大文。

石鼓书院历史上也曾有过众多的楹联，前面已有多处叙述，这些楹联大多源自儒家经典，包含着儒家的宗旨理念和教育方法，具有厚重的文化底蕴和艺术感染力，是书院发挥其潜移默化的教育功能的重要方式。如今，这些具有较高艺术和历史价值的楹联、匾额，成为研究石鼓文化以及地方文化的珍贵资料。

2006年重修后的石鼓书院大门上的楹联为：修名千佛上；至味五经中。上联“修名千佛上”，寄语学子们要扬名于天下，登科名榜中。宋范成大诗云：“当年千佛名经里，又见西游第二人。”下联则告诫学子们人间最美好的滋味全在五经中，需要勤奋学习。步入书院仰望此门联，不由为之心动神驰。

石鼓书院的美景，因众多儒家们的到访而壮美与崇高。千年历史中，有多少不朽的灵魂布满在这座小小的庭院之中。读者们，当你们静坐于此，看着摇动的树影、飞扬的尘土，听着此起彼伏的鸟鸣时，大概会不禁联想到，这些不朽的灵魂要出游了吧。因为有了这些不朽的灵魂，于是这座小小的庭院有了梦想，有了憧憬，有了精神。

石鼓何以为天下四大书院之一

天下书院何其多，北宋书院达150至160所，南宋书院711所，另有学者统计的数量则更多。所谓“四大书院”，或因影响力大，具有悠久的历史；或因规模较大世人称赞与关注；或因名人主讲，人才辈出；或是受到朝廷赏赐和褒扬。

石鼓书院地处偏远，何以能列入其中呢？

“四大书院”之说首创者为南宋诗人范成大。

范成大（1126—1193年），进士出身，历任枢密院编修、州知

石鼓书院　彭斌 摄

府、知静江府兼广南西道安抚使、四川制置使、参知政事等职。其诗文在南宋就影响很大，他与陆游、杨万里、尤袤合称“南宋四大家”。

1173年，范成大来到石鼓书院，感叹石鼓山的独特风貌，于是作诗赞叹：

衡州石鼓书院

[南宋]范成大

古磴浮沧渚，新黉锁碧萝。要津山独立，巨壑水同波。

俎豆弥天肃，衣冠盛事多。地灵钟俊杰，宁但拾儒科。

范成大的诗以白描见长，引画入诗，有水墨意境。所作另一首《合江亭》，更是把石鼓山比喻成春秋勤王的霸主，把蒸、湘二水比作奔命而来的诸侯，引人入胜。

范成大又将其见闻记入《揽辔录》中：十四日，泊衡州，谒石鼓书院，实州学也。始诸郡未命教时，天下有书院四。徂徕、金山、岳麓、石鼓。石鼓，山名也。州北行，冈垄将尽，忽山石一峰起，如大石矶，浸江中。

《揽辔录》不仅文字优美，更重要的是明确提出天下四大书院之说。由于范成大的盛名，石鼓书院第一次被列入天下四大书院。

历代多位学者所言天下四大书院都有石鼓书院。清代纪晓岚在《石鼓书院志》中曰：石鼓书院在衡州府治北石鼓山，宋景祐间，允集贤校理刘沆之请，赐额置田，与睢阳、岳麓、白鹿号为四大书院。讲学家喜称道之。

1187年，倡导书院运动的朱熹作《石鼓书院记》，更是提出“天下三大书院”之说：若此山，若岳麓，若白鹿洞之类是也。

1246年，吴泳的《御书宗濂精舍跋记》中写道：臣尝考国朝建立书院隶于今职方者三，潭曰岳麓，衡曰石鼓，南康曰白鹿洞，皆繇上方表赐敕额，盖所以揭圣范崇道规也。

吴泳明确了“三书院”说。“三书院”从来就是：岳麓、石鼓、白鹿洞，所指高度一致，这自然与朱熹的崇高地位和其倡导相关。

由南宋开始，除前人所提出的“四书院”外，也有“三书院”“五书院”“六书院”的说法，它们都是当时公认的宋初天下著名书院，当然也是建设书院的士人们所提倡的榜样和模范书院。“四书院”有争议，而在“三书院”“五书院”“六书院”中，石鼓书院从未缺席。

石鼓书院列入其中，原因诸多：

其一，有吕温诗作《题寻真观李宽中秀才书院》为证，石鼓书院为有明确史料记载的历史上创建最早的书院之一，更为三、四、五、六大书院创建时间最早者。

其二，997年，李士真重建书院，宋仁宗于1035年赐“石鼓书院”匾额及学田，自此石鼓与睢阳、白鹿、岳麓并称四大书院。

其三，1173年，范成大在《揽辔录》中首倡“天下四书院”之说。

其四，1187年朱熹作《石鼓书院记》，首倡“三书院”之说。

其五，唐宋时期的贬官文化给偏远的衡阳带来了众多一流的文人士大夫，也带来了当时一流的文化。

其六，石鼓书院是湖湘文化的发源、发展、传播重镇。

另外还有个重要原因不可忽视，在书院文化高度发展的南宋时期，五岳中嵩山、泰山、华山、恒山沦陷，独留南岳衡山于境内，而在南岳范围内的石鼓山又以其独特的地理和地貌，给文人名士们留下深刻印象。那“仙洞危楼半出林”的神秘深邃，那“两江流水抱孤岑”的奇崛突兀，那水色之秀美、山势之雄峻都为天下名山胜水之不可多得。文人士大夫们到此留下的大量诗文，无疑给石鼓山和石鼓书院做了很好的推广和宣传。

千年石鼓书院位列天下三、四、五、六大书院之一，实至名归。

石鼓书院历经千年不衰，在中国书院史、教育史、文化史上都享有崇高的地位。

伴随着奔腾的蒸湘二水的涛声，石鼓书院走过漫长的岁月，它的欢乐与哀伤、完美与残缺都是其文化历史的一部分，它超凡的风骨由无数不朽的文化人的人格链接而成。

回望千年，那些人，那些事，那些传之后世的文明先锋、文化精髓、精神底色，灿若繁星，显耀成千年文脉经世致用的人文胜景。他们见证着文化传承、人才培养、思想研究的成功，始终以与时俱进的发展动态，产生着文化自信的文明魅力。

千年文脉绵延，缕缕书香不断。如今，游历石鼓书院，漫步石鼓胜境，其给予我们现代人的文化自信之高度、深度、长度、宽度、厚度、鲜活度、饱满度，是不言而喻、无可替代的，其彰显着传统文化的自信和自豪，依然是我们饮水思源的精神家园。

第五篇

从一张纸，看世界
没有人能够完全穿透
他所经历的险峻，陡峭
星空下的迷茫，和一个人的长征
——吕宗林《蔡伦：中国工匠的祖师爷》

文 萧希求

蔡伦竹海 周围 摄

造纸记

2001年9月8日，古城耒阳洋溢着节日的喜气，公园广场人头攒动，大街小巷彩旗飘扬。“2001中国（耒阳）蔡伦科技发明节”在蔡伦故里耒阳隆重开幕。

高朋满座 群英荟萃

在2001年蔡伦科技发明节的开幕式上，时任全国人大副委员长、科学巨匠周光召宣布大会开幕，并为坐落在耒阳“科技发明家广场”上举世最大的蔡伦铜像揭幕。中国“两院”20多位院士、中国造纸学会的专家学者以及社会各界共计数百位贵宾出席开幕大会。

开幕会之后，与会领导和专家们又参加了在蔡伦纪念园内蔡伦墓园前举行的“公祭蔡伦大典”，时任全国政协常委、湖南省政协副主席、中国工程院院士、“杂交水稻之父”袁隆平宣读了《祭拜蔡伦文》。

此次节会还举办了一项“特别活动”——“2001中国（耒阳）蔡伦学术研讨会”。研讨会由中国社科院、中国造纸学会、衡阳市政府和耒阳市政府联合主办。学术研讨会由中国造纸学会理事长陈思亮主持。中国社科院历史所党委书记、副所长刘荣军，社科院经济研究所宋养琰等三位研究员，中国制浆研究院高级工程师王菊华、李玉华，中国造纸学会纸史委员会副主任陈启新，以及来自全国有关考古、史学、经济、造纸、新闻等领域的三十多位专家，参加了在耒阳举办的关于蔡伦古法造纸传承学术研讨。

研讨会围绕古纸考古、“灞桥纸”及“西汉纸”的真相、蔡伦的历史地位等问题展开交流。大家一致认为，所谓的“西汉纸”不是纸，蔡伦发明造纸术的历史定论不能否定。本次研讨会上专家学者递交的学术论文，皆收录在时任耒阳市政协副主席许焕杰主编的《纸祖千秋》一书中。该书以全国政协副主席、著名科学家周培源的《继承和发扬蔡伦的首创精神，维护蔡伦的重大历史荣誉——在首都北京纪念蔡伦发明造纸术1882周年大会上的讲话》代序。

2023年，正值蔡伦诞辰1960周年，“第二届衡阳市旅游发展大会”在耒阳市隆重开幕。由中国造纸学会、中国造纸协会、耒阳市人民政府、金光集团APP（中国）联合主办的“纪念造纸术发明者蔡伦暨2023中国造纸学会手工纸与造纸史专业委员会年会” 与衡阳市旅发大会同步举行。盛举共襄，热度空前。在第二届衡阳旅游发展大会暨纸文化传承活动上，中国造纸协会授予耒阳市、偃师区、洋县“蔡伦古法造纸技艺传承保护联合体”称号，还授予耒阳市“蔡伦古法造纸技艺研习基地”称号。这次活动，来自全国的专家学者们相聚耒阳，围绕纸的定义、造纸术的概念和工艺、科学检测分析及相关热点议题进行了深入的研讨。针对蔡伦发明造纸术这一问题，面对新观点和新看法，与会专家学者达成以下共识：“修正史料，必须由考古学、历史学、造纸专业、文字学等多学科，教育及科研多方人士共同参与探讨、验（论）证，以防止出现偏差或误修。”会议一致认为：“蔡伦发明造纸术，对人类文明的进步和思想文化的交流传播做出了

蔡伦像 杨敬忠 摄

杰出贡献，因此值得人们永远缅怀与纪念！”

年会举行了祭拜蔡伦的纪念仪式，87岁高龄的著名纸史专家李玉华，在蔡伦纪念园蔡伦铜像前动情地诵读了《祭拜蔡伦文》。协办单位中国造纸学会《中国造纸》杂志社，将本次年会专家们递交的学术论文结集收录为《纪念造纸术发明者蔡伦活动暨2023中国造纸学会手工纸与纸史专业委员会年会论文集》专辑。

对照时隔二十多年来在蔡伦故里耒阳举行的两次纪念蔡伦活动和学术会议，针对蔡伦是否“发明”造纸术同一话题展开讨论并形成的共识是：“蔡伦发明造纸术”这一历史结论是不容篡改的。用著名纸史专家李玉华先生在2023年年会发表的《蔡伦发明造纸术推动了人类文明的进程》一文的“结语”来说明学界关于东汉蔡伦发明造纸术的观点为：

蔡伦发明造纸术有文献记载，《东观汉记·蔡伦传》是元嘉元年（151年）由崔寔等撰写。崔寔其父崔瑗与蔡伦同期为官，父子对蔡伦任尚方令时所做器物之精巧，才思之敏捷，为人之敦厚甚为钦佩。现存《后汉书》是范晔以《东观汉记》为主要根据编撰的，两书所载一致，内容可靠。

1987年，中国科协原主席周培源院士在北京蔡伦纪念会上进行了讲话，他说：“在人类历史上，一项重大科学技术的发明完成之前，会有不少这样或那样的初步设想与雏形品出现，这是符合人类认识与改造客观世界规律的……”“为此，在蔡伦之前的西汉时期有可能就出现过纸的雏形是可以理解的。”古墓和烽火燧出土的碎纸片，有的是麻衬垫，有的是东汉以后的手工纸，有的有帚化现象；我们可以称其为雏形，但其工艺简单，质量粗糙，不能作为书写材料。直到东汉蔡伦发明了造纸术之后，纸才被广泛应用和流传至今。从雏形到造纸术的发明是一次质的飞跃，纸发展到今天，造纸术的工艺仍然适用。

我们必须尊重历史，尊重科学，实事求是，绝不可轻率地修改历史、贬低蔡伦发明的造纸术，必须慎重对待严肃的科学。

千秋纸圣 万古流芳

中国古代“四大发明”是对人类文明的伟大贡献。成书于东汉时期的《东观汉记·蔡伦传》和南朝刘宋时期范晔所著的《后汉书·宦者列传·蔡伦传》均记载了蔡伦的丰功伟绩。

然而，有关蔡伦的各种争议，时不时就会冒出并发酵成舆论的热议话题。争议主要有：第一，蔡伦的籍贯问题，《后汉书》中记载的“桂阳”究竟是不是现今耒阳；第二，蔡伦的人品问题，其“诬陷安帝祖母宋贵人”的污点是否能够洗脱；第三，蔡伦的贡献问题，自二十世纪五十年代在西安发现所谓“灞桥纸”以来，有观点认为蔡伦的造纸术不过是西汉纸的“改良”等等。

关于蔡伦的籍贯问题，史籍考查来看，《后汉书·蔡伦传》作者范晔同时代的北魏郦道元在其所著《水经注》中明确记载：“耒水……又西北过耒阳县之东。耒阳，旧县也，盖因水以制名……。西北迳蔡洲，洲西即蔡伦故宅，旁有蔡子池。伦，汉黄门郎，顺帝之世，捣故渔网为纸，用代简素，自其始也。”还有南朝宋盛弘之所撰《荆州记》也说：“枣阳（应为‘耒阳’笔误）县百步许，有蔡伦宅，其中具存，其旁有池，名蔡子池。伦，汉顺帝时人，始以渔网造纸，县人今犹多能作纸，盖伦之遗业也。”唐代李吉甫撰《元和郡县图志》载：“耒阳县，汉属桂阳郡……后汉蔡伦即此县人，有宅基在县西一里。”宋代王象之撰《舆地纪胜》载：“蔡伦宅，《寰宇记》在耒阳县西南一里，后汉小黄门蔡伦，桂阳人也，今有蔡子池，又有鱼池，并捣网为纸，石臼存焉。见《郡国志》。”其它如明万历《衡州府志》、清《一统志》及《湖南通志》、历代《耒阳县志》都有蔡伦是耒阳人及其遗迹存在的记载，耒阳遗存有蔡伦宅、蔡伦墓、蔡子池等文物遗迹。可见《后汉书·蔡伦传》中的“桂阳”就是耒阳，蔡伦是耒阳人是可信的。从古至今蔡伦籍贯并无疑议，所谓“争议”，只是近几十年来的事。但是，自从原全国人大副委员长、中国科学院院长周光召率20多位“两院”院士亲临耒阳参加蔡伦纪念活动并为蔡伦铜像揭幕以后，蔡伦的籍贯问题已成定论，毋须再争论。

关于蔡伦的“人品”问题。按《后汉书·蔡伦传》的记载，蔡伦首先是一个天赋杰出、才华横溢的人：“永元九年，监作秘剑及诸器械，莫不精工坚密，为后世法。”蔡伦监制皇家秘剑和各类高端器械，没有一件不是设计精巧，制造得坚固、精密，为后世提供了制造的法度。“四年，帝以经传文之多不正定，乃选通儒谒者刘珍及博士良史诣东观，各雠校家法，令伦监典其事。”皇帝委派蔡伦领衔一群饱学之士撰修皇家史书典籍，其文学修为决非等闲。其次，蔡伦是一个性格敦厚、品德高尚的人，且极富正义感，不同流合污：“伦有才学，尽心敦慎，数犯严颜，匡弼得失。每至休沐，辄闭门绝宾，暴体田野。”对于一个为帮助朝廷纠正错误，甚至不惜多次冒死触犯皇上的人来说，会存在人品问题吗？蔡伦平时为人做到君子不群，每到假期，要么关门搞科学实验，要么深入大自然搞调查研究，品格之清高可谓超凡脱俗。至于宋贵人之死，当然是她本人触犯了权势熏天的窦太后大忌所致，蔡伦时年不足20岁，其职位不过是小黄门（专供皇帝及后宫役使的小宦官），尚不具任何话语权，只能奉最高上级旨意去审理案件：“伦初窦后讽旨，诬陷安帝祖母宋贵人。”诬陷之事的黑锅就是这样扣在了蔡伦的头上，让他背负了近两千年。如果无条件地执行上级命令算问题的话，此事只能算是少年历练中不可回避的瑕疵，与人品没有关联。且当宋贵人的孙子安帝大登后，蔡伦并未诿责，而是以死来维护自己的尊严：“伦耻受辱，乃沐浴整衣冠，饮药而死。”

关于蔡伦是“发明”还是“改良”造纸术的问题。中国科学院和中国造纸学会在时隔20年的两次耒阳纪念活动和研讨会上，为蔡伦的造纸术这一伟大发明，作出了明确的定论，更是为蔡伦是“改良”还是“发明”造纸术这个争议话题，划上了坚定的句号。

而且，从以蔡伦之名命名的“蔡侯纸”本身来考察，造纸术的整个制作流程是前所未有的。

一是原料的发明。《后汉书·蔡伦传》中有“自古书契多编以竹简，其用缣帛者谓之纸”；“伦乃造意，用树皮、麻头及敝布、鱼网以为纸”。蔡伦所使用的这些原料的主要成分纤维，不仅仅因其廉价和容易取得而与从前相异，其更是经“造意”即通过加工使得纤维转化成纸的，它的产物与非书写物“西汉纸”的植物纤维自然状态有本质的不同。

二是工艺的发明。蔡伦通过沤、煮、锉、切、舂捣等加工流程，这些流程令原料中的纤维去胶变软散开，然后使纤维变短，再将其捣碎成丝絮状。这一工艺程序被称为“打浆”，打浆是区别纸和其它类似物的关键要素。

三是“纸药”的发明。纸药又称“滑水”，是令打浆后漂浮于水中的絮状纤维可以凝结、分张的添加剂。如果没有纸药的作用，纸是造不出来的，正如豆腐没有点卤就成不了豆腐一样，纸药是令植物纤维可以制造成纸的核心技术。

四是抄纸帘的发明。纸浆变成纸，所使用的是一种滤出水分、令丝絮吸附于网上的特殊工具“抄纸帘”，把抄捞出来的丝絮薄膜从帘网上揭下来，晾干后便成了纸张，这是造纸的必需程序。民间亦有“蔡伦造纸、张功造帘”说，实际上是张功根据蔡伦造纸流程的发明，制成了抄纸帘，没有抄纸的环节，这个帘是没有什么用处的。

千百年来，尽管造纸工具不断改进和革新，造纸原理和工艺流程却还是出自于一千九百年前蔡伦的发明。

东汉元兴元年（105年），在宫中担任中常侍兼尚方令的蔡伦造纸成功，他把造出的纸张呈献给汉和帝，和帝对他的才能大加赞赏，并下令将这种发明物命名为“蔡侯纸”，向全国推广。

蔡伦发明造纸术之后，封龙亭侯，食邑300户，封地在今陕西洋县龙亭铺。

从元兴元年（105年）发明造纸到建光元年（121年）饮药自杀的十六年间，蔡伦是否回乡，《蔡伦传》无记载，但历史典籍并未遗漏。与《后汉书·蔡伦传》作者范晔同时代的南朝宋盛弘之《荆州记》载：“今邑人多能造纸，盖蔡伦之遗业也。”既然盛弘之将“造纸”称为蔡伦的“遗业”，说明蔡伦不仅回乡传授了造纸术，并且可能还创办了私营企业。东晋罗含《湘中山水记》载：“……宅西有一石臼，云是伦舂纸臼。”此书成文时间距蔡伦故去不足200年，证明蔡伦回乡的说法是可信的，这个舂纸臼如今陈列在蔡伦纪念馆陈列室内，此为蔡伦回乡传授造纸术的物证。耒阳民间很多关于蔡伦返乡传授造纸工艺的故事流传至今，“蔡侯纸”这一古老的纯手工作坊式造纸术，在蔡伦的家乡耒阳也传承至今。

蔡伦故里耒阳，造纸一直是重要的民生产业。

史料记载，清朝由耒阳外售的纸张最高达20000多担，民国时期由耒阳外售纸张最高年达40000多担。

1958年，耒阳蔡伦造纸厂研制的白板纸在全国获第二名。

至今，在耒阳上堡、三都、南阳、仁义、东湖、太平、石砚、新市、肥田、马水等地皆有多家古法造纸原始作坊。其中，以上堡蔡伦竹海山涧之中古法造纸作坊最多，计有百余家。

耒阳手工造纸作坊内，至今供有“蔡伦祖师神位”。每年开槽造纸，每月初一、十五，每年蔡伦生辰日（六月十三日），均要烧纸上香，供祭鸡、鱼、猪肉三牲，纸工要虔诚跪拜。

2014年，经中华人民共和国国务院批准，由文化部确定并公布耒阳市“蔡伦古法造纸（竹纸）技艺”被录入第四批国家级非物质文化遗产代表性项目名录。

在此之前的2006年，蔡伦故宅及周边历史遗存，被列入国家级重点文物保护单位，有关耒阳蔡伦故宅系列文物包括：

蔡侯祠，为蔡伦故宅，又名蔡伦庙。据元至元四年（1267年）耒阳州知州陈文义《重修龙亭侯蔡庙记》一文记述：“蔡伦庙，后为洪水飘荡，其像移于他庙，故基尚存……后汉和帝时中官蔡伦造意以树肤、麻头、布、鱼网造纸以代简，于世便益，封龙亭侯，至今千有余年，窃思侯之异能，功盖万世，遂捐升斗之俸，并纠郡之好义者协力，命工度其故地为祠一所，仍设像其中；祠旁置屋，募民居之，以奉祀事；又……置田四十一亩，并广泛仓，后予亲置桑一百四十株，俱付其祠，以充给赡。”后又几经修葺，原有门额“功垂不朽”、对联“功高汉室参帷幄，器重兰台应璧奎”，至新中国成立时额联均失，祠亦荒圮。1956年县人民政府依故宅规模修整；1981年重修；2001年兴建蔡伦纪念园时再修葺一新。

蔡子池。位于蔡侯祠前，长方形，广十余亩（长190余米，宽47米），传为蔡伦造纸浸料池，后岸倾池塞。1949年后县人民政府几度修葺，池中有石堤石亭，为耒阳古八景之一，故有“蔡池双月”的佳名。明代耒阳籍进士胡文璧有《蔡池夜月》诗对此景进行歌咏；清代耒阳古八景诗有句“唯有蔡池双月美”。

蔡伦墓。位于蔡侯祠院落后西南30米处，蔡伦墓为东汉建，是纪念蔡伦的衣冠冢，历代居民藉“动土雷响”对其进行保护。1938年，国民革命军驻耒阳，围冢数日，墓内文物被盗掘一空；1944年耒阳沦陷，又被日寇盗掘一次。1953年县人民政府拨款重加修整，立有《重修蔡伦墓记》。1959年郭沫若题“蔡伦之墓”于弧拱墓门额。现墓封土上下为正方石砌土台，长、宽约10×10米；中立圆形封土堆，径6米，高1.7米；墓内有石墓道，墓室高约2米，长4米，宽2米余，小砖拱顶，砖有几何形纹饰。

香炉宝鼎。蔡侯祠院外东北60米处，现有一亭，亭内有一尊石质宝鼎，鼎分上下两部分。上部四角攒尖，额刻“宝鼎”二字，上有联“炉内千年火，瓶中万代香”，此为清代续置；中部呈腰鼓状，下置须弥座，为唐代以前之物。传此鼎原有两座，现仅存其一，是为祭祀蔡伦烧纸钱用的。

纸桥。距蔡侯祠东500米，有地名“九眼塘”，南北向300米，宽约100米。北端临耒水，有小石拱桥名“纸桥”，桥宽2米余，长5米。桥上刻有明朝解缙书“纸桥”二字，此处为蔡伦当年造纸泡洗纸料处，纸桥所在为出水口。在沿江路改造时此处被废，开发建为民房，解缙所书匾额也被埋在地下。

为纪念诞生于耒阳的伟大发明家蔡伦，2001年耒阳市拆迁保护区红线内居民建筑，建成蔡伦纪念园，并分别在蔡伦纪念园与蔡伦竹海按古法造纸流程建有造纸传习作坊，再现蔡侯纸制作工艺。2006年在纪念园区还兴建了蔡伦纸博物馆，为全国首家纸史专业博物馆。耒阳

蔡伦纪念园 彭斌 摄

蔡伦纪念园不仅是伟大的发明家蔡伦的纪念地，如今更是市民体验历史文化和城市休闲的最佳游憩目的地。

人文之脉 生生不息

伟大的科技发明家蔡伦对地域文化的影响，是广泛深远且显而易见的。在蔡伦故里耒阳市，从官方到民间，人们一直致力于通过多种途径弘扬蔡伦的首创精神。

跨入二十一世纪以来，耒阳数次举办以“蔡伦”为主题的各类节会活动。其中影响深远的大型活动有：2001年中国（耒阳）蔡伦科技发明节；2010年首届中国国际文化旅游节·湖南耒阳蔡伦造纸文化旅游节；纪念造纸术发明者蔡伦暨2023中国造纸学会手工纸与造纸史专业委员会年会。

2001年，耒阳市以蔡伦科技发明节为契机，在全国重点文物保护单位蔡侯祠的延伸保护范围，完成了“蔡伦纪念园”拆迁建设工程；同期，耒阳市还兴建了以蔡伦伟大贡献命名的“科技发明家广场”，这个市民休闲广场自建成以来即成为耒阳群众文化的集散地，广大市民在这个广场上自发组织“月月乐”等文艺活动。2004年湖南省委宣传部授予全省五家“优秀文化广场”荣誉，其中耒阳是唯一获此荣誉的县级单位；2001年重点工程项目“蔡伦路”建成通车，这是耒阳目前里程最长的城区道路。

2010年，耒阳市搭乘首届中国国际文化旅游节的快车，举办湖南耒阳蔡伦造纸文化旅游节，这次节会的重点建设项目是推动开发耒阳市“蔡伦竹海”旅游风景区。景区之所以被冠之为“海”，是因为这片广阔的竹林覆盖着耒阳市的大义、南阳、黄市、公平和永兴县的塘门口等两县五镇，共200多个山头100多平方公里的地域，连片面积达16万亩，它是迄今发现亚洲连片面积最大的楠竹林，它造就了耒水流域叹为观止的自然奇观。如果不是借助卫星数据，从来没有人准确地算过，耒阳南乡的这片楠竹林面积竟有如此之大。

在茫茫竹海之中，除了隐藏着百余座传承古法的造纸作坊，还有张良洞、紫霞寺、上堡磺矿、鸡公潭、小石林、十宝仙、万人坑、螺丝洞、周家大屋、泉水湾等“竹海十景”，这些地方有讲不完的传奇故事，它们构成了蔡伦竹海丰富的人文内涵。

更令人惊奇的是“竹海三绝”。

第一绝是“二叠世扁体鱼化石”。2010年，蔡伦竹海在位于黄市镇白沙村水库的小石林景区建设游步道时，民工在采集的铺路片石上发现了奇怪的图案，工地上马上传出石头上有“观音显灵”的消息。竹海办和国土局的同志闻讯当即赶到工地，发现不少的片石上真的有鱼形图案，他们从石片上的图案形态推测，这可能是一种古鱼化石。为了确定这种图案的考古价值，国土局的同志从中选出三块图案完整的石头，送往中科院古脊椎动物与古人类研究所，经专家鉴定，这些确实是古鱼化石，为两亿五千万年前的动物遗体。这三块完整的扁体鱼科鱼类化石在湖南省是首次发现，在全国范围，是继浙江长兴煤山发现扁体鱼科鱼类化石之后发现的唯一完整化石记录。除了浙江长兴、湖南耒阳，在其他省份，过去只发现了扁体鱼科鱼类的部分鳞片和牙齿化石，未见完整的扁体鱼科鱼类化石记录。湖南耒阳扁体鱼科鱼类的发现为了解当地晚二叠世（两亿五千万年以前）的地质环境提供了很好的水生脊椎动物化石证据，对于研究扁体鱼科系统演化关系、生物地理和生态环境有重要意义。

第二绝是“上堡萤石共生晶体”。从蔡伦竹海游客中心沿景区公路往上，不久便可看到耒阳市上堡磺铁矿的老井口。这个矿井决定了湖南耒阳是世界著名的萤石晶体产地之一，也是世界上最好的黄铁矿产地之一，更是中国黄铁矿晶体圣地。该矿井口位于蔡伦竹海游客中心所在的峡谷上方1000米处。此矿所产的萤石以绿色为主，其次为蓝色、黄色、红色、无色，多呈立方体、八面体，与黄铁矿、石英石、方解石、白云石、锑辉石、重晶石等矿物共生。上堡黄铁矿石因其浅黄铜的颜色和明亮的金属光泽，常被误认为是黄金，故又称“愚人金”；上堡水晶则为多晶簇依附共生而成，又称“芦笋水晶”。现存中国地质博物馆2000公斤的萤石与方解石共晶簇就产自该矿；上海浦东的一座私人奇石博物馆的镇馆之宝，也是该矿所产的绿色萤石共生石，这方巨矿石是2002年8月，数名矿工在清理400米以下的废矿井时偶然发现，最后由数十名矿工花费数月才将这方重达1500公斤的巨矿托出洞口。

第三绝是“大河滩天然喷泉”。位于大河滩古镇的天然喷泉，是二十世纪七十年代探矿时，省勘探队在此钻探打井偶然打出的一眼地下泉水。从喷泉口喷出的水注，历经四十多年一直没有任何变化，令人称奇不已。世上著名的天然喷泉，基本上都是间歇性喷泉，像耒阳大河滩这样不间歇地喷涌了40多年，水量和喷出高度没有丝毫变化的天然喷泉是世间罕见的。这眼泉水究竟隐藏了什么秘密，至今无人作出确切的解释，据湖南省地质勘探专家推测，可能是打穿了来自南岭山脉地下深处的阴河而致。2011年4月22日，耒阳市旅游局邀请上海大世界基尼斯总部前来现场认证。上海大世界基尼斯总部授权湖南省计量检测研究院专家测定，位于风景区蔡伦竹海景区内的大河滩天然喷泉，水柱最高高度为25.062米，平均高度为24.637米，喷嘴口直径为21毫米，为全球喷度最高也是唯一持续喷发的天然喷泉。

蔡伦竹海以其优秀的地域文化资源和丰富的自然生态资源，成为集观光、休闲、探险、寻宝于一体的复合型旅游风景区，现为国家4A级旅游景区、中国最具魅力生态旅游景点景区、国家级水利风景区、省级风景名胜区、省级森林公园和省级山地车训练基地。时至今日，耒阳市正在将蔡伦竹海申建为国家5A级旅游风景区、国家级风景名胜区、国家森林公园、国家矿山公园。

蔡伦是耒阳的顶级优秀文化资源，耒阳市始终致力于持续提升国

耒阳市蔡伦竹海景区 周围 摄

家级重点文物保护单位蔡侯祠的文物保护价值、国家级非遗保护项目蔡伦古法造纸技艺的传承力度，着力建设了省级优秀文化广场——耒阳科技发明家广场，当前正合力创建中国最具魅力的复合型国家5A级旅游景区和国家级风景名胜区——蔡伦竹海。多年来，蔡伦这块文旅品牌，为千年古县耒阳带来了相应的知名度、美誉度和巨大的文化旅游收益。

2023年，中国造纸学会、中国造纸协会将当届年会选择在蔡伦故里耒阳举行，与会专家学者和嘉宾们，在零距离体验蔡伦文旅业之后，对耒阳做好蔡伦文化这块工作充满兴趣，然而他们更加关注蔡伦发明的古法造纸术在耒阳的传承状况。

耒阳除了着力做好蔡伦古法手工作坊式造纸这一传统技艺的保护和传承，还引进了韶能集团耒阳蔡伦抄纸项目在耒阳市经济开发区落户，实现了“纸都有纸”的战略目标。该项目建设规模为年产50万吨生活用原纸，年总产值40亿元，年税收约3.5亿元。项目分两期建设，一期建设为32万吨，二期建设为18万吨。项目一期于2020年7月4日开工建设，2021月11月投产试运，截至2022年底，已投运12条生产线，生产6.7万吨生活用纸原纸，销量6.3万吨，销售收入4.5亿元。其产能规模和技术水平在全国同行业居领先地位，下游企业可充分利用纸业基地和内地成本优势，项目有望吸引广东沿海等地区一大批纸业加工企业，迁移到“中国纸都”耒阳，形成集群聚集发展，打造百亿级产业。

耒阳人民一直铭记蔡伦的丰功伟绩，缅怀蔡伦的高风亮节，以蔡伦命名的地名随处可见，其中有蔡伦路、蔡池路，蔡子池街道、蔡子池中学、蔡伦大市场、蔡伦驾校、蔡伦书城、蔡伦造纸厂、蔡伦科技园、蔡伦竹海等；与此同时，耒阳充分发挥好蔡伦文化，不断做好蔡

古法造纸 陈太仰 摄

耒阳造纸厂生产车间 王皓永 摄

伦经济文章，以“蔡伦”命名的生态农业开发、科技产品、地域传统项目随处可见，打造蔡伦故里地域文化与商业品牌的方略持续推进。

为了延续蔡伦文脉，经耒阳市委同意批准，于2001年设立了以发掘蔡伦文化为使命的专门机构“耒阳市蔡伦文化研究院”。

在耒阳，聚集着一大批研究、宣传、弘扬蔡伦文化的各界人士。已故的原耒阳市文物管理所所长兼蔡伦纪念馆原馆长蔡德初，从二十世纪八十年代开始，就投入大量精力研究蔡伦。他的研究方向，没有局限在各种是是非非的争议话题之中，而是将视野关注到蔡伦所处的环境、蔡侯纸是如何生产出来的、蔡伦一生的经历、造纸术是如何传播全球的等。他的一些见解影响到了海内外。在二十世纪九十年代，日本《朝日新闻》曾有记者亲赴耒阳，专程采访了研究蔡伦的地方专家蔡德初和黄市镇凉亭村手工造纸人王仕成，并以四个专版介绍蔡德初的学术成果和纸匠王仕成的造纸工艺。此后，日本早稻田大学、上海复旦大学等国际知名学府，不时有教授致电蔡德初咨询蔡伦与造纸术相关的问题。

从耒阳市委副书记任上退休的陈寿群，曾在公开演讲的时候说：“我闭上眼满脑子是蔡伦，一睁开眼脑子里还是蔡伦。”足见老先生对蔡伦的热爱是何等地执著。

早在二十世纪八十年代末，陈寿群同许焕杰、蔡德初联合编剧的电视连续剧《纸圣传奇》，由上海东方影视公司、湖北省电视剧制作中心摄制完成，先后在央视二台、一台及国内十几家电视台播出；在此之后，陈寿群又以蔡伦的一生为线索，创作了长篇历史小说《蔡伦传奇》，2003年由湖南文艺出版社出版发行；退休之后，他一直对蔡伦研究孜孜以求。

从耒阳市政协副主席任上退休的许焕杰，自称是“和蔡伦结下不解之缘”。从联名创作《纸圣传奇》电视剧本，到担任文化局长时筹建以蔡侯祠为中心的蔡伦小游园，再到担任市政协副主席时力主耒阳要“打响蔡伦牌”，长期以来，许焕杰为推动“蔡伦牌”付出了不懈的努力。特别是2001年科技发明节的主打项目“蔡伦学术研讨会”，从筹备学术会议到联系专家论文，据他自己说：“《纸祖千秋》从筹划中国（耒阳）蔡伦学术研讨会到编辑定稿，整整历时五个年头！”真可谓是殚精竭虑，劳苦功高。

2024年5月28日下午，首部以“纸圣”蔡伦为原型的大型古装院线电影《蔡伦传奇》全国首映式在耒阳举行。湖南省委组织部原副部长、电影《蔡伦传奇》总监制彭崇谷分享影片创作故事；衡阳市委副书记、耒阳市委书记赖馨正出席并致辞；国家一级演员、电影《蔡伦传奇》主演许文广分享拍摄故事；湖南省人大常委会原委员、原副秘书长万伏秀，衡阳市委常委、宣传部部长周玉梅出席首映仪式。

明代耒阳籍进士胡文璧写的“耒阳十景诗”，其中《蔡池夜月》有诗句是这样歌颂蔡伦伟大贡献的：“出郭南行半里余，蔡侯纸沼占清虚。一时制作崇轻省，万古文章藉卷舒。”这正是千百年来蔡伦故里耒阳人对纸圣的敬仰和追念之情的真实写照。

第六篇

一个有思想的人，能够交给后世的
不外乎就几样东西：梅，兰，竹，菊
与众不同的个性、痛楚跟旷世传说
——陈群洲《在船山古道遇见船山先生》

文 谭崇恩

船山书院全景 彭斌 摄

船山记

王船山（1619—1692年），本名夫之，字而农，号姜斋，是明清之际重要的思想家、哲学家、史论家、文学家。他因晚年隐居衡阳曲兰的石船山附近潜心著述而以“船山”自喻，世称“船山先生”。

王船山生平

王船山一生大致可以分为三个阶段：24岁以前为求学报国阶段，25岁至33岁期间主要从事反清复明斗争，33岁以后主要致力于学术探讨。

王船山1619年出生于衡州府城南回雁峰王衙坪。其先祖在元朝末年从山西太原迁往江苏高邮。后有王成因战功升为衡州卫指挥佥事，从此定居衡阳。到他出生时已是第九代。其前几代祖先多系中下级军官，至高祖才以文墨教子弟，曾祖王雍“名著楚南”“颇为豪盛”。其祖父王惟敬性情豪爽，尚大节，重义轻利，生活日趋拮据，以乡贤著称。其父王朝聘、叔父王廷聘和王家聘虽未入仕为官，但都是饱学之士。

因父亲在京城读书，王船山4岁开始随长兄王介之伴读，7岁便读完十三经。8岁的时候，他父亲从国子监肄业，因拒绝贿赂选官，愤

王船山

（1619—1692）

而返乡。10岁时他便跟随父亲学习经义。14岁考中秀才后，他被推荐到衡阳县学读书。16岁跟随叔父王廷聘学习诗词歌赋。他自幼聪慧好学，博闻强记，学习成绩常常被列为一等。

王朝聘重视经义研究，毕生精研《春秋》，重视经世实学，坚持个人节操和民族大义。他在治学方法、性格、气节等方面深刻地影响了王船山。王廷聘是一位文史知识极为丰富的饱学秀才，在诗词文学方面有很高的造诣。他对王船山的智慧和性格的成长有过重大影响。家学渊源为王船山的成长打下了良好的基础。

20岁时，王船山进入长沙岳麓书院就读。山长吴道行以培养传道济世的人才为己任，力纠王阳明心学的空疏流弊，用经世之学和大义精神砥砺学生。王船山的实学思想开始萌芽。

王船山在书院一边读书问学，以文会友，一边关注天下大事。他与同窗好友邝鹏升等创立了“行社”，志在力行践履，力行报国。1639年，王船山从书院肄业后回到衡阳，与同乡好友郭凤跹、管嗣裘、文之勇等一道组织“匡社”，以“匡扶社稷”相砥砺。1642年，他在武昌参加乡试时，与王源曾、熊渭公等百余人在黄鹤楼结盟，称为“须盟大集”，表达了士子们团结救国的愿望。王船山年轻时胸怀大志，交游甚广，喜欢“结社”，团结一批志同道合的朋友。这为他后来转战各地，百折不挠地“反清复明”奠定了基础。

1642年，王船山以《春秋》第一，中湖广乡试第五名。其长兄及好友夏汝弼、郭凤跹、管嗣裘、李国相等也同时中举。他此次结识了同考官沔州知州章旷和长沙推官蔡道宪。11月，王船山与长兄北上京城准备参加会试。次年春，因农民军起义道路被阻，不得不自南昌折返。10月，农民军张献忠所部攻克衡州，艾能奇招纳地方贤能，拘押王朝聘为人质，以逼王船山兄弟为其效力。王船山刺伤自己的脸和腕，伪伤救出父亲。

1644年5月，王船山惊闻崇祯皇帝自缢，大明王朝已不复存在，痛心疾首作《悲愤诗》一百韵。至此，他的求学报国梦戛然而止。

1645年3月，王船山结识明朝湖广巡抚、抗清将领堵胤锡。秋天，为避免战乱，与父兄逃到耒阳、资兴、永兴。1646年夏，王船山赶赴湘阴找房师章旷，请其调和抗清将领何腾蛟与堵胤锡之间的矛盾，联合农民军一起抗清。

1647年4月，永历帝朱由榔逃至邵阳武冈，王船山与好友夏汝弼从湘乡前往投奔，未成。五月，清军攻陷衡阳，王船山全家逃散。当年，其父、二叔、次兄及叔母在战乱中离世。国恨家仇接踵而至！

1648年冬，王船山联络好友夏汝弼、管嗣裘与性翰和尚等人在南岳方广寺举行武装抗清起义，战败后赶赴肇庆投奔永历帝，继续抗清。1650年3月，至梧州，任永历朝廷行人司行人之职。其后因弹劾大臣王化澄等弄权乱国、残害忠良而身陷大狱，险至死地。获救后，他又投奔桂林瞿式耜继续抗清。桂林被清军攻破后，又逃到永福。1651年正月，回到衡阳，避居南岳衡山。他不服清朝的剃发令，誓不剃发。

至此，王船山反清复明的实际斗争告一段落。

反清复明势难成，“立功”不行就“立言”。王船山宁愿蜗居荒山野岭，也不屈服于清朝。他要把“反清”的火种传下去，以待将来的有识之士奋起。

1653年，清军再占湖广，王船山避居耶姜山。次年，为躲避清兵追捕，流亡至零陵，后又迁居常宁西庄源，改姓换名化为瑶人，为常宁文士讲授《周易》《春秋》。

1655年8月，王船山完成《老子衍》，这是他的第一部理论著作。次年，又完成《黄书》，从常宁返回衡阳。1657年，迁居南岳续梦庵。

1660年，王船山由续梦庵迁居曲兰败叶庐。常常找藏书甚多的友人刘近鲁借阅图书。开始闭门著述，隐秘授徒。先后撰写、修订了《尚书引义》《读四书大全说》《春秋家说》等多部书籍。

1669年冬，筑“观生居”于曲兰石船山下。在此写成《礼记章句》初稿。

1674年，参加“三藩之乱”的吴三桂兵至衡阳，王船山避至湘乡。第二年，在“观生居”附近筑“湘西草堂”。之后，一直在此从事著述。王船山到了晚年，即使“腕不胜砚，指不胜笔”，都坚持著书立说，完成了大量的著作，如《庄子通》《宋论》《张子正蒙注》《读通鉴论》等。

1678年，吴三桂于衡阳称帝，事前，其慕名派人请王船山写劝进表。王船山愤然拒绝，并作《祓禊赋》予以蔑视。

1689年，衡州知府登门拜访，并以湖南巡府名义邀请他会晤于岳麓。王船山以南岳遗民的口吻婉拒。1692年正月，终老于湘西草堂。至死都以明朝遗臣自居。

王船山一生历经坎坷。在明朝灭亡后，他曾积极参与抗清斗争。后来，长期隐居著述，潜心钻研学问。尽管生活艰难，但他始终保持着对正义的执着追求。

王船山的主要著作

王船山一生著作颇丰，存世的有100余种、800多万字，内容涉及哲学、政治、历史、文学、教育、伦理、文字、天文、历算及佛道等方面。

王船山山水画遗墨　湖南博物院藏

其经学类主要著作有《读四书大全说》《周易内传》《周易外传》《春秋家说》《春秋世论》《礼记章句》《说文广义》等。

其史学类主要著作有《读通鉴论》《宋论》《永历实录》《莲峰志》等。

其哲学类主要著作有《张子正蒙注》《尚书引义》《思问录内篇》《思问录外篇》《老子衍》《庄子解》《相宗络索》《俟解》《黄书》《噩梦》等。

其文学类主要著作有《楚辞通释》《姜斋文集》《南窗漫记》《夕堂永日绪论》《八代文选评》《八代诗选评》《唐诗选评》《宋诗选评》《明诗选评》等。

他的《春秋家说》《春秋世论》《续春秋左氏传博议》，对《春秋》《左传》所记史事给以独立评论，名曰说经，实为借古讽今、评史论政之作。

《张子正蒙注》通过对北宋张载《正蒙》的注释，进一步发挥了张载的气本论思想，完善和发展了气一元论的哲学体系，对宇宙的本质、人性的善恶等问题进行了深入探讨。此书是中国哲学思想史上的扛鼎之作。

《周易外传》以哲学思辨形式深刻反映了明清之际复杂的社会矛盾运动以及他“出入险阻”的个人实际体悟，是他大量著作中最富于时代精神的代表作之一。《周易内传》《周易内传发例》对《周易》一书作了系统解释，补充和发挥了他在《周易外传》中开始形成的朴素唯物辩证法思想体系，批判了历代解释《周易》的各个唯心主义流派，特别是揭露了邵雍、朱熹等“先儒之说”的谬误，这些都成为他纲领性的哲学论著之一。

《尚书引义》深刻总结了明朝覆亡的思想教训，重点对玄学、佛教、宋明道学诸流派的认识路线进行剖析，是一部阐述其认识理论的哲学著作。他批判宋明理学的空疏学风，强调了知行合一和实践的重要性，主张通过实践来检验和发展知识。

在《黄书》这部深入总结民族败亡的历史和现实教训的政论著作中，他猛烈抨击“孤秦”“陋宋”等君主专制政体，提出“公其心，去其危，尽中区之智力，治轩辕之天下”的政治改革主张。

《宋论》则针对宋朝的政治、经济、军事、文化等方面进行了全面而深入的论述，对宋朝的制度变革、君臣关系、外交策略等进行了评判，总结了宋朝兴衰的经验教训，为后世提供了宝贵的借鉴。

在《读通鉴论》中，王船山以史为鉴，探讨历代政治得失、制度利弊、人物功过等。通过对历史事件和人物的深入剖析，王船山展现了其卓越的历史洞察力和政治智慧，提出了许多具有前瞻性和启示性的观点，强调了历史发展的规律性以及为政者应有的责任和担当。此书成为他“为万世开太平”的巅峰之作。

《南窗漫记》《夕堂永日绪论》则集中反映了王船山的文艺思想。“他是真正百科全书式的学者。”他的著述先后被辑录为《船山遗书》《船山全书》等。

王船山的主要思想

明清交替之际，社会动荡，王船山亲身经历了国破家亡的剧痛。这一巨变对他的思想产生了深远的影响，使他开始对历史、社会和人生进行深刻的反思。他隐居乡野，发愤著书立说，以坚韧不拔的毅力和卓越的智慧，构建起自己独特而丰富的思想体系。

在哲学思想方面。他在哲学上有着极高的成就，全面总结了中国古代哲学思想，发展了唯物主义的传统，建立了一个朴素唯物辩证

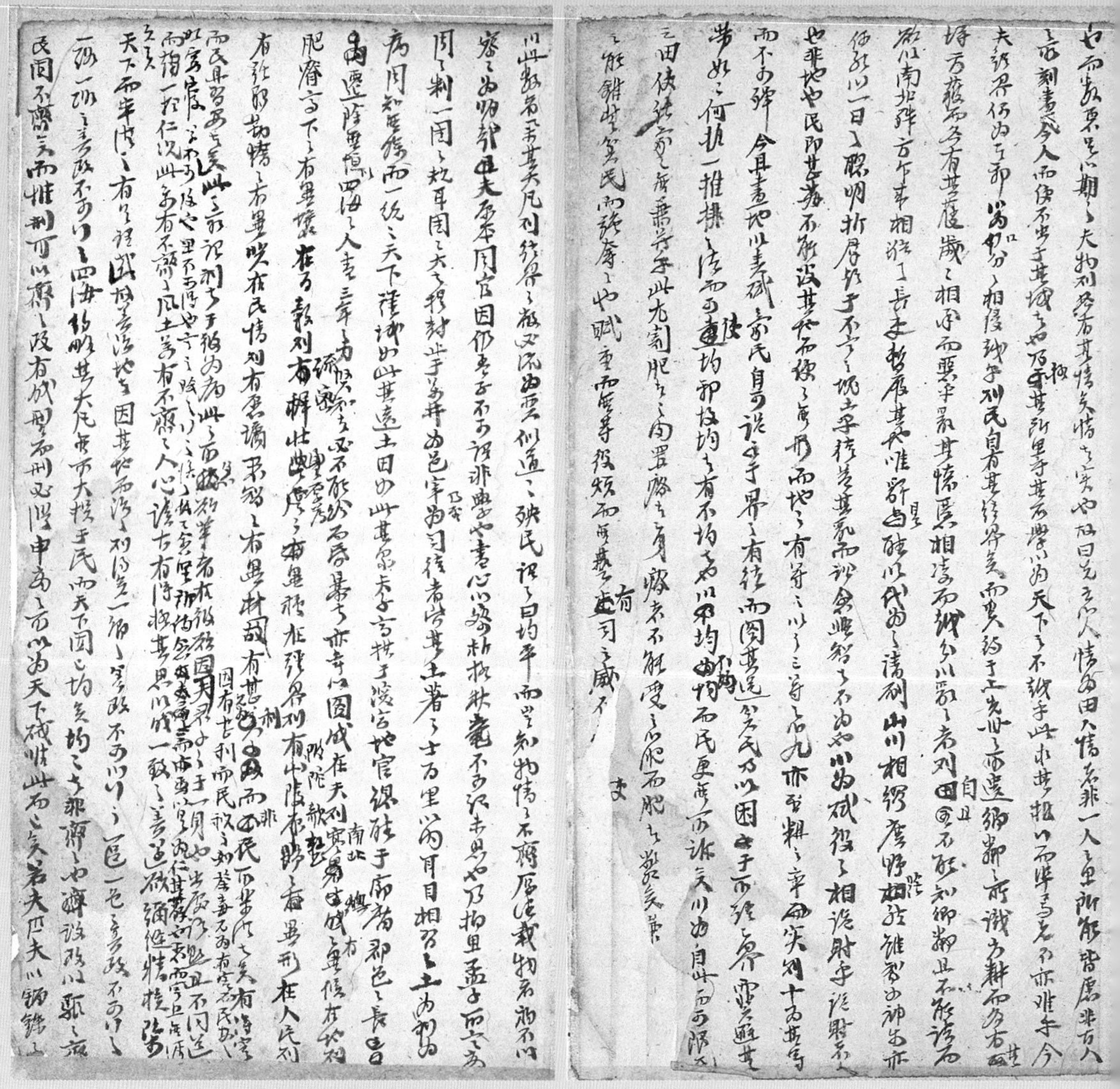

王船山《宋论》遗稿（局部） 湖南博物院 藏

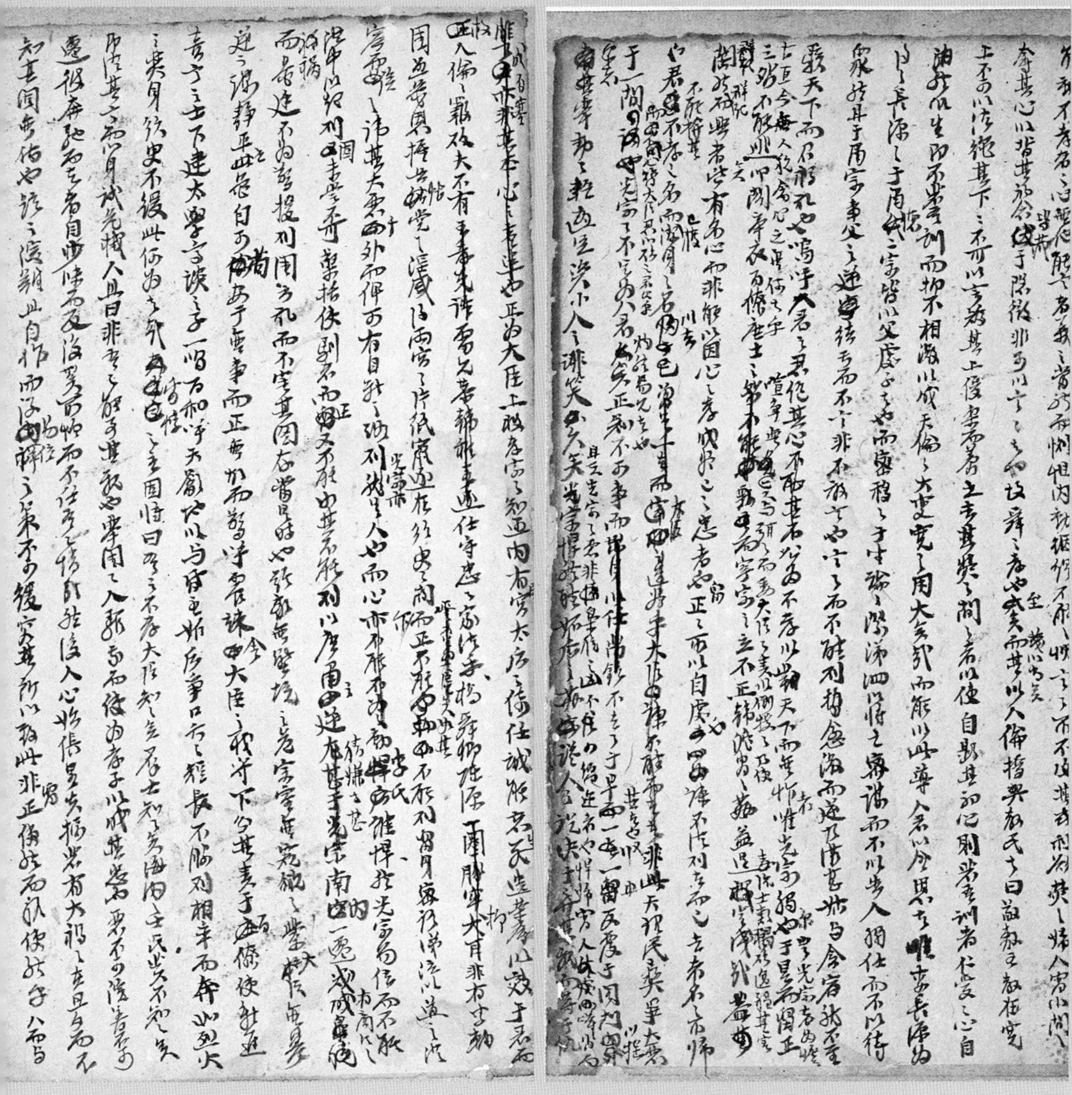

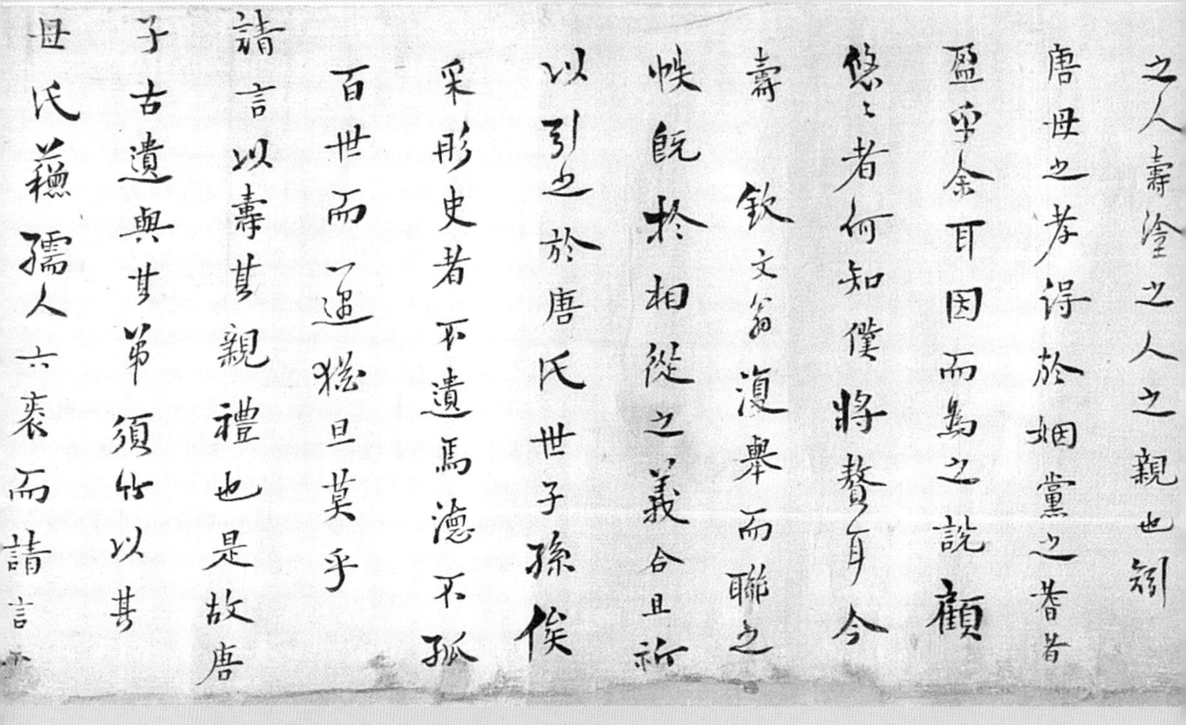

王船山《孝寿说》遗墨（局部） 湖南博物院 藏

石花封之頌非　翁父子所
欲亦非野人之所習也故以
永軍之說進
昭陽赤奮若月中姑洗巳
丑世弟王夫之而農謹書

孝壽說
庚戌新秋雨唐子爲其
母氏六袠壽徵侑辭焉蒙惟
無儀之義聲稱所難苟以
多暇之辭進奚以殊夫塗

法思想体系。其中包括本源论上的“天下惟器”“理依于气”的“气本论”唯物思想，他强调“气”是世界的本源，反对空谈玄理，主张“实学”，注重实践和经验；包括发展观上的事物矛盾着的两个方面，既“相互对峙”而并立，又“清浊相容”而统一，并通过“相互摩荡”的斗争而实现相互转化的对立统一思想；包括方法论上的“动以入动，不息不滞”的永不停息的“日新之化”思想；包括认识论上的“知行相资”“力行而后知之真”的唯物主义反映论思想。王船山的哲学思想代表了中国古代朴素的唯物辩证法思想的最高水平。这也为他总结历史经验、进行思想启蒙奠定了科学的思想基础。

在史学思想方面。王船山以“依人建极”为起点，深刻阐明了从上古三代到汉唐宋明的历史进化过程，深入探讨了进化与兴亡治乱的规律，提出并阐发了“时异而道不同”“道因时而万殊”“于势之必然处见理”“即民以见天”等一系列深刻命题及与此相关的理论，在史学方法论上作出了重要的理论建树，从而把中国史学思想的水平推进到一个超越前人的新高度。他认为，历史是遵循着一定的内在逻辑和规律在演进，强调历史的发展具有规律性。他主张对历史人物的评价应置于其所处的具体历史背景之中，力求全面、客观、公正地进行分析。他认为研究历史的目的不在于单纯地记录过去，而是要从历史中汲取智慧和教训，为现实社会的发展提供借鉴和指导。强烈的民族情感贯穿于他对历史的解读之中，成为其史学思想的一个重要组成部分。其史学思想具有极高的价值和深远的影响。其深刻的洞察、客观的态度以及强烈的现实关怀，为后世的史学研究提供了宝贵的财富。

在道德伦理思想方面。王船山通过批判宋明理学尤其是程朱理学的“存天理，灭人欲”的旧道德思想，倡导把社会道德建立在尊重人性、尊重人的欲望的正当性基础之上。他指出，“存天理、灭人欲”把天理与人欲绝对对立起来，完全否定、抹煞人性和人的欲望所包含的正当性与合理性，是荒谬的。他认为人性不是固定不变的，而是“日生而成”“日非其故”“屡移而异”的；认为天理与人欲不是绝对对立的，天理就在人欲之中，“理欲合性”，“人欲即天理”，“人欲之各得”即“天理之大同”。因此，他反对程朱理学企图抹煞一切人欲的禁欲主义，同时也反对要求取消一切社会道德规范及其约束的纵欲主义。他主张义利应该统一。“生以载义，生可贵；义以立生，生可舍”，是他对于义利关系认识的点睛之笔。他的这些道德思想贯彻了唯物辩证思想，有力地冲破了程朱理学的旧道德框框的禁锢，为人性解放和人的个性解放，提供了强有力的思想武器。

在政治思想方面。他深刻认识到君主专制给国家和天下民众带来的严重危害，是在“销天下之才智，毁天下之廉隅”，“不招乱亡之祸者无有”。他认为皇权“可禅、可继、可革”，并进一步提出天下应该是为“天下生民”的“公天下”的政治思想，大声疾呼：“一姓之兴亡，私也；而生民之生死，公也”。他还认识到，要使天下成为“公天下”，就应该坚持以民为本，强调应以“重民”“养民”为治国理政之旨，将“公天下”的政治理想，建立在民本思想的基础上。为了“重民”和“养民”，他提出在经济上应“以天下之财，供天下之用”，在政治上应“严以治吏”，“宽以养民”。这种政治思想，成为他进行思想启蒙的基本出发点和立足点。

在经济思想方面。他敏锐察觉到，以农为本的中国社会经济生活到了明末清初发生了很大变化，一种新的经济现象随着商品经济和市场贸易的发展，在全国一些地方开始出现了。虽然他和当时其他早期启蒙者并没有认识到这种新的经济现象就是资本主义萌芽，但他已看到它对推动社会经济的发展正在发挥重大的作用。他一方面坚持“崇

王船山故居湘西草堂 彭斌 摄

本务农”思想，主张“劝民以耕”以达到“裕国而富民”；一方面主张努力发展工商业以强国力。同时，他十分重视货币在国民经济生活中的作用，十分重视农民和商贾自主进行生产经营的经济活动。

在社会革新思想方面。王船山在自己的著述中，用了很大的精力阐述和倡导与时并进的社会革新思想。他集中锋芒批判了所谓“祖宗之法不可变”的泥古主义和厚古薄今思想，认为这是违背社会发展历程的客观事实的，社会发展进程的事实说明总是今胜于古的。他明确指出：“祖宗之法，未可恃也”，“以古之制，治古之天下，而未可治今日者也”，“以今之宜，治今之天下，而非可必之后日者”。如果“守其故物而不能日新，虽其未消，亦槁而死”。他反复强调，一切制度和法令都应随着时代和历史发展阶段的不同而坚持变革创新，坚持“当革之时，行革之事”。这就是他所概括的“趋时更新”“推故致新”“新故相推新其故”“荣枯相代而弥新”的社会革新思想，也体现了历史发展辩证法的精髓。

在文化教育思想方面。王船山把文化教育提高到关系民族兴旺、国家强盛的高度。他认为，明王朝灭亡的深层原因之一，是文化的衰落和教育的失败，其弊端就在于学校成了科举考试的附庸和跻身官场的跳板，教育不重视品德的养成，不重视经世致用，不传授经世济民的思想和智慧，导致培养出来的人“无益于世”，要么热衷于辞章、心性等“置四海困穷而不言”的空谈，要么成为追逐“教以利，学以利”的鼠目寸光的俗儒。他结合自己的教学经验，认为教育的本质是启发学生自悟，使之“致其知”“进之善”；教学方法应该提倡学思结合，使学生做到博学、有疑、精思、论辩，并引导学生把学到的书本知识付诸实践，使知与行统一起来，做到“知行相资以为用”“并进而为功”。他提出的这些教育思想，意在通过改进学校和社会教育，培养出真正适时合用的人才，以利于从根本上推动国家和社会的进步。

在宗教思想方面。王船山出入儒、释、道三教，既“入其垒，袭其辎，暴其恃，而见其瑕”，又从宗教化的儒学、佛教、道教所蕴涵的哲学思维中汲取营养，利用其范畴，改造其思辨，用以反对汉儒的谶纬神学和宗教化的宋明道学，以及佛教与道教。他的宗教思想，既包括对宗教化的儒学、佛教和道教的批评，也包括他如何扬弃三教，如何从三教典籍中汲取营养，如何对宗教式的终极关怀予以改造，并将其创造性地转化为人文式的终极关怀所取得的积极成果。因此，他的宗教思想，并非是一个宗教徒的教义或信仰，而主要是一个学者和思想家的宗教观。他吸取当时已达到较高水平的天文历算学的成就，对传统的天命观作了深刻的批判，揭示了儒教的天命观赖以产生的认识根源和社会历史根源，在认识论的意义上把“天”规定为自然之天和客观事物的必然性。对于佛道，他能辟能传，取其精华，弃其糟粕，借以别开生面。他深入佛道，入垒取资，自成卓见，提出了“性日生日成”“人可以造命”“天在我”“造化在我”“变化在我”“与天分伯季”等光辉思想。

在文艺美学思想方面。王船山的过人之处在于从辩证法的思维高度论述了真、善、美三者的关系，克服了以往美学思想的片面性，明确提出了真善美统一的美学标准。他认为，一切美皆由内外、形神、情景等一系列对立面

船山书院 罗盟 摄

“中和”而成，提出了“文因质立、质资文宣”“德容之美”“诗以道情”“景以情合，情以景生”“体物而得神”等命题。在文学的审美标准上，他主张“以意为主”，强调作品应当有明确的思想内涵和价值取向。他强调文学创作应遵循“现量”原则，即要求作者在创作时能够直接感知当下的情境和事物，捕捉瞬间的灵感和印象，以生动鲜活的笔触描绘出真实而独特的景象。他主张文学作品要有“兴观群怨”之功能。“兴”能激发读者的联想与想象，使其在欣赏作品的过程中获得美的享受和心灵的启迪；“观”可让读者通过作品了解社会风俗、人情冷暖；“群”意味着文学具有促进人们交流与团结的作用；“怨”则赋予文学批判现实、抒发不满的力量。他常常从哲学的高度来谈美，并且吸收佛教哲学的概念、方法用以论述，这使他的文艺美学思想具有前所未有的境界，独到而深刻。他把完善人的人格作为文艺的最高标准，并且在他的文艺美学思想中表现了自己独立人格的魅力。他的文艺美学思想特别重视个人的情感和精神，对于摆脱传统思想对人的束缚，建立近代个性主义的自由意志，具有十分重要的意义。与其说他的文艺美学思想具有总结中国古典美学的性质，不如说它具有开创新风气或近代启蒙的意义。

王船山的思想博大精深，光芒穿越时空，成为中华民族思想宝库中一颗璀璨的明珠。

王船山的历史影响

王船山虽著述丰富，但其实在明末清初的思想史上并未产生多大的影响。明亡后，他隐居山野，常常闭门著书立说，当时了解他的人极少。可以说，在他生前及身后很长一段时间，其学术与思想并未得到重视，甚至时人给他贴上了“异端”的标签。王船山在学界真正具有广泛影响力始于晚清，主要是因为朝廷重臣曾国藩、郭嵩焘等湖湘士人的极力推崇。随着曾国藩兄弟刊刻的《船山遗书》问世，王船山的思想得以广为流传。其后，湖湘士人又持续不断地推动“从祀孔庙”活动，以谋求将王船山送入象征官方儒学正统的“孔庙”。从刊印《船山遗书》到推动船山从祀，曾国藩、郭嵩焘等湖湘士人主导了晚清的“船山升格运动”。这一运动影响深远，乃至于近代湖湘文化的代表人物如谭嗣同、毛泽东等都深受船山思想的熏陶。

美国学者裴士锋在《湖南人与现代中国》一书中也分析了近代以来湖湘士人对王船山的重新发掘，他认为：“在鸦片战争之后百年来的重大历史时刻，一代代湖南人推陈出新，救亡图存，从师夷派、洋务派到维新派再到革命派，王船山始终是湖南人乃至湖湘文化的象征，并随着时代的发展而被时人赋予不同的内涵。”而王船山的生平及著作也在十九、二十世纪成为了构建新湖南认同和历史方向感的核心资源。

船山思想中的实学取向符合曾国藩这一代士大夫的价值立场，这构成了他们升格船山的基本动因。即在思想上对峙于程朱正统的船山哲学，乃是曾国藩等人代替当时“虚文无实”的程朱理学的主要依托与思想代言，而这一“虚实”分判之标准与新旧思想的鼎革诉求，最终落实为他们在清末开启洋务运动的政治主张。其后，经由谭嗣同等人对船山哲学在精神气质、实学世界观、宇宙论与变化日新的历史观上的解读与发掘，船山思想又能很好地契合于他们对大清王朝进行思想与政治变革的需求，在此过程中船山哲学也进而表现出了后世所谓的“启蒙”特质。

面对千年未有之大变局，可以说，王船山在晚清思想学术与政治

船山公园的王船山雕塑 王翟 摄

王船山思想国际学术研讨会 罗盟 摄

意识形态上的升格及其争议背后，所展现的其实是中国近现代哲学、政治、思想的剧烈变革，因此船山思想也成为了“管窥中国近现代哲学与思想革命所蕴含的复杂性与多维性的一把钥匙”。

在清末维新志士谭嗣同那里，“五百年来，真能通天人之故者，船山一人而已”；在激进的革命派章士钊、章炳麟眼中，船山又成为“保卫华夏”“反清排满”的精神领袖；而若将王船山放在中国近现代哲学史的脉络中，学界对他的评价则是：“明末清初哲学及学术的最高峰”（日人村濑裕也语）；“中国古典哲学唯物主义的最高峰”（张岱年语）；甚至是“西方有一个黑格尔，东方有一个王船山”（毛泽东语），将其与西方近代哲学的代表人物黑格尔比肩。从“清初三大儒”到“唯物主义最高峰”，王船山在中国哲学的近代化进程中再一次出演了关键性的角色。

1949年以后的中国哲学是以马克思主义为指导来开展研究的。在特定的范式下，王船山是少数几个可以被定性为在中国哲学史上具有革命性与进步性的“唯物论”方面的典型人物。特别是1957年中国哲学史讨论会后，船山哲学在中国哲学史研究中成为“一枝独秀”的存在。1962年，王船山去世270周年之际，一场全国性的学术研讨会在长沙召开。会上，船山哲学进一步被定位为“马克思主义传入中国之前的中国哲学中最为进步与革命的唯物主义思想”，这也预示着“船山升格运动”巅峰时期的到来。以1982年在衡阳召开的王船山学术思想讨论会为标志，船山研究最终回归船山本身，开创了船山哲学研究的新气象。1992年、2002年、2009年、2019年，国际性船山思想研讨会均在衡阳召开。二十世纪下半叶的王船山研究已成为一种世界性的学术，粲然成为显学。

王船山对近代中国的影响主要体现在其事迹的传播和思想的弘

扬。船山思想的影响，则表现在以下几个方面：

首先，其政治思想对近代中国的影响是最大的。梁启超认为，王船山他们曾对君主专制作大胆的批评，引导人们“从事于推翻几千年旧政体的猛烈运动”。谭嗣同也说过，“国初三大儒，惟船山先生纯是兴民权之微旨”。

第二，船山哲学思想为近代进步人士观察国家命运提供了世界观和方法论的基础。他的道器观、体用观、动静观、知行观、理势观、心理观和理欲观，对近代许多思想家影响很深。谭嗣同运用船山的动静观宣传其变法思想，肯定运动的绝对性，强调变化日新；他还继承了船山理欲统一思想，用以反对封建主义、禁欲主义。郭嵩焘、谭嗣同用船山的体用观去批判“中体西用”论。受船山理势观的影响，郭嵩焘坚持在把握理的基础上因时度势去争取主动，以此观察办理洋务事宜。杨昌济发现“船山重个人之独立”，并将这种传统思想与西方的个性解放思想结合起来，提出一种“精神的个人主义”，这种思想曾给青年毛泽东以深刻影响。

第三，船山历史观有助于人们深化对社会发展大势的认识和把握。郭嵩焘称，“读船山《读通鉴论》，历代史论可以废”。梁启超则说，船山的《读通鉴论》和《宋论》最有价值。章士钊称：“船山之史说宏论精义，可以振起吾国之国魂者极多。”船山强调人是历史活动的主体，提出了今胜于古的进化史观。他用古今殊异、道随器变的思想有力地批判了自汉代以来长期统治中国思想界的道统史观和“天不变，道亦不变”的神学教条，为中国近代的变法维新和革命改制提供了历史哲学学理的合理性依据。

第四，船山经世致用的实学思想影响了辛亥革命前后的整整一代人。王船山力主“明人道以为实学，欲尽废古今虚妙之说而返之实”。对此，谭嗣同十分推崇，他说，“今之世变，与衡阳王子所处不无少异，则学必征诸实事，以期可行而无窒碍”。为此，谭氏极力抨击旧的科举方法之空虚无用。在革命派中，禹之谟的实学思想十分鲜明。他从小就不屑为科举之学，而热心于经世致用之学，十分重视学习西方的科学技术知识；他十分重实行，热心办实业，认为“实业匪仅关乎一家，即社会上实业发达系之”。杨昌济不仅自己十分推崇王船山的实学思想，而且极力将它传授给学生。他继承王船山“行可兼知”的思想，强调“力行尤要”，这些都曾给他的学生以良好的影响，如青年毛泽东等人在读书时就十分重调查研究，注重实行。

鉴于船山思想的广泛传播与其产生的时代影响，有人称王船山是近代中国的“精神领袖”。

1985年，美国哲学社会科学界评出古今八大哲学家，其中有四位是唯物主义哲学家。他们依次是：德谟克利特、王夫之（王船山）、费尔巴哈、马克思。

王船山以其渊博的学识、深刻的思想和坚韧不拔的精神，在中国思想史上留下了浓墨重彩的一笔。他的著作和思想不仅是中华民族宝贵的精神财富，也在世界思想史上占有重要的地位。

第七篇

总有一种隐形的力量
擦亮蒙尘的山水
驱动精神的轮毂滚滚前行
——丁小平《在欧阳海灌区》

文 刘思进 曾散 胡仲明
衡阳党史馆 周围 摄

英雄记

衡阳是一块红色热土，革命战争时期，毛泽东同志曾多次来到衡阳，建立党团组织，指导工农运动，广撒革命火种，掀起了革命浪潮。这里诞生了罗荣桓、夏明翰、伍中豪、谢维俊、谭冠三、伍若兰等英雄人物，他们怀着救国救民的豪情壮志，踏上了波澜壮阔的革命征程。

衡阳作为最早成立党组织的五个城市之一，马克思主义的火种最早在这里传播。“五四运动”期间，以衡阳为中心的湘南学生运动如火如荼，湘南各地学生在夏明翰、蒋先云等进步青年的召集下，在衡阳正式成立了湘南学生联合会。衡阳学生积极参加毛泽东发起的驱张运动。1921年10月，毛泽东在夏明翰的陪同下来到衡阳，在省立三师给大家作了《中国历史上农民战争问题》的讲演，考察进步社团组织“心社”。毛泽东深感心社的革命先进性，在心社骨干成员中发展了蒋先云、黄静源、唐朝英、蒋啸青四人入党，建立了衡阳第一个党小组中共三师小组和衡阳第一个社会主义青年团支部。在长期的革命斗争中，从湘南学联和心社走出来的革命者达600余人，他们成为中国革命的中坚力量，其中夏明翰被中宣部评为“100位为新中国成立作出突出贡献的英雄模范”。

衡阳三师党小组在建立以后，派蒋先云、唐朝英、韦汉黄、静源、刘泰等党员进驻水口山矿进行革命宣传，掀起了衡阳工运热潮，举办工人夜校和工人识字班，组织工人俱乐部，培养革命骨干，建立水口山矿党团的组织，领导和组织了水口山工人大罢工运动。

衡阳的工人运动发展到一定阶段后，中共湘区执行委员会借鉴浙江萧山、广东海陆丰农民运动的经验，探索和实践走工农联合的“工农握手革命”的道路。1923年初，中共湘区执行委员会指派刘东轩从水口山回岳北开展工作，串联发动进步骨干分子300多人，成立了岳北农工会，他们在衡山县白果地区一带开展斗争，树起了湖南农民运动第一面旗帜。

湘南学联旧址 罗盟 摄

衡阳也是湘南起义主阵地、井冈山会师出发地。南昌起义和广州起义失败后，为了保存革命火种，朱德率部艰难转战，选择了反动势力比较薄弱的湘南地区。朱德智取宜章成功打响湘南起义第一枪，后又挥师耒阳，掀起湘南起义高潮，点燃了土地革命的燎原之火，创造了中共历史上的“三个第一”：第一次提出中华苏维埃元年，第一次发行苏维埃劳动券，第一次创立枪炮局管理武器生产。湘南起义大军一万余人从耒阳出发上井冈山，与毛泽东的秋收起义部队会师，创建中共历史上第一支工农红军新四军，成为中国革命的脊梁。

限于篇幅，本篇章“英雄记”选取衡阳籍英雄人物罗荣桓、夏明翰的故事以及发生在衡阳常宁的水口山工人运动事迹，以缅怀这片红色热土上的红色记忆。

“湘南起义在耒阳”陈列馆 罗盟 摄

罗荣桓，1902年生，湖南省衡山（今衡东）县人。1927年加入中国共产主义青年团，同年转入中国共产党。

参加了湘赣边界秋收起义。土地革命战争时期，历任工农革命军第一军一师一团特务连党代表，中国工农红军第四军十一师三十一团营党代表，第二纵队党代表，红四军政治委员，红一军团政治部主任，江西军区政治部主任，红军总政治部巡视员、动员部部长，红八军团政治部主任，红一军团政治部副主任，红军大学一科政治委员，中国工农红军后方政治部主任。参加了长征。抗日战争时期，历任八路军一一五师政治部主任、政治委员，山东军区司令员兼政治委员，中共中央山东分局书记。解放战争时期，历任东北民主联军副政治委员，东北军区副政治委员，东北野战军政治委员，第四野战军第一政治委员，中共中央华中局第二书记，华中军区、中南军区第一政治委员。

建国后，历任中央人民政府最高人民检察署检察长，中国人民解放军总政治部主任兼总干部管理部部长，人民革命军事委员会副主席，第一、二届国防委员会副主席，第一、二届全国人大常委会副委员长。

是中共第七届中央委员、第八届中央政治局委员。

1955年被授予元帅军衔。

1963年12月16日逝世，终年61岁。

"党内圣人"罗荣桓

罗荣桓，1902年11月26日出生于衡山县寒水乡鱼形镇南湾村（今属衡东县荣桓镇），是伟大的无产阶级革命家、军事家，党、国家和军队的卓越领导人，人民解放军的创始人之一。他从1927年参加秋收起义，跟随毛泽东上井冈山，到1963年逝世，30多年的革命生涯，建立了丰功伟绩。罗荣桓逝世后，毛泽东悲痛逾常，几天内夜不能寐，写成《七律·吊罗荣桓同志》：

记得当年草上飞，红军队里每相违。

长征不是难堪日，战锦方为大问题。

斥鷃每闻欺大鸟，昆鸡长笑老鹰非。

君今不幸离人世，国有疑难可问谁？

这首诗充分表达了毛泽东对罗荣桓的无比信赖、倚重和惋惜之情。毛泽东曾说罗荣桓的品格，用十句话概括：无私利，不专断，抓大事，敢用人，提得起，看得破，算得到，做得完，撇得开，放得下。罗荣桓光辉革命的一生，江泽民曾用"三个典范"进行评价：罗荣桓同志是对党忠诚、敢于坚持原则的典范；是实事求是、善于创造性开展工作的典范；是艰苦奋斗、密切联系群众的典范。

对党忠诚、敢于坚持原则的典范

蒙受冤屈，仍旧认真为党工作。1932年10月宁都会议后，由于王明"左"倾错误的影响，毛泽东的正确主张受到批评，被调去做政府工作，随后又被撤销红一方面军总政委职务。罗荣桓多次在会上支持毛泽东的主张，被说成是"宗派主义者"。在第四次反"围剿"快要开始的时候，一军团接到了调动罗荣桓工作的命令。一军团政委聂荣臻以他和政治部副主任李卓然的名义向总部发报，提出，"大敌当前，我们请求罗荣桓同志工作不要调动”。总部同意缓调。罗荣桓并没有因为即将调动而影响自己的情绪，仍然兢兢业业地工作，把政治部的工作领导得有声有色，对保持一军团这支主力军旺盛的战斗情绪，对第四次反“围剿”的胜利起到了强有力的保证作用。尽管罗荣桓在四次反“围剿”中工作做得很有成绩，但是王明“左”倾冒险主义“改造和充实各级领导机关”的方针是绝不会改变的，罗荣桓非调走不可。因此，尽管有聂荣臻等人的竭力挽留，1933年4月中旬，他还是被撤销了红一军团政治部主任的职务，派去江西搞扩红工作。在这样的境遇中，罗荣桓用3个月时间完成了扩充3000名红军战士的任务。1934年1月，罗荣桓出席了在瑞金沙洲坝临时中央政府大礼堂召开的中华苏维埃第二次全国代表大会。在大会上，罗荣桓由于扩红中取得的优异成绩受到表扬，获得一枚银质奖章。在与王明“左”倾冒险主义错误的斗争中，罗荣桓表现了坚定的原则性，虽遭到了撤职，

罗荣桓元帅故居 彭斌 摄

仍忠诚认真地为党工作。毛泽东曾说："凡是我倒霉的时候，罗荣桓都是跟我一起倒霉的。"

战锦方为大问题。坚持执行中央军委决策，南下北宁线，先打锦州。在辽沈战役开始时，中共中央、毛泽东命令东北野战军首先攻占锦州。对这一明确的战略决策，林彪面对近在咫尺的"东进兵团"这一桌新到的"客人"，顾虑较多，犹豫不决，准备改打长春。林彪曾说："将在外军令有所不受；我们的饭菜只够请一桌客，现在突然来了两桌客人，不好办。"罗荣桓劝说："先打锦州是中央军委和毛泽东经过深思熟虑的决定；至于多来了一桌客，添客不添菜，加几双碗筷。"意思是多准备枪支弹药，林彪经过认真计算枪支弹药数后，坚定了攻打锦州的决心。罗荣桓把坚决执行党中央、中央军委的指示作为高级干部最高的党性要求而身体力行。在辽沈战役发起前的关键时刻，罗荣桓说服林彪忠实执行中央军委和毛主席先打锦州的作战方针，从而保证了将国民党军封闭在东北境内予以全歼的战略意图的实现。

三次沉疴受命，勇挑重担。1943年初，罗荣桓得知党中央准备让他担负山东根据地党政军民一元化领导的重任，担心自己身体不能胜任，于3月11日致电中央，要求准许他休养半年。12日，毛泽东、朱德复电："你的病如果还不是很严重，暂时很难休息。"看到中央决心已定，他毅然放弃休养计划，挑起了领导山东根据地的重任。这是罗荣桓第一次沉疴受命。在这"冲破黎明前的黑暗"，夺取抗战最后胜利的几年里，罗荣桓一直疾病缠身，时常要在担架上指挥作战。抗战胜利前夕，中共中央为照顾罗荣桓的身体，曾准备将林彪调到山东。他打算等林彪到来，交代工作后，便回延安治病。抗日战争胜利后，蒋介石集团妄图独吞胜利果实，处心积虑准备打内战。在这种情况下，中共中央采取的应对方针是“向北发展，向南防御”，进军东北，建立巩固的东北根据地。为此中共中央决定调罗荣桓到东北工作，做林彪的搭档。此时，罗荣桓病情日益严重，深感难以继续支撑，但是接到中央命令后，他义无反顾抱病去迎接新的战斗。这是罗荣桓第二次沉疴受命。中华人民共和国成立以后，罗荣桓仍然深受战争创伤和各种疾病折磨。1960年底，毛泽东主席同意，中央决定再任罗荣桓为总政治部主任。但是，这并不合林彪意，他竟然不让在报纸上公布。在那样的政治氛围下，罗荣桓从党的事业出发，又抱病回到离开三年的总政负起领导责任。这是罗荣桓第三次沉疴受命。

实事求是、善于创造性开展工作的典范

首创“翻边战术”。罗荣桓军政双优，既是政工巨匠，又是军事大家。他十分注重学习毛泽东同志的军事理论，并在作战指挥中灵活运用，形成了独具特色的指挥艺术。“扫荡”和反“扫荡”、蚕食和反蚕食的长期反复，是敌后游击战的特点。罗荣桓根据山东敌后的具体条件，提出了“敌打到我这里来，我打到敌那边去”的翻边战术。即把主力部队，不是设置在根据地的腹部，而是部署在靠近一路敌人的根据地的边沿地区。当敌人“扫荡”时，不是“敌进我退”“诱敌深入”，而是“敌进我进”，即在弄清敌人特别是当面之敌的动向后，趁敌人的包围圈尚未紧缩，尚有较大空隙时，选择敌之弱点，由根据地经边沿游击区，“翻”到敌人后方去，打乱敌人部署，粉碎敌之“扫荡”。运用这一战术，罗荣桓创造了“留田突围”的奇迹，组织了海陵战役和郯城战役，粉碎了日伪军1942年冬季大“扫荡”，并推广到山东各根据地，迅速扭转了被动局面。“翻边战术”丰富和发展了毛泽东的军事思想。毛泽东对罗荣桓的“翻边战术”给予高度评

罗荣桓纪念园 周围 摄

价，他说：“‘翻边战术’不是战术，是战略。”

开展政治攻势。一是采用点“红黑点”、记“善恶录”的办法，对伪军展开心理攻势，劝说伪军改邪归正。伪军人员中谁做了一件对人民有利的事，就给他记个“红点”，做了坏事就记个“黑点”，记红点可赎罪，记黑点要受罚。二是开展“唤子索夫运动”，动员伪军家属劝说伪军改邪归正。还在伪军伪组织中物色对象，发展革命的两面派，使其成为表面应付敌人，实际为我服务的两面政权。

创新经济工作。在山东根据地经济建设方面，罗荣桓与薛暮桥等经济学家一起研究，以创新思维开展对敌货币斗争、贸易斗争，创造了根据地经济斗争的经验。通过开展货币斗争，抵抗法币，禁用伪币，大量发展北海币，建立了独立自主的货币市场；通过调整贸易政策，禁止物资流入敌占区，开展了大规模的海上运输和对上海、天津等地的贸易工作，取消内地各抗日地区之间的粮食统购，稳定了物价，扶持了生产，保障了人民生活和军队供给。

开展“诉苦运动”。罗荣桓注意根据形势任务需要，及时总结政治工作的新鲜经验。1947年，解放战争进入全国性的战略进攻阶段，土改后的翻身农民踊跃参军，大批“解放”战士充实到部队中来，部队成分发生了很大变化，幻想和平、厌倦艰苦战斗生活的思想有所抬头。在这种情况下，如何更有效地调动官兵积极性，激发部队杀敌立功、将革命进行到底的热情，成为罗荣桓思考的重要问题。就在这时，他发现了东北民主联军辽东第三纵队以诉苦为主要方式进行阶级教育这个典型。他认为：“这在部队政治教育工作中是一个具有重大意义的创造，解决了当前教育的主要内容和方法问题，是部队政治教

罗荣桓元帅铜像 彭斌 摄

育的方向。”罗荣桓授意政治部起草了关于普遍开展诉苦运动的训令；还授意《东北日报》发表了社论《部队教育的方向》。诉苦运动很快成为提高广大指战员阶级觉悟，鼓舞战斗士气最迅速最有效的方法。同年9月，毛泽东亲自修改并向全军批转了东北第三纵队进行诉苦运动的经验，有力地推动了在全军开展的以“诉苦”“三查”为中心的新式整军运动。

艰苦奋斗、密切联系群众的典范

罗荣桓的检讨。战争年代，罗荣桓和战士一样吃用老墙土熬出来的硝盐，穿补丁摞补丁的破军衣，晚上钻草堆、睡门板。行军途中，他的战马上不是驮着病号，就是摞满战士的枪支和背包。中央根据地的祠堂、庙宇、草棚、茅舍，长征路上藏民的牛屎房，陕北的窑洞，沂蒙山的庄稼院，他都住过。新中国成立后，罗荣桓一家长期住在一所窄小的房子里，曾多次拒绝组织为他改善住房。管理部门为了办公的方便，在院子里为秘书加盖了一间房子，在院旁盖了一间车库。房子加盖好不久，反贪污、反浪费、反官僚主义的三反运动开始了，罗荣桓在要求部队和总政机关认真检查的同时，对自己院子里加盖了房屋的事作了检讨，认为这是浪费。总政副主席傅钟、肖华等认为，房子并不是他叫盖的，不同意他作检讨。他却说：“虽然不是我叫盖的，可是我也没有制止”。因此，他仍然向中央写了书面检讨。

罗荣桓一贯以乐于和善于联系群众而著称。建国后，他的家里客人不断，其中不仅有高级干部，而且有一般干部、工人和农民。他家门前，不仅有卧车，而且常常停放了不少自行车。有人写诗赞道：

革命友谊重山河，首长关怀暖心窝。

帅府门前客不断，单车倒比汽车多。

1963年9月28日，罗荣桓因病情严重再次住进北京医院。12月15日，病情更为恶化。昏迷中，他不断重复着说："我革命这么多年，选定一条，就是要跟着毛主席走。""跟着毛主席走！"这个口号曾经起到团结全党夺取革命胜利的历史作用，但又易于被曲解以至带上个人崇拜的色彩。到了60年代，究竟怎样才算得上是"跟着毛主席走"，仍是各有各的理解。是坚持学习和掌握毛泽东思想的精髓和实质——实事求是，还是对毛主席搞个人崇拜，搞"背警句""活学活用"那一套？这个争论当时并没有解决。罗荣桓坚定地相信，他的主张是符合毛泽东思想的，是正确的。因此，他在弥留之际，还要反复地强调这一点。

罗荣桓临终遗言："我尽力争取不死，继续为革命奋斗，如果死已经来临，我也决不畏惧，绝不发愁。我给你们留下的只是党的事业，别的什么都没有。我的遗嘱是一句话，永远跟着共产党走，跟着毛主席走！"

1963年12月16日，凛冽的北风不时呜咽着，呼啸着掠过古城。下午2时37分，中国人民伟大的儿子、无产阶级忠诚的战士罗荣桓，在他的战友贺龙、张爱萍、甘泗淇、梁必业、萧向荣以及他的夫人林月琴和孩子们的守护下，心脏停止了跳动。

我们学习罗荣桓对党忠诚、敢于坚持原则的政治品格，自觉从思想上、政治上、行动上深刻领会"两个确立"的重要意义，坚决做到"两个维护"；学习罗荣桓实事求是、善于创造性开展工作的工作方法，立足本职，做好工作，为民族复兴作贡献；学习罗荣桓艰苦奋斗、密切联系群众的优良作风，坚持工作从群众中来，到群众中去，做好群众工作，服务群众。

夏明翰，湖南省衡阳县人，出生于1900年，17岁进入设在衡阳的湖南省立第三甲种工业学校就读。

1921年秋，经毛泽东、何叔衡介绍，夏明翰加入中国共产党。

1923年至1927年，他先后担任中共长沙地区执行委员会书记、中共湘区执行委员会委员兼农运书记、全国农民协会秘书长兼武汉农民运动讲习所秘书。

1927年，他任北伐军政治部宣传部部长，参加第二期北伐。大革命失败后，夏明翰奉调回湖南，任新改组的中共湖南省委委员兼组织部部长。中共八七会议后，他积极参加组织秋收起义，兼任中共平（江）浏（阳）特委书记，亲自带领暴动队，智取浏阳北圣仓的团防局，夺得40多支步枪。

1928年初，中共中央调夏明翰到武汉参加中共湖北省委的领导工作。3月18日，因交通员叛变，他在汉口不幸被捕，两天后遇害，牺牲时年仅28岁。

革命烈士夏明翰

1928年3月20日清晨，武汉汉口余记里刑场的薄雾朦朦，时任中共湖北省委常委夏明翰被国民党反动派押解到这里，准备行刑。临刑前，敌人问他有无遗言，他向人要来纸笔，从容写下“砍头不要紧，只要主义真。杀了夏明翰，还有后来人”随后慷慨就义。

红梅偏向瑞雪开

夏明翰，字桂根，1900年农历八月出生于父亲居官的湖北秭归县，出身名门望族，自幼酷爱读书。童年时，他随祖父、父母先后在湖北、江西等地居住。12岁时，夏明翰随父母回到祖籍湖南衡阳，进入衡阳县石鼓国民高等小学堂读书。父亲去世后，夏明翰由祖父抚养，祖父令其读四书五经，但思想开明的母亲陈云凤一直主张儿子接受新式教育。祖父和父母两种思想的冲突，使幼年夏明翰养成了喜欢

夏明翰故居　彭斌　摄

思索和勇于探寻真理的精神。

1917年，夏明翰怀着“工业救国”梦想，考入湖南省立第三甲种工业学校。在校期间，他接触进步思想，积极参加声援五四运动的爱国宣传活动和反对北洋军阀的斗争。当选为湘南学生联合会第三届总干事后，他积极响应“焚烧日货”的活动，从自己家里搜出日货，再带领调查组和学生义勇军搜罗街道商铺的日货集中在一起焚烧。

1920年，夏明翰砍倒祖父亲自栽种的象征夏家官运亨通、兴旺发达的桂树，毅然与夏家决裂走上革命道路，从此再也没有回过家。在何叔衡等人的帮助下，他来到长沙，成为毛泽东创办的湖南自修大学的第一批学员。1921年，经毛泽东、何叔衡介绍，夏明翰加入中国共产党，从一名“世家少爷”成为一位职业革命者。

苍松不为狂风折

入党后，夏明翰在长沙从事工人运动，多次组织工人罢工，指挥农民打倒土豪劣绅，逐渐成长为长沙农民协会的主要骨干力量，在长沙开创了一片新天地。

1924年，夏明翰担任中共湖南省委委员、农民部长，负责农委工作。他经常到长沙、平江、湘潭等地，深入了解农民的情况，注意培养农运干部，积极输送革命青年到广州农民运动讲习所学习。因表现优异，夏明翰被调往武汉，担任全国农民协会秘书长，负责全国农民协会工作。

国民党发动“四·一二”反革命政变后，夏明翰悲痛不已，写下了“越杀胆越大，杀绝也不怕。不斩蒋贼头，何以谢天下！”的愤慨诗篇。他投笔从戎，参加了第二次北伐的革命军，担任宣传部长，随军开到河南前线。

1927年，夏明翰奉调回湖南，任新改组的中共湖南省委委员兼组织部长，积极组织秋收起义，兼任平（江）浏（阳）特委书记，发动了平江、浏阳的农民暴动，有力地配合了井冈山根据地的创建。

杀了夏明翰，还有后来人

大革命失败后，轰轰烈烈的中国革命陷入低谷。受党组织委派，夏明翰由长沙来到武汉，担任中共湖北省委委员。临行前，他向妻子和刚出生不久的女儿告别，赠予妻子郑家钧一颗红珠，并附诗：“我赠红珠如赠心，但愿君心似我心。善抚幼女继吾志，严峻考验不变心。”

夏明翰不顾个人安危，在一片白色恐怖中奔走在武汉各个秘密机关，联络各地同志，传达省委决定，耐心说服同志们，统一了大家的思想认识，“两湖年关暴动”最终得以制止，避免了更多无谓的牺牲。

不幸的是，因交通员宋若林叛变，夏明翰在汉口被捕。国民党反动派妄图用功名利禄来诱降他。夏明翰大义凛然地说道：“为拯救百姓于水火，为振兴民族之强盛，为后代生活之美满，我们随时准备牺牲自己的生命，这就是共产党人的大仁大义。”

无计可施的敌人只好对夏明翰施加酷刑，把他折磨得血肉模糊，多次昏死过去。但他始终始终视死如归，决不屈服。1928年3月20日清晨，夏明翰被押到汉口余记里刑场。那一天，黑云压城，雾锁长江，28岁的夏明翰倒在了敌人的枪口下。

他英勇就义两天后，五弟夏明震在湘南暴动中英勇牺牲。同年6月，四妹夏明衡面对敌人的抓捕，殉身成仁。七弟夏明霹、外甥邬依庄也先后为革命献出了年轻的生命。妻子郑家钧牢记丈夫的嘱托对革

衡阳县夏明翰故居广场浮雕 曾散 摄

命毫不动摇，成为一名地下交通员。母亲陈云凤在夏明翰逃出夏家后也搬出夏府随儿女一道投身革命，1944年衡阳沦陷后以75岁高龄之躯为抗日将士奔走募捐，凛然以对日寇，被人尊称为“潇湘女杰”。

信仰如灯，忠诚似铁。让我们再念一遍夏明翰的就义诗吧：砍头不要紧，只要主义真。杀了夏明翰，还有后来人。

这短短四句小诗，铸就成共产党人坚守共产主义信仰的一面旗帜、一座丰碑；这荡气回肠的二十个字，却跨越百年历史时空，永远激励和鼓舞着一代又一代中国共产党人接续奋斗，勇往直前。

革命“宝山”水口山

衡阳有三座值得仰视的“名山”。一座是自然高山南岳衡山，一座是思想高山王船山，一座是革命宝山水口山，分别代表衡阳钟灵毓秀的自然风光、源远流长的厚重文化及融入血脉的红色基因。

时间回溯到百年前，马克思主义的传播，让光明照进了黑暗的矿井。

1921年10月中旬，毛泽东来到衡阳指导建立中共湖南省立第三师范学校党小组时明确提出，到水口山矿去，建党要与工人结合起来。衡阳党组织按照毛泽东的指示，指派党员来到水口山进行革命宣传，传播马克思主义。1922年4月，毛泽东第一次来到水口山，访问铅锌矿工人疾苦。他的到来，点燃了工人运动的火种。

1922年9月，安源路矿工人大罢工胜利的喜讯传到水口山，矿工们都跃跃欲试。安源路矿工人俱乐部派遣有丰富斗争经验的蒋先云、谢怀德等人前往水口山，毛泽东指示他们：要加强工人的团结，工人团结得越紧，敌人越害怕。

蒋先云等人抵达后，建立党小组，发展钳工刘东轩为共产党员，筹备工人俱乐部。俱乐部报名者络绎不绝，不到两日即达3000多人，大部分工人参加。

11月27日，湖南水口山工人俱乐部在康家戏台举行成立大会。30日，俱乐部向矿局提出了“承认工人俱乐部有代表工人之权”等4条权益后遭到拒绝，随即筹备大罢工。毛泽东亲自审查修改了罢工斗争计划和罢

水口山大罢工版画 彭斌 供图

工宣言，提出要实行“哀兵必胜、哀而动人”的战术来获取外界支持。

12月5日，俱乐部发布罢工宣言：“米也贵了，布也贵了，百物都贵了，只有我们的工钱，还是照从前一样……我们要救命，不得不罢工！”俱乐部将4条权益细化成18项条件。蒋先云、刘东轩肩负着工人的重托，与矿局谈判，表明不达目的绝不开工。

水口山工人大罢工开始后，工人俱乐部就发出了请求各界援助的传单，中国劳动组合书记部湖南分部和北京总部也及时发出要求各工团予以大力援助的通告。安源、唐山等地的工人俱乐部还从经济上给予水口山工人以有力的援助。工人利用敌人营垒中间的矛盾，获得了赵恒惕军阀政府炮兵连士兵的同情，士兵张贴布告，声明“决不干涉工人”。全国各工会、教育界、新闻界纷纷声援，极大地鼓舞了工人的士气。

矿山停工，寂静一片，双方对峙达23天之久。12月27日，矿局被迫承认工人俱乐部所提18项条件，罢工取得彻底胜利，把湘区工运推向最高潮。

中国劳动组合书记部主任邓中夏如此评价：“中国矿山虽多，唯有全部组织的，只江西之安源及湖南之水口山二处，而水口山铅锌矿罢工，其雄壮不亚于安源。”

在水口山工人大罢工中，工人俱乐部建立监察队，对保证罢工的胜利起到了重要作用。这支最早的工人武装力量，最终奔赴井冈山，参与到中国正确革命道路的探索中去。

耿飚与水口山

从1916年到1926年，耿飚在水口山生活了整整十年。这十年，中国人民反帝反封建斗争风起云涌，无产阶级解放事业蓬勃发展，水口山工人运动烽火连天。这十年，耿飚经历了从童年到青年的蜕变。他7岁跟随父母逃荒到常宁水口山，13岁当起敲砂童工，后来在机械科学习钳工，从打铁、打磨、修机器到安装电线、修锁，在洗砂台成了一名机械工人。这十年，耿飚也经历了人生世界观的大转变。他在遭受压迫剥削的同时接触到了马克思主义，逐渐成长为革命队伍的“通讯员”，参加震惊中外的水口山工人大罢工，主导并取得了“一二·二一童工大捷”。18岁的他走出水口山，加入到全国革命的浪潮中建功立业。

水口山，成为耿飚人生追梦投身革命的起点。

饥寒交迫寻“宝山”

1909年8月28日，子夜，耿道崇走出湖南醴陵严家冲的“耿氏家祠”，他看了一下“三星”确定时刻，身后便传来了妻子身边那个婴儿响亮的啼哭，这个婴儿，就是后来成为共和国国防部长的耿飚。

耿飚，乳名润德，曾用名耿在忠，字俊勇，是家里的长子。耿飚7岁时，一家梦寻“宝山”来到常宁水口山，寄住在舅舅宋乔生家里。体格宽广，骨架粗犷，双耳几乎垂肩，走路脚下生风，宋乔生非常喜欢。

在水口山银矿局做工的宋乔生，春节拜年时他对姐夫一家说，水口山的河里流着金沙，山里埋着银块，水口山甚至连石头都能换得光洋，简直是一座神话般的“宝山”。耿飚全家逃荒南迁，寻找梦寐以求的宝山，之后却坚定地投身革命，无疑是受了舅舅宋乔生的深刻影响。

12岁时，耿飚在铅锌矿当敲砂童工。敲砂童工生活环境恶劣，大都患有佝偻病，脑袋显得大，肚子鼓出来，加上赤身裸体，汗流浃背，整天“哇！哇！”地喊号子，就像稻田里那些被叫做“麻蝈”的青蛙，人们又叫“敲砂麻蝈”，这是一个受辱心酸的绰号。耿飚在选砂场做童工，就是砂从矿里面拉出来之后，大人先用很大的铁锤，把那些大的敲碎，用铁桶装了，几个轮子推进来，推到敲砂场就倒向两边，童工们就在场地两边，底下有个垫子坐着，拿个比大人用的小一

水口山工人运动纪念馆 彭斌 摄

点的锤子，再敲，有的烟缸那么大，鸡蛋那么大，乒乓球那么大，剔除白色的废石和黄色的大粒硫矿石，再又敲，里边有石头就选出来不要，只要白铅（锌）、黑铅。耿飚和伙伴们不分白天黑夜地敲砂，童工们个个骨瘦如柴。期间，经常听到关于毛泽东同志来到水口山的消息，说他调查了工人生活状况，耿飚对这位神秘的中央委员产生了浓厚的兴趣。马克思主义的传播，使他懂得了什么叫剥削，从而理直气壮地激发了革命斗争的勇气，增添了投身工运的力量。

工运怒潮推波澜

二十世纪初期，共产主义思想在中国游荡，马克思主义广泛传播，中国共产党宣告成立，工农运动如火如荼。置身于工人阶级革命斗争的洪流中，耿飚接触了马克思主义，初步领略了共产主义的远大理想，在一次次的罢工斗争中，他亲身感受到毛泽东对水口山工人运动的关心和支持，出色地完成了组织上安排的各项任务。

1921年10月，毛泽东第一次来到衡阳，发展了蒋先云、黄静源、黄朝英、蒋啸清四人为中共党员。根据毛泽东的指示，湖南三师的黄静源、韦汉、唐朝英，衡阳第三甲工业学校的夏明翰，成章中学的刘泰等党团员和进步师生，在寒假期间来到水口山，宣传马克思主义。1922年4月19日，毛泽东第二次由长沙来衡阳。之后，在夏曦、彭平之的陪同下，以教书先生的身份来到水口山，访贫问苦，秘密调查，宣传发动，酝酿工运。1922年11月27日，毛泽东安排中共湘区委员会专人到水口山，加强对工人运动的领导，并在康家戏台设立了“湖南省水口山工人俱乐部筹备处”，不到两天便有3000多名矿工加入工人俱乐部。

水口山工人俱乐部成立后，组织党员开会，传播马列主义，策划工人罢工。耿飚机灵聪明，具有“人小、腿快、不引人注意”等特点，当起了站岗放哨的通讯员。他经常到矿区观察，探听信息，打听秘密，把情况及时报告工人俱乐部。大罢工爆发前夕，耿飚带人到衡阳把罢工宣传用的油印机和文具纸张、刻写钢板，化整为零，藏进破铺盖和竹筒里，深更半夜背回来，秘密运送到水口山工人俱乐部，并深入矿工当中宣传动员和“发信”。

1922年12月5日凌晨，震惊中外的水口山工人大罢工爆发了。机器全停，窿口静寂，一份《罢工宣言》发出了工人的心声：“米也贵了，布也贵了，百物都贵了，只有我们的工钱，还是照从前一样……我们要救命，不得不罢工！”12月19日，反动当局设下“鸿门宴”，蒋先云、刘东轩“双雄赴会”，耿飚被安排到矿局，探听消息并传递出来。罢工期间，耿飚拿着传单，到大渔湾、松柏等地散发，争取广大工农群众的支援，使水口山工人的罢工斗争声威大涨，举世闻名。

童工大捷露锋芒

水口山大罢工后，反动当局为解外商亟待装船要矿砂的燃眉之急，指使选矿科长潘振纲强迫童工敲砂。

12月21日，大风从矿山刮过。

潘振纲气急败坏地来到敲砂场，厉声地咒骂着：“你们这些臭麻蝈，立刻开工，每人敲一担砂，敲不完我抽你们的骨头！”他以为这么凶恶能吓住童工，但是他想错了。罢工半个月以来，童工们在俱乐部的训练下，已经成为坚强的小工人。面对着潘振纲的威胁，大家纷纷喊起来：“不答应条件，就不敲砂！”潘振纲恼羞成怒，捡起一根竹篾，劈头盖脸地向童工打来。敲砂场上一片混乱，小伙伴们四散逃开，潘振纲得寸进尺，抓住了一个十来岁的小童工，用力把他掼在敲砂位子上，恶狠狠地大骂：“安伢子，今天你不给我敲砂，看我不剥了你的皮！”

耿飚和刘亚球、顺生仔他们一商量，每人抓了一把砂土，冲了上去。耿飚大喊：“潘癞子，有能耐你去找俱乐部评理，欺负我们细伢，算什么？”散开了的童工又围拢来，喊声震天。童工们和潘振纲展开了混战，向他扔砂石、臭鞋，混战中，耿飚机智地捅一下身边的二弟：“去喊舅舅。”附近的几个武装矿警闻讯赶来，向童工们伸出了枪口，潘振纲得意忘形，气焰十分嚣张。场上气氛紧张起来，耿飚等几个领头的大眼盯小眼，急得几乎想不出办法来。潘振纲更上劲了：“老子认砂不认人！”猛地，那一声喊子在耿飚耳边响起，他不再无助，不再害怕，不会再哭！他把浑身的力量都聚到喉咙上，大声喊起来“哇，哇，几百个“敲砂麻蝈”立刻同时“哇”起来，这些“敲砂麻蝈”平时每天要“哇”几千遍，底气足，嗓门好，现在把愤怒、鄙视、勇气都“哇”了出来，犹如几百个“小喊子”一齐拉响。“哇”助胆，胆壮威，大家蜂拥而上，“哇”得那些反动家伙连连后退。潘振纲声嘶力竭，暴跳如雷，但是谁也听不见他叫了什么，只有一片“哇”声，伴着几百只挥舞的敲砂锤，震荡在选矿场上空。

在“哇”声中，工人纠察队闻讯赶到，那几个矿警灰溜溜地收了枪，抱头鼠窜。紧接着，宋乔生一个“旱地拔葱”跃上了台子。他一把揪住潘振纲的大衣，伸手就缴了他的手枪，几个工人纠察队员上来把他扭住。宋乔生抡起胳臂欢呼：“伢子们，你们胜利了！”

耿飚他们那暂停的“哇”声又爆发起来，同时大家使劲地鼓掌。掌声、“哇”声、欢呼声连成一片：“胜利了！哇！我们胜利了！”

这就是水口山铅锌矿工运史上著名的“一二·二一童工大捷”。胜利来之不易，耿飚是童工大捷公认的领军人物。事后，中国劳动组合书记部通电赞扬：“……罢工十余日，俱乐部日日训练，即幼童变为强夫矣！”

耿飚，不但是公认的少年英雄，还是个机智勇敢的联络员。1926年，水口山党组织决定派人到东阳渡兵工厂秘密接运枪支弹药，耿飚被委以重任。特务一路跟踪，他巧妙地甩掉“尾巴”。到了东阳渡兵工厂门前，耿飚伪装成乞丐，机智地与联络员暗号接头。第二天晚上，耿飚对敌人哨兵采用“调虎离山”计，同我方人员快速把十六支“老套筒”和子弹运出。这些“老套筒”和子弹，武装了水口山第一支工人赤卫队。在毛委员的号召下，这支工人赤卫队迅速发展到1200多人，雄赳赳气昂昂地奔向了井冈山，他们正是“中国工农红军独立团”和“中国工农红军第四军军部特务营”的前身，为中国革命立下了不朽功勋。

梦缘“宝山”天地宽

“水口山是我革命起点的地方，可以说是我的‘第二故乡’，有一天我总要回去再看看！”1991年10月8日下午5时，82岁高龄的耿飚实现了他的夙愿——回到阔别了65年的水口山。踏上那片熟悉的土地，耿飚迫不及待地想要重温过去那段血与火的峥嵘岁月。他来到当年水口山工人大罢工的水口山铅锌矿，当他抬头望见那巍巍井架，隆隆驶过的矿车和一幢幢家属楼时，耿飚感慨地说：“发展得快呀，不是过去的水口山了。”

是的，正是一批像耿飚这样的无产阶级革命先辈，紧跟共产党干革命，抛头颅洒热血，推翻帝国主义，封建主义、官僚资主义三座大山的压迫，人民翻身得解放，才让水口山从黑暗走向光明。

有着光荣革命传统的水口山，当年铅锌矿已经发展为水口山有色金属集团有限公司，成为集有色金属采矿、选矿、冶炼、加工、贸易于一体的国家级大型国有企业，为我国国防事业的发展作出了杰出贡献。我国第一颗原子弹爆炸、第一颗导弹发射、第一颗人造卫星上天、“神舟”系列载人飞船成功飞行，均有水口山提供的特殊材料，并多次受到党中央、国务院、中央军委通令嘉奖。

1991年10月10日上午，水口山矿务局局长肖先金代表全局一万多名职工，授予耿飚同志“水口山矿务局功勋矿工”荣誉称号。红色烫金的荣誉证书上写着：“耿飚同志，您从一名水口山矿工成长为无产阶级革命家，为中国革命和建设建立了不朽功勋。这是我们水口山工人的光荣和骄傲，特授予您‘水口山矿务局功勋矿工荣誉称号’”。

耿飚高兴地双手接过荣誉证书，与肖先金热烈拥抱，他戴上蓝色的矿工帽，走向主席台，向全场干部工人挥手致敬，动情地说：“在我革命一生所得的荣誉中，这个称号具有特别的意义，因为它和我人生的开端、革命的开端、事业的开端紧紧地联系在一起。”

水口山的山，是藏金的山；水口山的水，是含金的水。离开水口山时，耿飚特意带走了水口山铅锌矿、硫铁矿等标本，将其摆放在北京的家中。

耿飚对水口山有着深厚的家乡情结，对水口山的乡亲有着血浓于水的亲情。他先后为水口山报报头、水口山经济开发区、水口山希望中学亲笔题字。1986年12月，水口山建矿九十周年时，耿飚在北京接见了水口山矿务局负责人，挥笔泼墨表达了对水口山的祝福：“发扬传统，开拓创新，为振兴水口山努力而奋斗！”

水口山，是伟大领袖毛泽东早期从事革命活动的地方，也是无产阶级革命家、军事家、外交家耿飚同志一生最难忘怀的宝山。

第八篇

从废墟里挖出的腿骨垒了一操场
还有不计其数的头盖骨
给他们戴上头盔，就是几个成建制的整编师
骨头发着白光。那是不会消失的磷跟仇恨
一个军人死了，骨子里还写着忠诚
——陈群洲《1944 年的一张老照片》

文 范林

南岳忠烈祠 刘建平 摄

抗
战
记

中国抗战史上具有重要历史地位的战役——衡阳保卫战，发生于1944年6月22日至8月8日，是长衡会战的主要战役。占领衡阳，日军可以打通粤汉、湘桂交通干线，重挫美国“飞虎队”的防空部署，挽救被困在南洋孤岛上的孤军。为了攻下衡阳，日军调集了“全面侵华战争以来对一个地区进攻所使用之最多的兵力”，分三路包抄衡阳，切断衡阳与外界的联系，使之成为一座孤城。而衡阳只有第10军这一支疲惫不堪的“孤军”，人数仅有 1.7万余官兵，且后继无援。面对如此绝境，衡阳军民死守孤城，用血和肉筑起一座又一座“城墙”，以一军之力，与日军10余万兵力相持达47 天之久。衡阳保卫战是世界反法西斯战争史上一次非常重要的战役，也是抗战八年中作战时间最长，敌我双方伤亡人数最多，战斗极为惨烈悲壮的守城战，中国军队和衡阳人民为世界反法西斯战争作出了巨大贡献。毛泽东在1944年8月12日的《解放日报》社论中，盛赞“坚守衡阳的守军是英勇的，衡阳人民付出了重大牺牲”。1946年，国民政府批准衡阳为全国唯一的“抗战纪念城”。

战略重镇衡阳，日军必克，我军必守

1944年初，日军为了逆转其在太平洋战场上急遽失利的厄运，想尽千方百计，欲将其本土和满洲的军用物资、兵员，顺利运送到东南亚和太平洋战场，“内心极度焦灼”的日本大本营参谋总长杉山元上将上奏天皇，提出了“打通大陆作战”的设想，并得到了天皇裁可。后来日本大本营遂将此作战命名为“一号作战”。

“一号作战”主要战略目标：其一，先攻占平汉铁路之南段，进而打通湘桂及粤汉铁路两线，贯通自朝鲜釜山—中国东北—北平，平汉铁路、粤汉铁路、湘桂铁路，南抵香港、南宁。其二，摧毁沿线中美空军基地，防止美国B-29重型远程轰炸机对日本本土的空袭。

日军称这次作战“确系太平洋战争爆发后规模最大的一次一连串的大军作战”。这次作战，无疑也是已成强弩之末的日军在中国大陆的最后一搏。

在有关中国抗日战争的史著、纪实文学或教科书中，只要论及豫湘桂战役即日本的“打通大陆交通线”战役时，对抗日正面战场国民革命军的抵抗，往往都说成是“大溃败”。当然，4月中由日军大将冈村宁次指挥的“河南会战”（中国抗战史称之为“豫中会战”），日军一个多月拿下河南全境，中国四十万军队溃败如山倒，确实给人留下了无可辩解的口实。但是，具体到日军所称“湖南会战”的局部情况来看，除了六月中旬长沙的第四军由于防御部署的严重问题导致迅速溃败长沙失守之外，衡阳以及衡阳外围，无论是守城的第10军，还是参战的各路军队，则无从寻觅出“大溃败”迹象。

尤其是奉命守城的第10军方先觉部，与近城外围友军一道，与强敌苦苦鏖战47天，大幅度迟滞日军前进的步伐，以1.7万左右残全不全之师，毙伤日军达四万余人之众，创下了整个抗日战争期间中国军

衡阳保卫战指挥部旧址 王皓永 摄

队以弱应强之惊世奇迹。且外围部队如37军60师、42军新19师、74军58师、58军、62军、79军、100军等国军各部，在来犯的日军第11军，麇集近十万余兵力对国军部署于衡阳远近外围各部实施“各个击破”战略情况下，浴血奋战，牵制和阻击各路日军增援衡阳，付出了重大牺牲。倘若以“大溃败”评价衡阳会战，无论怎样也无法服众。

因为河南会战的溃败，盟军对中国战区对抗日军的信心锐降至近乎冰点，中国战区参谋长史迪威多次向美国总统罗斯福“告刁状”，说中国战区总司令蒋介石无能，要求取消他的指挥权。此种情况之下，国民政府在求取英美外援时，屡遭掣肘，颜面丧尽。

六月下旬衡阳开战之后，全世界无论法西斯轴心国，还是反法西斯联盟阵营，都把目光紧紧地盯住衡阳，尤其是衡阳守军坚持到一个月并且日军在此遭到史无前例的重创之时，几乎全世界所有关心反法西斯战争状况的人，都把目光凝注在了衡阳。当时就有中外报纸媒体很夸张地说：今天的衡阳，成了世界的中心。

我们今天回顾历史，搜集来自全世界各个方面对于当年衡阳抗日状况的记载，便会发现，衡阳一战，对于整个第二次世界大战以及远东战区局势改变，以及对中国战场扭转颓势所产生的巨大积极影响，实在远不止是有些学者所总结的“在一定程度上提振了中国军民战胜日本侵略者的信心和决心”那么简单。

日军在制定“一号作战”计划时，就强调过：“衡阳战略位置极为重要。”前面已有略述。既然为“打通大陆交通”，粤汉铁路通了，南往香港，抵南太平洋，西南外抵越南，内通贵州、云南、四川，衡阳是必经之地，是关键枢纽，因此也是必取之地。

1944年8月12日，衡阳失守后仅仅三四天，中共《解放日报》经毛泽东亲手修改的一篇社论就曾经谈到：衡阳“是粤汉、湘桂两条铁路的联结点，又是西南公路网的中心，它的失守就意味着东南与西南的隔断，和西南大后方受到直接的军事威胁。”

“衡阳的飞机场，是我国东南空军基地和西南空军基地之间的中间联络站，它若失守就使辛苦经营的东南空军基地归于无用；从福建建瓯空袭日本的门司，航空线为1425公里，从桂林去空袭则航空线要延长到2220公里。衡阳位于湘江和耒水合流处，依靠这两条河，可以集中湘省每年输出的稻谷3000万石，还有极为丰富的矿产于此集中。这些对大后方的军食民食和军事工业是极端重要的，它的失守会加深大后方的经济危机，反过来却给了敌人以‘以战养战’的可能性。”

这篇社论继续谈道：“英美人士对于衡阳战役亦抱着很大的担心。”他们忧虑：如果衡阳失手，战争将会延长。他们忧惧大后方的经济危机。

衡阳战略位置如此显要，自然而然地使它成了日军打通大陆交通线所必须夺取的目标，所以重庆国民政府对衡阳一战更是深为关注。

衡阳守军的顽强抵抗，使得广义的衡阳保卫战最终演绎成豫湘桂战役乃至整个中国抗日战争后期最大和最惨烈的一次战役。

孤城苦战月余，以弱应强，重创日军

如果我们不只局限于豫湘桂战役，而把眼光放到整个抗日战争中去，溯渚史实，我们就会发现，衡阳保卫战是抗战8年之中，作战时间最长、敌我双方伤亡官员最多、程度最为惨烈的一场城寨争夺战。

首先，从时间上来看，衡阳保卫战打了47天，而闻名于世的台儿庄大捷只打了14天，长沙三次会战每次也只打了几天或十几天时间。台儿庄等战役，当时都是三面受敌，后方补给线始终畅通，特别是外围应援之友军都较围攻之敌强大，故能展开反包围，取得内外夹击之效果。不像衡阳，四面被包围，孤军奋战，外围友军被外围日军死死咬住，无法与衡阳城守军形成夹击之势，守军又没有足够的武器、弹药、粮食、药品等后勤补给。正如当时的新闻界评论道：“弹丸之地的衡阳，纵横不过数十里，陆上有强敌四面包围，空中有炮弹毒气烧杀，处此危城，坚强的守了47天，真是大不容易。”

还有新闻评论写道：“衡阳孤军打了47天，这是一个世界共知的事实。”

从敌我双方伤亡的数字来看，当然，守备衡阳的国军第10军只有7个团及配属的暂编第54师之1个营，共16275人之兵力。

从6月23日日军强渡耒水打响衡阳保卫战第一枪开始，6月28日敌人发动对衡阳的第一次总攻，一直到7月底，经过一个月余的战斗，第10军伤亡非常惨重。军部直属部队已伤亡2/3，预备第10师伤亡90%，第3师伤亡70%，第190师仅剩有400余人，各部中下级军官几

衡阳抗战纪念城牌坊 彭斌 摄

乎全部伤亡，每一次战斗均要连升数个营长、连长。

如在五桂岭争夺战中，第3师第8团半天之内晋升5个营长，均先后阵亡或重伤。当时受伤官兵很多。因无医药治疗，不少轻伤官兵自动重返火线，即使伤不轻且还有些许行动能力的官兵也都愿意留在阵地中。至衡阳保卫战全部结束时，参加守城的国军第10军将士不足17000之兵力先后死伤15000余人，其中阵亡7600人。

6月中至7月底，围攻衡阳的日军是其第11军第68师团和第116师团及一个独立旅团，后因遭受我守城部队的英勇抗击，伤亡惨重，据日军资料记载，到七月底，68师团和116师团所有战斗序列中的步兵中队，平均只剩二十多个人。日军一个中队约200人左右，也就是说，经过一个多月的进攻，日军两个师团和一个旅团4万余人，损失了战斗兵员80%以上。

日军防卫厅防卫研究所战史室资料有详细记载：日军从6月23日至7月20日这段时间内伤亡军官798人，士兵19286名。7月20日以后，资料上只载有约计伤亡9100余人字样，并无确切数目，也未分别官兵。根据以上数字，得知日军在衡阳城及其周边，7月20日便已伤亡3万人左右，几为我伤亡人数之一倍。

8月初，在大本营的压力之下，日军第11军横山勇司令官亲率第13、第40、第58等师团全部或部份，与攻城的第68、116师团和独立步兵第5旅团，共计11余万人，对衡阳城实施全面包围进攻。8月4日发起第三次总攻，一天之内向衡阳城发射了四万多发炮弹，而进攻的日军依然遭到我军的顽强抵抗，伤亡难计。参加过衡阳战役的日军承认："衡阳战役，真相被当时军方隐瞒，致日本国内人多受蒙蔽，至今仍未知其地名者，大有人在。"

8月8日日军彻底攻破衡阳守军指挥部，方先觉与四名师长悉数被俘，经过与日军的谈判，为衡阳城内七千余名伤兵和衡阳抗敌后援会近四千名民伕、工匠等民众免遭日军屠戮计，方先觉向一部分正在前线战斗的官兵下达了停战令。47天椎心泣血的守城战役落下帷幕。日军此役，在衡阳城战死的官兵近2万，伤病难计。美军曾有日军军官在战后陈述的记载，言及衡阳之战，日军死伤超过7万人，其中4.8万人被击毙。

衡阳城破之后，长衡会战仍在继续。各路国军与日军寻机作战，牵制日军向广西进攻的步伐。日军原定9月份实施“广西会战”，但在衡阳迟滞了一个多月，而后国军在祁阳洪桥发起阻击日军的“洪桥会战”，迫使日军再次改变计划，一方面部署兵力牵制洪桥方向国军，一方面将主力改从常宁到全县突进广西，未料在常宁遭遇国军37军60师黄保德部的顽强抵抗，在常宁城苦战坚守31天之久，日军突进广西计划再次受阻。坐镇南岳指挥作战的冈村宁次不得不推迟到11月初再发起进攻广西。后因横山勇第11军违令突进广西而提前。

首有衡阳保卫战，随后常宁保卫战，迟滞日军进攻广西的计划两个半月有余，加上各路国军力破日军各个击破战略，与日剧缠斗不休。最终，长衡会战前后持续达四个半月之久！

有一个不可忽略的事实，那就是日军战史记述：在衡阳战役进行过程中及至结束后的10月初进攻桂林之前，横山勇所部的日军第11军8个师团，前后补充兵员达十万人。而当时，衡战甫一结束，与横山勇有着很深矛盾的冈村宁次便成了横山勇的顶头上司，冈村宁次坐镇衡阳南岳亲自部署部队整补和下阶段桂柳作战。第11军在衡阳会战之后，补充兵员数额如此之大，鉴于当时日军印缅战场、太平洋战场都面临兵源奇缺的现状，冈村宁次对横山的要求，只可能打折扣。而打了折扣的兵员补充都达到了十万之众，可见横山勇所部在整个衡阳战

英雄丰碑 彭斌 摄

役中的损失是多么惨重。所以，美国有史料载，整个衡阳战役，让日军损失兵力超过7万，包括外围国军的打击，和日军内部疫病流行造成的损失，横山勇第11军在衡阳战役中遭受的确实是致命性打击。

衡阳市城区呈长方形，东西宽约500米，南北长约1600米，总面积不足1平方公里。在这如此狭小的地带，双方死战达47昼夜之久，我方牺牲7千多人，伤员也是七千多人，虽日军的具体伤亡人数至今仍是一个历史谜团，但其因衡战而补充兵员达十万之众则是一个不争的历史事实。这不仅在豫湘桂战役中，而且在整个抗日战争中，也是极为罕见的。

残军坚守衡阳，备战充分，内外互制

国军第10军凭借区区17000人之兵力，且为残缺之师，为何能坚守衡阳47天？

首先，全面备战，地方协力。

5月中，豫中会战结束，日军占领平汉铁路全线，到这个时候，国民政府军委会以及第九战区才充分感觉到日军进一步的目标将会是粤汉铁路、湘桂铁路沿线所涉的湖南、广西，于是立即着手对整个战争防御态势进行全盘布局，基于此，衡阳全面备战才有获得从最高层到地方政府、民众和各种社会组织，自上而下全面支持的可能。

早在5月28日，方先觉就在衡山集训指挥所接到了蒋介石的命令，要他作好带领第10军防守衡阳的准备，方先觉接获命令之后，当即联手衡阳市当地政府开始紧张备战。

第一是全力争取兵力配备。1943年底，第10军参加常德会战，预10师和第3师遭受重创，兵力减至14000余人，后奉命撤回衡阳、衡山、湘潭易俗河进行整补，第10军一方面四处招募新兵，进行集训，一方面请求军委会调配其他部队充实。军委会将驻衡阳白露坳的42军新19师整师配属第10军，同时给予新兵招募的更多便利。到六月中旬，第10军有了2万余兵力，但很快新19师被调走驻防广西全县。

日军逼近衡阳之前，军委会将驻守衡阳机场暂54师1个团及师本部总计约2000人配属第10军，同时，方先觉紧急请求将驻防湘潭易俗河的第3师调回衡阳，获得批准，第3师在开战后先后从湘潭易俗河陆续返回衡阳。同时，方先觉在第九战区派来的炮兵指挥官蔡汝霖少将帮助下，还请求截留或调入其他部队的炮兵装备和兵力四百余人，即第5军48师摩托化战防炮营、74军野炮营两个连、46军山炮营两个连加一个排，让第10军的炮兵得到了某种程度的加强。

到6月20日，第10军总计配备兵力将近17000余人。然而，6月24日深夜，暂54师第1团团长陈朝章率两个营从五马归槽战场脱离，撤往郴州。这样，根据第10军战报所记载，守城的第10军总兵力包括配属部队为16275人。

第二是千方百计备足武器装备，对此，方先觉的原则是，以多于计划防守期限（最初为一周，后改为十天至半月）至少一半为要求，进行准备。他想方设法、历尽周折，甚至让蒋介石派来了军委会运输部长俞飞鸿亲自从重庆飞到衡阳予以协调，获得了军委会和第九战区供应的数量较为可观的弹药装备，尤其是手榴弹、机枪等。桂军46军新19师最初配属第10军守衡阳，调离时，方先觉想办法将其部分弹药和装备截留，充实第10军。

第三是构筑坚固实用的防御工事，既能有效地起到防护自身的作用，又能便于各个阵地相互配合、相互支援，有效打击敌人。当时的衡阳市市长赵君迈，毕业于美国威斯康辛大学土木建筑系，之后又在美国诺维支骑兵学院读过两年野战指挥，回国后便参加了国军带兵打仗，与日军有过多次较量，此时，作为衡阳市长、中将警备司令，他不仅从专业角度来说很懂战场防御工事的构筑，在对日作战方面也积累了很多经验。在赵君迈市长的积极动员下，衡阳市政府帮助第10军备足了构筑防御工事所用的木料、钢材、水泥和工具，招募了能够在作战后勤方面发挥重要作用的泥工、木匠、铁匠等数百人，当时政府准备运往广西修建铁路的枕木、钢轨堆放在火车西站，方先觉和赵君迈也想尽办法将其全部征用，在后来的防守工事中发挥了巨大作用。

赵君迈与方先觉私交甚笃，皆为性情中人，豁达大度，为了配合好第10军守衡阳，赵君迈不仅亲自发动全体市民参与备战，挖掘、修筑防御工事，还号召全市各种工匠、机电土木等工程技术人员，主动支援第10军。衡阳民众参与备战的队伍，以六月中旬连续近十天最为庞大，有参与者曾说，漫山遍野都是挥汗如雨在劳作的男女老少，真是史无前例的壮观景象，其情其景，甚至感动着许多逃难至此的外地民众主动参与进来。

赵君迈还亲赴粤汉铁路局，说服铁路局局长，将北至渌口、南至耒阳的铁路悉数拆除，钢轨、枕木泽集中运至火车西站，供守军修筑防御工事随时取用。此举堪为壮举，为第10军坚守衡阳47天所依赖之“方先觉壕”以及“钢铁堡垒”的修筑，发挥了关键作用。

第10军工兵营长陆伯皋少校是一个非常聪明而具有高度责任感的工兵指挥官，他和军长方先觉、预10师师长葛先才一起发明的防御战壕在衡战中发挥了巨大作用，后来被日军称之为“方先觉壕”，因为构筑了这种既能有效攻击和杀伤敌人又可妥善保护自身的组合式防御工事，第10军很少有被冲锋的敌人枪杀的，一万五千多的伤亡主要由于日军大炮和飞机的轰炸所致。

第四是构建尽可能完善的后勤保障体系，衡阳市政府动员和组织了数万衡阳民众参与备战，粮食、菜食等准备充分。市政府号召市民在撤离衡阳前，将不能带走的粮食、咸菜、食盐等藏在房屋内相对安全的地方，便于开战后一旦出现食物短缺时找出充用。方先觉截留了其他部队在衡阳的两个野战医院，为伤病医治提供了一定保障。

这里不得不再一次提到衡阳市长赵君迈，他对方先觉说：守衡阳是衡阳军民共同的职责，你的军队不多，专心打仗就好，所有后勤方面工作，有衡阳“抗敌后援会”全程协助，水电供应、消防、交通等方面公共服务机构人员配备齐全，工事修复、枪械修理、后勤医疗等等，细致划分，组建担架队、运输队、掩埋队、救护队等等事多支大队几十支小队，并全部配备预备队，总计留下民众一万二千余人。

其次，意志忠毅，智勇双全。

从士兵到各师师长、军部人员，上下齐心，团结一致。从军长方先觉，到普通军官，都能够身先士卒，将士用命，不惧生死，士兵英勇无畏，作战努力。每个师长都曾在第一线冲锋在前，各个前线部队紧密合作，相互配合，协同作战，防守严密。

再者，外围牵制，阻滞敌军。

衡阳会战，重庆军委会在衡阳近城外围，先后部署十余个师近十万兵力，阻击日军增援部队，在湘江东西两岸阻滞和打击日军，与敌军时有交锋，虽然在日军实施“各个击破”战略牵制和打击之下，未能有效突进衡阳，但对日军也产生了反牵制作用，尤其在西岸，外围日军向衡阳逼近时，必定遭到国军部队顽强阻击，其对减轻衡阳城守军的压力，所产生的作用也是不可低估的。

横山勇之所以在初期不将全部兵力投入衡阳，一方面他认为对付方先觉残部不值得投入八个师团的兵力，另外更重要的一点，还在于他担心薛岳在衡阳给他布下天炉阵，于是他吸取前三次长沙会战失败的教训，进攻湖南采用各个击破的战略：

首先，加大情报力度，破解国军通讯密码，摸清国军防御部署。

然后，调整进攻态势，对各部国军实施分路打击，打乱第九战区和重庆军委会的部署，横山勇对各师团长反复强调：要将部署在湘江东西两岸的重庆军打散，打溃，打残，让他们互相找不到位置，无法实施协同作战。尤其在7月中旬，日军破解了国军通讯密码之后，几乎全盘掌握了衡阳周边部队的所有动向，而重庆方面和各个部队，对此并不知情，这样，就给了日军有效攻击外围各个国军部队的巨大主动权，导致国军各部处处被动挨打，接到增援衡阳命令之后，日军的阻击部署也做好了，因而增援部队进逼衡阳必定受到巨大制约和打

陆家新屋 彭斌 摄

击。58军鲁道源部从萍乡到衡阳，因为其行动计划被日军截获，一路不断遭到围追堵截，处于被动挨打状况。当58军抵达衡山石湾，离衡阳还有八十多公里时，就已经被日军打得所剩无几，从而丧失了攻击前进的战斗力。

其次，发挥内河船队的作用，充分利用湘江水路，有效实施装备和后勤补给。

在衡阳会战中，横山勇强力实施这些策略，对外围国军造成了巨大损失，当然，这必然也使得日军在打击外围国军时，要分散大量兵力和耗费大量时间，这样，就给衡阳守军在相对程度上减轻了一定压力。

横山勇在对湖南展开全面进攻之前，就将整个长衡战场可能涉及的人口布局、经济状况、地理形势等，进行了全面研究，其中对于地理形势的研究必然是重中之重。湘江作为湖南联通广西的重要河流，原本就是一条重要水上交通运输线，故而横山勇要求畑俊六调配内河船队给第11军，铁路、桥梁可以拆毁、炸断，公路可以毁坏，但河道航运要阻断是不那么容易的，要为进攻湘桂的日军提供充分的不间断的后勤保障，可全线通航的湘江，是一条理想且相对安全可持续的交通线路。

日11军组建的34师团218联队属于内河船队，负责进攻部队的舟桥架设，船运配合等，在长衡会战中所发挥的作用，除了在日军战史中略有记载之外，国内研究长衡会战的所有史料，似乎都对此有所忽略。实际上，纵观横山勇第11军整个湘桂会战的前后情形，可以推断出，其所部署的内河船队，在湘桂会战中发挥了重要的后勤保障作用。

此外，游击骚扰，令敌谨慎。

衡阳县县长王伟能中将担任司令的两衡游击总队，以及衡山等地，有着总数近万人的游击队，分散衡阳周边山区，对日军不断进行骚扰袭击，使得日军摸不透衡阳周边具体情况，不敢轻举妄动大兵团深入，客观上为第10军死守衡阳提供了便利。

炮弹毒气肆虐，尸横遍地，惨烈悲壮

衡阳保卫战整个战役的激烈程度、残酷性和惨烈性，就是今天还幸存的参战老兵，只要一说到其惨烈情状，便会声音哽咽，老泪双流，甚至嚎啕痛哭。

在长达47天的衡阳战役中，日军前后向市区发动了三次总攻。在第一轮总攻中，日飞机不断前来轰炸，并大量投掷燃烧弹。当时衡阳城区成为一片焦土，殆无房屋可供燃烧。

野战医院收容的伤患官兵中，在战役期间，有700余名被炸得血肉横飞，尸横遍地，惨不忍睹；其幸存未死伤患，只得分散各地，在断壁残垣下、炸弹坑中、破防空洞与临时掩蔽体中存身。医务人员因无卫生材料，对伤患无法按时换药；只能用盐水洗涤伤口，再用破布废纸敷盖而已。尤其整个战争期间全程处于酷暑炎热的盛夏，蛆蝇成群，创口因污染而发炎、化脓、溃烂、生蛆者不可胜数。重伤者只有等死，甚少幸存，第10军野战医院幸存老兵卢华回忆：战斗到十多天的时候就已经严重缺少药品，幸得衡阳不缺盐，盐水洗伤口消毒，成为了战争中后期的主要医疗手段，对重伤员完全束手无策，没有麻药，动不了大手术，基本上重伤员就是死路一条。

尽管衡阳为米市，主食本应不成问题，但由于敌机日日滥炸，城区一片焦土，米仓被毁，官兵乃至无以为炊，炊事人员只得于断瓦颓垣下掘取烧焦成褐色的米粒炊成糊饭，佐以盐水，供官兵充饥。衡阳是食盐产区，所以自始至终，守军不缺盐巴。因为环境恶劣，用餐时，无论野外还是室内，都有群蝇飞来争食，挥之不去。官兵吃下这种食物，不仅营养严重不足，且造成腹泻、呕吐等食物中毒情况，因乏医药，不少人因此病倒或死亡。

在第一轮攻击中，日军竟然还不顾国际公法，施放毒气。当时据守五桂岭南端的预10师28团3营7连，除4人未在阵地侥幸生还外，80余人皆不幸中毒死亡。日军还于水井中投毒，连日军自己的部队都曾

抗战纪念雕塑 彭斌 摄

衡阳抗战纪念馆 彭斌 摄

经误饮中毒。尤其是日军在江东攻击“五马归槽”时，据知施放了霍乱细菌弹，有说是日军本用毒气弹发射，却误用了霍乱细菌弹，结果日军自己感染者更多，第10军也感染数十人，发现后采用禁闭式隔离，方未导致大面积扩散。有人曾亲眼目睹日军将他们自己部队治不好的五六百病员，关在杨家祠堂，一把火烧掉了。日军军史曾载，衡阳日军部队出现的病员高达2万余人。

日军施放毒气弹时，由于国军当时防毒设备极差，且数量不够，官兵只能尽速以毛巾重叠，在水中或撒尿浸湿后捆于面部，毛巾上挖出二圆孔，露出双眼，以能继续战斗。守地官兵中毒部位均类似灼伤，发生水泡，大如银元，肿高半寸，内为黄水，较小之水泡则为绿色。中毒者两腿不能直行。事后报经大本营并请美国空军14航空队之化学战情报军官汤普生上尉详为研究，认定黄色水泡系芥子气所致，绿色水泡则系路易氏气所致。

汤普生并信此种毒气为芥子气与路易氏气之混合物，由7.5厘米炮弹所散布者（见1944年7月7日重庆《大公》《扫荡》等战报讯）。日军在进攻衡阳中所显露出的残酷性，连参加衡阳战役的日作战人员在战后的回忆中亦不得不了承认：“缅甸印巴鲁的作战，南方的戛措鲁卡那鲁、纽吉尼亚和大陆的衡阳，都是日军陆军高级指挥官的无能和参谋的冷酷大暴露的典型战场。”

尽管日军在进攻衡阳之中暴露出他们的凶狠和残酷，然而守城的国军第10军广大官兵“完全无视战斗之惨酷与死亡之恐怖，已发挥同仇敌忾与团结精神之最大限。”当时，无医药治疗，轻伤官兵均自动重返第一线，甚至伤虽不轻尚能勉强行动者，均自愿留在阵地中，反正只有以激烈战斗来麻木自己。真正的重伤者，必缺胳膊或断腿，尚能呻吟，而创口或五官未生疽坏死者，比比皆是。

在日军发动第二总攻期间，守军炮弹及迫击炮弹已消耗殆尽，除留少数火炮及最后决死之几发炮弹外，其余火炮悉数埋入地下。步机弹已耗去85%。官兵伤亡，大部人枪俱毁，无法补充。由于守军所属各步兵团之迫击炮口径不一，有81毫米的，也有82毫米的。至7月下旬，81毫米弹已颗粒无存，而82弹库储尚有数百发。军参谋长孙鸣玉将军为求平衡第一线火力，特发动司令部幕僚，将半数的82口径炮弹“弹带”部位，以砖石磨去其中径1.7毫米，使能适合81迫击炮发射，作最后决死之用。许多人都磨得双手起泡，甚至流血。方军长出而慰之曰：“部队官兵每一秒钟都在流血，每一分钟都有死亡；诸君为国效命，此其时也。”此情此景，史无前例。

直到敌人发起第三次进攻，8月8日城陷之时，因指挥系统瓦解，官兵只能各自为战，很多官兵不愿意放下武器成为日军俘虏，拼尽最后一丝力气，用尽最后一颗子弹，用刺刀，用石块，与敌人决一死战。“斯时也，天地变色，草木含悲，人人只打算如何杀死一个敌人‘以找回本钱’；杀死两个便‘赚一个’，并无一人退却，亦无一人逃亡。”

直至日落时分，枪声逐渐沉寂；47昼夜轰轰烈烈的衡阳保卫战，终于在幸存官兵泣血椎心的痛苦中结束！

战后敌方战史资料称：“衡阳之战，如欲惹人瞩目，可称之为‘华南的旅顺之战’。若此种比喻稍嫌夸张，但称之为‘中日8年作战中，唯一苦难而值得纪念的攻城之战’，则绝对正确。”战后日本的一些军人在回忆录中也这样写道：“那次激战，不分昼夜，反复冲杀，血肉横飞，持续多日，据说其惨状与日俄战争攻夺‘二〇三’高地时一样。迄今为止，在我们脑子里还留下了深深的烙印。”

抗战胜利后，以衡阳市参议会议长杨晓麓等五人组成的“请建衡阳为抗战纪念城”代表团，赴南京向国民政府呈递的请建衡阳为抗战纪念城文，就这样写道：“窃维抗战8年，大会战22次，而相持较久，关系至巨，贡献最大而牺牲最烈者厥惟衡阳一役……然以配合作战，构筑工事之民夫，葬身枪林弹雨中者，即达3174名，而直接被杀伤间接因饥病以致死亡者，又逾351038人，烧毁房屋45697栋，推毁大小工厂183家，荒废田土375000余亩，损失财产82204万余元，论功位于苏联斯大林格勒，破坏程度比绪德之汉堡，尚有过无不及之处，以故中央宣慰史刘文岛，美大总统代表哈里逊等，先后莅衡视察，咸言灾害惨重，甲于全国，载诸报章，共闻共见。”

从以上事实，我们得出：衡阳保卫战是全面抗战8年之中，作战时间最长、毙伤日军比例最高、程度最为惨烈的一场城寨争夺战。这样一个结论，绝不为过。

衡阳持久坚守，提振信心，意义非凡

衡阳保卫战最后以城池陷落、守军被俘、协议停战而告终，然而，其以一个残军坚守孤城47天与敌浴血鏖战、重创日军所产生的积极作用，则应永载史册。

第一，沉重打击了日本侵略者的嚣张气焰，直接延缓了日军“打通大陆交通线”战役的步伐进程，加剧了日本内阁的危机，并最终导致了东条内阁的垮台，粉碎了日军一号作战计划的顺利实施，最终日军所企望的“大陆交通线”，没有运行过一列火车，日军也完全无力修复遭到几乎全线破坏的铁路设施和车站、桥梁等。

衡阳一战中，敌人伤亡惨重，其中“以京都、大阪为中心的两个师团几乎遭到毁灭性的打击”。由于第10军利用地形，构筑了坚固的工事，比日军战死的人要少得多，大约是日军的1/5左右。在此之前，日军攻占到星州和马来西亚，伤亡却只有1289人；扫荡印尼全境，一共只用了3个师团另1个旅团，损失了2624人。而在“衡阳攻城战”中，日军竟投入5个师团、1个独立旅团和1个重炮兵部队、飞行师团和大量辎重部队，旷日持久达47昼夜，而伤亡人数，竟在上述诸役伤亡总数5倍以上，无怪乎日军视此一战役为“苦难的战役”。由于日军在衡阳一战中损失惨重，日本方面为了维护其“皇军”在华战无不胜的神话，对战役的真相多有隐瞒，致使日本国内很多人不知道有衡阳这个地方。

衡阳之战，日军原拟定3日之间结束，横山勇攻陷长沙时，狂言“拿下衡阳，一天都有点多余”，而实际却延宕了47天，所以日方也不得不承认此战“严重妨碍了‘打通大陆’的日程”。实际上，在衡阳战役期间，共产党领导的游击武装配合国军几乎全线破坏湘粤铁路、湘桂铁路，使得日军无力修通铁路恢复通车，直至1945年8月日军投降，日军未能也无法借助湘粤铁路和湘桂铁路发挥丝毫作用，其打通大陆交通的企图在衡战期间已经被彻底粉碎。

衡阳战役结束后，日军整理和装备了近三个月，到10月28日才重新向广西发动大规模攻势，进攻“大陆交通线”的另一个重要关口——桂林。当时重庆的《扫荡报》在评论中这样写道：“就时间算，衡阳阻敌47天；若就消耗敌实力，挫折敌锐气算，衡阳阻敌何止47天！……若无衡阳之守，也许敌寇更要猖獗。衡阳之战的价值，不仅在于延宕敌寇打通内陆交通线时间，且有助于黔边战局的转捩。”该报评论又写道：“因为衡阳之守，桂林要塞方有建筑余暇。这种要塞虽没有收到最终效果，但衡阳之固守，使敌人感到中国军队之坚强；又加之桂林之地形，与要塞之坚固，使他们停止于大榕江兴安一带达40日，以待补充。因为敌人怕兵力火力不够，不能一鼓南下桂

南岳忠烈祠 彭斌 摄

林，致挫折其士气，所以须补充完整，方敢前进。假使不是衡阳之守，以挫敌人锐气，敌人不必补充，大胆长驱直入。那么，敌人侵入贵州，当提早三个月，那时敌人更要猖獗。衡阳之守虽仅47天，而大榕江兴安40天之停留，亦是方军长之余威。在军事上争取3个月时间，是如何的大功勋呢？”

衡阳一役，还有一个重要的作用，就是加剧了日本内阁的危机。由于衡阳久攻不下，致使日“派遣军甚感不安，大本营之不满逐渐达到极限”。7月16日，日军向衡阳发动第二次总攻再度挫败时，中国派遣军总参谋长松井太久郎中将来到长沙第11军司令部，传达大本营要求尽快攻占衡阳的命令，并力劝横山勇将其主力投入衡阳，但横山勇作为直接指挥第11军作战的司令官，他不把衡阳周边对他有着严重威胁的“重庆军”“打散、打乱、打溃”，他怎么能放心地攻击衡阳呢？所以，他对大本营的命令虽不敢明面上抵制，却在暗地里继续奉行他的“各个击破”战略，因而，使得大本营要求他集中兵力攻取衡阳城的命令，无法得到实施。

当时日军在太平洋战场焦头烂额，日本国内对一身兼任首相、陆相和参谋总长的东条英机极为不满，东条深盼陆军在中国战场的表现成绩，以维持他的统治地位，于是东条多次承诺数天便能拿下衡阳，一定能守住塞班，否则率内阁总辞。可是，近一个月过去了，衡阳城依然未能攻下，心急如焚的东条，只好派人专程到湖南向横山勇传达强硬指令。他绝不允许衡阳之战继续胶着，否则，他的承诺再不能兑现，内阁就岌岌可危。此时，由于太平洋上的塞班岛失陷，再加之日军攻占衡阳继续受挫，1944年7月18日，东条终于被迫辞职下台。正如时文所称：“衡阳驻军及人民，乃以英勇姿态，展开抗战史中最光荣之一页，相持48日（按实际47日）不徒予后方以从容布置之时间，且使太平洋美国毫无顾虑而取塞班岛。东条内阁穷于应付而急遽崩溃。”

第二，衡阳保卫战鼓舞了全国人民的抗战信心，展示了中国人民反抗外来侵略、捍卫祖国民族独立的爱国主义精神。

当时重庆的《扫荡报》给衡阳守军的致敬书中这样写道：“这40天来，敌寇不断用强大的兵力猛击你们；甚至滥用毒气，做出不齿于人类的野蛮事。而你们装备劣势，给养不足，援军接应困难，负伤缺乏医药，各种条件都不如敌人。你们用血肉抵挡敌人的炮火，用血肉保卫祖国的名城，给四万万同胞吐了一口闷气！有了你们这一战，才觉得做中国人是最高贵的。后方的同胞对你们真是说不尽的感激，说不尽的崇敬！”

当时的重庆《大公报》也发表社论称道："衡阳虽已陷落敌手，衡阳守军的战绩尚在！衡阳47天是索得敌军巨大的代价，衡阳47天是在明耻教战。全国人都应惭愧对国家太少贡献；而凡是中华军人必更普遍反省自己的决心与努力是否也如同衡阳守军，我们以为衡阳之战贡献至大，不仅向敌人索取了代价，也给中国军人做了榜样。"

《救国日报》社在自己的社论中也这样写道："抗战8年，战死疆场之英雄烈士，至少数十万人，而保卫国士，致死不屈者，亦不在少数；但其对国家贡献之大，于全局胜败有决定作用者，当为衡阳守军。"

对守城的国军第10军顽强作战的精神，连日方也叹为观止，称"敌人之守将方先觉将军，为一号骁勇善战之虎将；其第10军三个师，皆以必死之决心，负隅顽抗，寸土必争，其孤城奋战之精神，实令人敬仰"，因而，在"苦难的衡阳战役"结束后，日军大本营有"如释重负"的感觉。

抗战胜利后，南京政府把衡阳定为抗战纪念城，1947年8月10日，衡阳抗战纪念城在岳屏山顶举行命名奠基典礼时，蒋介石在所颁"训词"里说："我第10军残余部队，喋血苦守此兀然孤城者，历时48日之久，此为全世界稀有之奇绩，而我中华有道德之表现与发扬，亦以此最显著。"

第九篇

文字的漂泊，使纸疼痛
时光装订着游子年复一年的眺望
台北与衡阳，地理名词之间的海峡
将乡愁分割成一张纸的两面
寂寥，已经开出春天的花朵
——张沐兴《漂泊，是归乡的长路》

文 阿山 罗诗斌

衡阳市区航拍图 彭斌 摄

名
人
记

衡阳可谓是个人杰地灵的地方，自古以来，人才辈出，这里诞生了造纸术发明家蔡伦、思想家王船山、新中国开国元帅罗荣桓以及革命烈士夏明翰、伍中豪、伍若兰等，洛夫、琼瑶、唐浩明等文学名家也均为衡阳人。历史上，衡阳还留下了许多文人墨客的千古名篇佳作，毛泽东、朱德等老一辈革命家也在这里开展革命工作。历史的创造离不开人，而衡阳丰富的文化更离不开这些历史名人。

限于篇幅，本篇章“名人记”中选取清朝著名将领彭玉麟和现当代国际著名诗人洛夫这两位衡阳名人的故事与读者分享。

彭玉麟：奇特而壮阔的人生

晚清大功臣，世间奇男子。

彭玉麟，字雪琴，湖南衡阳县渣江镇人，晚清军事家、书画家，人称“雪帅”。应曾国藩之请参加湘军平定内乱，为湘军水师统领，征战中立下赫赫战功。晚年，受命巡视长江，白发戍边，促成“镇南关大捷”。被世人称为“彭青天”“天下奇男子”，与曾国藩、左宗棠、胡林翼并称“晚清中兴四大名臣”。

他的人生丰富壮阔且充满神奇的色彩。

彭玉麟属衡阳县渣江人，少年时代却并未在渣江度过。他的父亲彭鸣九早年就离开了渣江，外出闯荡，在安徽怀宁县三桥镇任巡检。彭玉麟1817年生于三桥镇，母亲出身于书香之家，知书达理，温和贤惠。母亲将他放在外婆家带，外婆有个养女叫王竹宾，聪明伶俐，能写诗作文，童年的彭玉麟深受影响。十六岁那年正月，祖母彭凌氏在老家渣江逝世，父亲闻讯带领全家人回乡奔丧，少年彭玉麟这才踏上蒸湘大地。

故里没给少年彭玉麟带来温暖和幸福，却让他们一家从小康滑向一穷二白。葬了祖母后，彭玉麟的父亲彭鸣九觉察自己受族人的欺骗，族人将他家托买的田地与房产据为己有，他积愤成疾，不到一年就命丧黄泉。彭玉麟与弟彭玉麒同母亲相依为命，熬了四年受冻挨饿的日子，在母亲的启发与鼓励下，来到衡州府（现在衡阳市）石鼓书院求学，其弟一同来到衡州府经商。

在衡州城，彭玉麟认识了许多师友，学问有了提升，眼界大为拓宽，对社会也有了更深的认知。他抓住良好的机会，被衡州协标（朝廷驻扎在地方的军队）招收为“司书”（文书），后又通过招考为协标的“马兵”（骑兵），有了双重收入，就在城里租了房子，接母亲来城里一起生活。

后来协标奉命去追剿起义首领匪李元发，彭玉麟欣然从命，由湖南追剿到贵州又返回湖南，爬山越岭，吃尽苦头，却增添军事才能，奇迹般立上大功，朝廷论功行赏，彭玉麟被提拔为县教谕，但他辞了官职，退出协标，准备以绘画作文为生。他预感到遇上乱世，凭胆识和才能定能为朝廷建立“奇功”。

1853年秋，曾国藩把团练从长沙迁回衡州，在衡阳招兵、造船，扩大湘军实力，彭玉麟被常豫推荐给曾国藩，被任命为湘军水师左营

航拍彭玉麟故居 彭斌 摄

营官，与曾一同创办和训练水师。此时已38岁的彭玉麟，从一介布衣成长为湘军将领，登上波澜壮阔的人生大舞台。

彭玉麟率湘军水师随曾国藩从衡州出发，开始征讨太平天国，战湘潭，夺岳阳，收武昌，沿长江而下，兵临田家镇，冲破太平军在长江中布下的铁链的封锁。随后攻九江、收取石钟山，又与曾国荃率兵破安庆，继而进军太平天国的“国都”天京，到1864年收复南京，鏖战十年，出生入死。

彭玉麟的水师最勇猛善战，敢冲敢杀，善于打恶仗，彭玉麟和他的水师身经百战，打过四大恶仗：

湘潭之战。曾国藩率军攻靖港太平军惨败绝望之际，彭玉麟率水师与塔齐布率陆兵回师湘潭，与太平军展开一场恶战，彭玉麟率水师大败太平军水师，又与塔齐布占领湘潭城，打出了湘军的雄威，让绝望中的曾国藩恢复了信心，看到了希望。

田家镇之战。湘军攻克武昌后，太平天国西征军在田家镇一段用七条铁链横锁长江，企图阻止湘军水师东进。彭玉麟与杨载福率军猛攻，用洪炉焚烧铁链，挥板斧猛力劈斩，斩断铁链后，冲破阻碍，焚烧太平军水师数千船只，大获全胜。彭玉麟率水师顺长江直冲到鄱阳湖，对九江城形成合围态势，这一仗，让湘军水师英名震惊朝野。

石钟山之战。彭玉麟率内湖水师与外江水师里应外合，与石钟山的太平军激战，战况惨烈，激战多时，击溃太平军，内湖与外江水师胜利汇合，使九江处于湘军的重围之中，此战为收复九江和攻克安庆带来极为有利的局面。

九洑洲之战。南京九袱洲地势极为险恶，太平军屯驻重兵，防守严密。攻破九洑洲，才能合围南京城。彭玉麟与曾国荃协商，水陆配合，先外后内，猛攻猛打，夺得此洲，随后合围全城。彻底打败太平军，与此战关系甚大。

彭玉麟军事生涯第二阶段：巡查长江水师。内乱平定后，曾国藩自剪羽翼，削减湘军大部，却保留湘军水师，经朝廷批准改名为“长江水师”，由六个协标组成，驻守于长江中下游。彭玉麟在衡州养病三年间，长江水师出现贪腐现象，军纪散漫，欺压百姓。朝廷命彭

彭玉麟雕像 彭斌 摄

玉麟前往巡查并整顿，后又命彭玉麟以钦差大臣的身份每年巡江一次。巡视期间，他狠抓军纪教育，对军官违法严惩不贷，对地方不良风气敢于整治，禁烟，禁赌，打击黑恶势力雷厉风行。促使水师军纪转好，地方民风也大为改观。当时就有民谣云："彭公一出，江湖肃然。"

第三阶段为驻粤抗法时期。法国入侵越南，虎视我西南海疆，形势危急。朝廷任命彭玉麟为兵部尚书，急赴广州筹划海防，防法军入侵。此后三年，彭玉麟一是亲临前线，巡查驻军战备状态，了解敌情，制定了以虎门为重点的防守策略。二是购买武器装备，扩充军力，加强军事训练。三是同朝廷的主和派针锋相对，力主抗法，部署冯子材率部进入越南，与法军展开激战，最后取得了镇南关大捷，收复谅山等地。此役大显了国威，为后期中法谈判增加了筹码。

光绪九年（1883年）春，彭玉麟奉命奔赴广东筹划抗法军务之际，他向皇上奏道：

"臣德薄能鲜，不知兵，尤不谙陆兵调度。治水师三十余年，我行我法，惟秉诚实无欺之血忱，不要官，不要钱，不要命。仰仗皇太后、皇上威福，得以肃清五省江面，二十余年无事。"

彭玉麟的"三不要"就出自这《奏报赴粤部署大略折》中。

一"不要官"：数辞高官，愿以寒士始，以寒士终。

彭玉麟从道光二十九年（1849年）进入大清王朝体制到他生命的终结，先后"六辞高官"：一辞广东按察使，二辞安徽巡抚职，三辞兵部侍郎，四辞漕运总督，五辞两江总督兼南洋通商大臣，六辞兵部尚书。

光绪九年（1883年）二月，朝廷任命彭玉麟为兵部尚书，彭玉麟一再向朝廷辞谢。但这一次没有辞掉，因为此时法国入侵越南，并有侵略我西南边疆之企图，朝廷命彭玉麟以兵部尚书的身份去广州防守海疆。彭玉麟感到国难当头，当以国事为重，而抗击外寇入侵正是他的宿愿。于是单骑入粤，白发戍边，及至到中法订立和约之后，彭玉麟再度巡江，再一次辞兵部尚书，才得到朝廷批准。

高官厚禄，多少官员梦寐以求，而彭玉麟弃之如浮云。

二“不要钱”：不贪公款，连朝廷给的养廉银也不要，还把朝廷给他俸禄捐献给家乡的文化教育事业。

彭玉麟不贪分文。湘军水师在攻克南京后奉朝廷之命改编为长江水师，彭玉麟奉命以兵部侍郎的身份与曾国藩主持改制，曾国藩事务繁多，各种规章的制定，财务的处理与人事安排大都由彭玉麟全权处理。当时水师还剩余六十万两白银如何处置也由彭玉麟定夺。

转制是得天独厚的捞钱机会。于是很多水师将士眼睁睁地注视这一大堆银子，期待分到一杯羹，因为转制期间稍微动点手脚就可轻易达到目的。

但他们“不幸”遇到了“不要钱”的彭玉麟，他说这白银是给国家的，是朝廷的财富，谁也别想得到分文！

他在《赋性二首》诗后自注云：“军务告竣，除已报销饷项及阵亡恤赏养伤各银外，下余应归私囊银近六十万。悉留协济长江，不敢携分厘以贻害子孙，咨明六省督抚在案。”

就是说，彭玉麟将全部银子存入钱庄，作长江水师的日后的开支，并上奏朝廷通告长江沿岸六省官府加以监督。

彭玉麟在任兵部侍郎之前，因军功卓著，朝廷命他署理知县、知府及按察使等数职，他向曾国藩再三辞谢，而曾国藩并未上奏朝廷，仍让他担任水师统领与太平军作战。这等于他还在官府里兼职。按当时朝廷制度，他可以除在湘军这边领兵饷外，还可去官府里领养廉

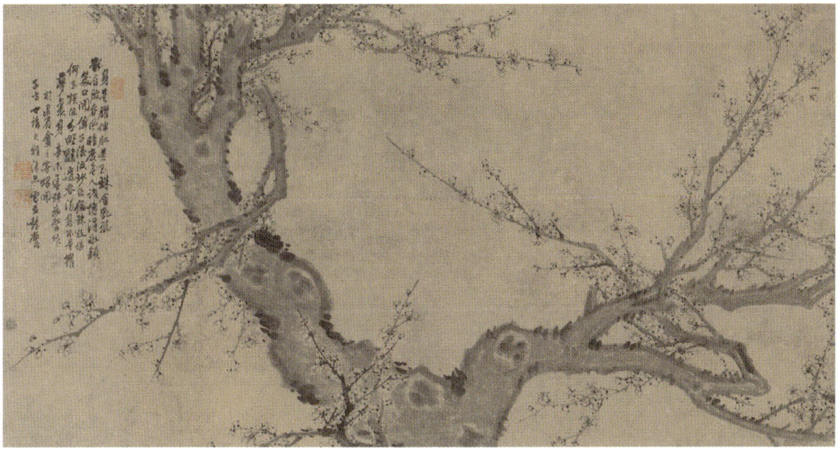

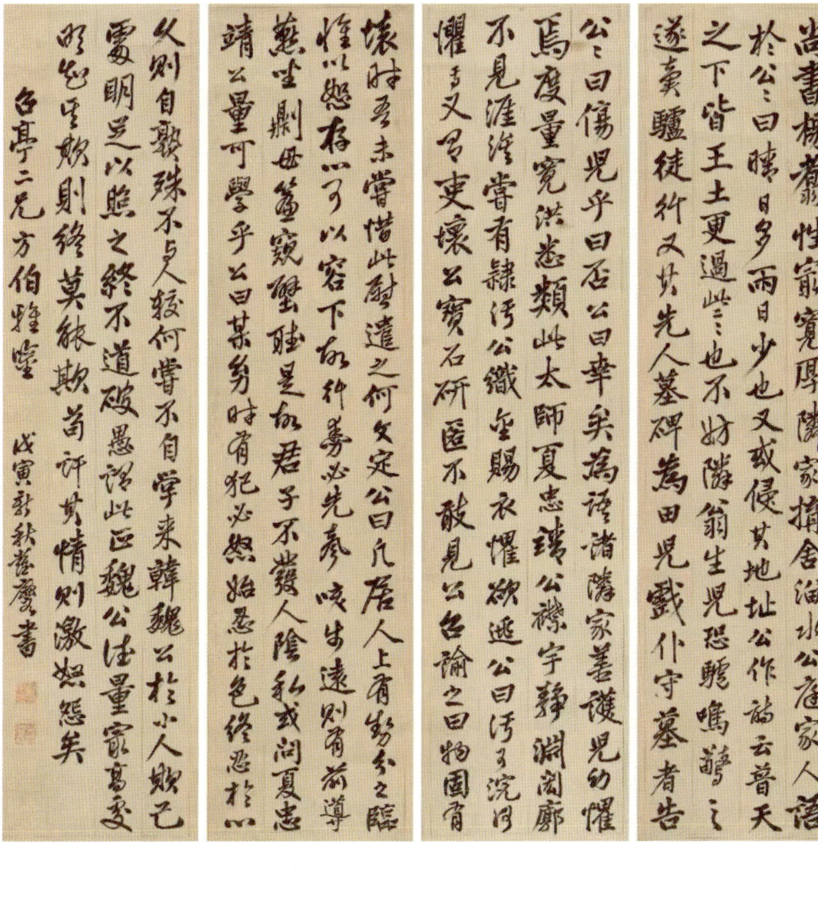

彭玉麟书画作品 资料图

银。这七八年时间，养廉银有二万两之多，而彭玉麟分文未领。

彭玉麟在广东戍边抗法，年老体衰，筹划军事，辛勤异常。到奉命撤兵，历经三年，回乡时也不要任何报酬。他在即将离开广州回杭州时上奏章《报销第二起军饷折》里这样写道：“即在粤办防三载，所有照例应领薪水公费，以及实缺廉俸，均未敢支取分毫。唯有自安寒素，勉竭愚分，以期无负天恩。”

彭玉麟不缺钱，因为湘军将领待遇非常高，按湘军的规定，湘军统领一万人以上的将军，年薪有五千四百两白银，那么彭玉麟治军十余年，没领养廉银，积累的白银也在六七万两以上。

但彭玉麟自己生活十分节俭，有钱不忘家乡，不忘公益事业，乐于资助家乡的文教事业和其他公益事业，有学者统计过，彭玉麟支持衡州府在东洲修建船山书院就捐白银12000两，助家乡办学2000两，兴宾费2000两，育婴公费2000两，修县志5000两，建造衡阳清试馆10000两，救济穷人、丁口编资费数万两。

彭玉麟故居 彭斌 摄

曾国藩上奏说："臣查彭玉麟带兵十余年，治军极严，士心畏爱，皆由于廉以率下，不名一钱……实属淡于名利，公而忘私。"

三"不要命"：为国平乱，勇往直前，多次负伤；白发戍边，不顾身体，向死而生。

彭玉麟从不贪生畏死，常教育战士不要畏惧死亡，要死中求生，向死而生，以殉国为荣，以怕死为耻。这种教育起到良好之效果，使他的水师成为最富战斗力的劲旅，他和他的士卒在江湖划舟向敌人冲击，拼死上前，面对敌人的射击，毫不躲避。如有人畏惧炮火，立即被战友耻笑，抬不起头来。太平军遇到水师，如畏猛虎，都知彭玉麟和他的士卒，是不要命的悍将猛士，难以战胜。

彭玉麟敢打硬仗、恶战，身经百战，曾三次负重伤，负小伤数十次，以致于伤痕累累，满身青紫。在攻克田家镇后，朝廷曾赐予他"勇巴图鲁（勇士）"的光荣称号。

在三年的驻粤抗法中，彭玉麟已年近七十，白发苍苍，因战伤而长期吐血，病情反复。在中法战争正式爆发后的关键时刻，他亲临虎门指挥，住在山洞里，枕戈度岁，给守军以信心和力量。他一直反对朝廷中的主和派，他是一个主战者，多次上书朝廷，要带领敢死队潜入越南，直袭法军，但没被朝廷批准。他觉得与外国侵略者拼杀，喋血沙场，马革裹尸还乡，是勇士最好的归宿。后来取得了镇南关大捷，朝廷不让将士勇追穷寇，却命令撤兵，彭玉麟深感惋惜与义愤，作诗道："扰扰干戈数载中，乾坤不信太蒙戎。将军报国头甘断，壮士从军胆亦雄。聚铁九州成大错，縻金万亿付虚空。一腔热血倾冰海，从此归家只务农。"体现了他的不畏生死的胆略和爱国情怀。

"不要官，不要钱，不要命"，是"玉麟风骨"的精神内核，是他留给后人丰富的精神矿藏。

彭玉麟是一位将领，一位军事家，同时也是一位诗人，一位书画家。他的人生是战斗之人生、诗画之人生。

《彭玉麟文集》里收集了他从十六岁到临终的诗作，可见，诗词对联的创作贯穿他的一生。

他的诗作从题材内容来看，可以分为两部分，一部分为文人诗，写的是个人情趣，人生感受，抒发的是人生感叹和家国情怀。

另一部分应为军旅诗，加入衡阳协标，参加追剿李沅发的战斗以及后来加入湘军水师平定内乱和驻粤抗法，几乎所有战事，彭玉麟都要写诗，有时是一首，有时是数首。都是他的目睹耳闻，所感所思。他的诗是他的军旅生活的纪录，可窥见湘军的战斗历程，故他的诗具有“史诗”的品格，他的战地诗歌就是一部湘军战史。除了诗的艺术审美价值之外，还具备真实客观的史料价值。

彭玉麟的诗以七律为主，古风，词等较少，用典不多，通俗易懂，酣畅淋漓，雅俗共赏，在艺术上自成一格，有其独特魅力。他还是写对联的高手，所行之处，他都进行创作对联，当时的人就评价他的对联，居当时高手前五名，可见评价之高。

彭玉麟的绘图，以画梅闻名天下，据说画梅数万幅之多。他画的梅，铜杆铁枝，繁花满树，傲雪凌霜，铮铮有英雄风骨，被称为“兵家梅花”，因风格独具而享誉至今。

彭玉麟1890年逝世时，送挽联挽诗的数以百计，高度概括彭玉麟一生的，还是李鸿章的那一联：“不荣官府，不乐室家，百战功高，此身终以江湖老；无忝史书，无惭庙食，千秋名在，余事犹能诗画传。”既写出了雪帅人生的奇特与壮阔，也写出他思想境界之高远，而且也道明，诗画艺术对彭玉麟的人生而言，亦是一种高雅的人生追求。

诗魔洛夫：“这乡音是我守护一辈子的胎记”

“而我只是历史中/流浪了许久的那滴泪/总找不到一副脸来安置”，这是诗魔洛夫《石室之死亡》中的诗句，延续了杜甫“下笔成诗，遂成千年之泪”的精神血脉，沉郁苍凉，悲天悯人，成为一个时代的隐喻。洛夫从大陆到台湾，从中国到北美，一生经历了国家、民族和个人的重重磨难和失根的漂泊，“漂泊”构成了诗人的词根，也由此累积了对社会、对人生、对自然的丰厚体验和认知，使他一生都浸泡在永恒的激情中，创作出圆润娴熟、大气磅礴的诗歌文本。“写作即是对残酷命运的一种报复。”这不仅是箴言，而是亲身经历大时代的辗压，只能以诗文见证命运和历史的一种“刺青”，或图腾。洛夫是清醒着思考的诗人，他在《建立大中国诗观的沉思》中主张：“一个现代中国诗人必须站在纵的（传统）和横的（世界）座标点上，去感受，去体验，去思考近百年来中国人泅过血泪的时空，在历史中随无情无尽的撞击与磨难所激发的悲剧精神，以及由悲剧精神所衍生的批判精神，并进而去探索整个人类在现代社会中的存在意义。”

洛夫，原名莫运端，1928年6月28日出生于衡阳东乡相公堡燕子山（今衡南县相市乡）。1949年7月赴台，1954年，与张默、痖弦创办《创世纪》诗刊，自此，他的生命与诗歌融为一体。他以毕生的漂泊写诗，对中国现代诗的发展产生了承前启后的重要影响，是世界华文诗坛泰斗，中国新诗百年最具代表性诗人之一，海内外闻名的文人书法大家，因诗歌语言诡谲奇幻，被誉为“诗魔”。

北京大学谢冕教授说：“洛夫先生是中国诗歌史绕不过的一个名字，中国诗歌史因为有了洛夫先生的加入而感到骄傲和充满了光彩。洛夫先生诗歌创作非常丰富，诗歌理论也多有建树。他是中国

洛夫先生（木刻） 张宗秋

当代影响极为深远的一位杰出诗人，他为中国诗歌史谱写了极为精彩的篇章，他的影响不仅在中国当代，而且将深远地影响整个中国新诗的未来。”

著名学者董正宇说：“20世纪以来的现代文学，真正从湖湘这块文化沃土产出且具有世界声誉的大诗人、大文学家，只有洛夫。”洛夫虽然长期漂泊、移居在台湾和海外，但其精神气质、诗歌风格打下了深深的湖湘文化烙印。故乡衡阳如同一个巨大的磁场，冥冥之中遥控着他诗歌里的文化心理定势，必然引发他浓烈的乡愁和家国情怀。

“雪”是洛夫诗歌里的重要意象，也是乡愁的象征，一直下在洛夫的诗歌里，纷纷扬扬。他在诗歌《读雪》中写道：“据报载昨晚合欢山下了大雪/读后连打三个喷嚏/很想引火/把这则新闻烧掉/就不知/能不能点燃/唯一可信的是/童年在院子里堆的那个雪人/无论如何是溶不了的。”洛夫因雪而引发了乡愁，想把新闻烧掉，因为不敢触碰内心最痛的伤——台湾合欢山的雪引发诗人对故乡衡阳的思念，归乡无望，雪人不融，则乡愁绵绵无绝期。

对于湖南大雪刻骨铭心的印象，源于童年在大雪天躲在阁楼里读书，以及那段惊心动魄的抗日游击队生涯。1944年衡阳保卫战结束后，洛夫跟着父亲和四舅回到残垣断壁的衡阳城，目睹“国破山河在，城春草木深”的凄惨景象，悲愤不已。十六岁的洛夫瞒着父亲，偷偷加入了号称“自卫别动队第三大队”的游击部队，天天吃红薯和空心菜，但他毫无怨言，仍热情高昂，参与散发传单、半夜偷贴反日标语、传达命令、看守汉奸之类的事情，颇为大队长赏识。在一个大雪纷飞的寒夜，洛夫受命潜伏到日寇军营冒险夺机枪，“差一点摸上了那位正在酣睡中的军曹的头，幸好手缩得快。再一次伸手向下摸，终于抓到了冰冷的枪管，双手慢慢地将它抱了起来，想不到一挺轻机枪还相当重，差点掉在地板上。到手后我开始蹑手蹑脚一步步向后退，等退到后院，才猛然转过身来，快步而逃。”由于这次的功劳，洛夫升为分队长。其实这个芝麻小官，手下无一兵一卒，徒有虚名，只能算是一种精神上的抚慰。半年后，日本宣布投降，抗战获得最后胜利，洛夫也就结束了为时半年多的游击生涯。但那个雪夜一直潜伏在他记忆深处，多年之后，回忆起少年时的英雄往事，仍感到背脊被冰冷的汗水濡湿。“在生命的发展过程中，童年时代的潜意识支配力量可以影响一个人的一生”，这是洛夫的观点，也是他的诗文中经常出现“雪”的意象的根本原因。

雪继续在茫然的时空中发芽，延续一种血缘上的“痛”。1981年4月，洛夫的母亲在衡阳逝世。洛夫面对突来的哀恸，没有眼泪，只有近乎麻木的怔忡，数月之后，在书房中以诗祭奠母亲的在天之灵。他在悼亡母诗《血的再版》中写道：“你可曾听见/我踏雪而来的脚步声/你可曾听见/我掩口不及的惊呼/母亲，你为什么不说话/我已在你的窗下/把雪站厚了两寸，三寸，五寸/你看，我的须眉皆已染白/当然不完全是雪/也掺有三十载的尘与土，悲凉的月”，诗人洛夫踏雪而来的脚步声，是否听见？其实是听不见的，雪可能是乡愁的，雪也可能是身上的须眉，雪也是三十年的思念，或冰冷的泪水。“你那暖如一盆炭火的拥抱/才会使我深深感知/取暖的最好方式就是回家”，“你是历史中的一滴血/我是你血的再版/千册万册/源远/流长……”洛夫在这首诗的后记中写道：“而为人子者，离家数十载不能归去，对母亲生前既未能奉养，病中不能前往探视，去世后又无法回家送葬，这真是一种无可奈何的悲哀。其实这种悲剧已在许多人身上发生过，而成了这个时代的共同经验。因此，我的哀恸也是千万中国人的哀恸，我为丧母流的泪也只是千万斛泪水中的一小滴；以小喻大，我个人的悲剧实际上已成为一种象征。”这首长诗在报纸上刊载后，引爆了台胞的思乡之情，人人传诵，洛阳纸贵。

“故国的泥土，伸手可及，但我抓回来的仍是一掌冷雾。”1979年3月16日，洛夫访问香港时，同为诗人的余光中驾车陪同他去落马洲，用望远镜看大陆，望远镜中的故国山河隐约可见，耳边响起数十年未闻的鹧鸪啼叫，声声扣人心弦。离乡三十年，游子怀乡，却咫尺天涯，诗人洛夫在落寞伤怀中写下这首为海峡两岸广为传诵的乡愁诗《边界望乡》：“……雾正升起，我们在茫然中勒马四顾/手掌开始生汗/望远镜中扩大数十倍的乡愁/乱如风中的散发/当距离调整到令人心跳的程度/一座远山迎面飞来/把我撞成了/严重的内伤……”“乡愁”在望远镜中扩大，且“把我撞成了严重的内伤”，这种化抽象为形象、化平凡为神奇的艺术手法，将“近乡情怯”的矛盾心态表现得淋漓尽致，感人至深，成为乡愁诗的代表作。《人民日报》称其“见证着两岸同胞驱散乡愁、携手逐梦的历史进程”。随着海峡两岸关系和缓，台湾当局解除“探亲”禁令，洛夫的回家之梦终于在1988年8月得以实现，终于可以在母亲坟前焚香祭拜。他在《河畔墓园——为亡母上坟小记》写道：“在黄土上跪下时/我试着伸腕/握你蓟草般的小手/刚下过一场小雨/我为你/运来一整条河的水/流自/我积雪初融的眼睛”。“积雪初融”既是眼泪，也蕴含着乡愁释放的喜悦与无言的惆怅。

两岸的交流日益频繁，阻隔海峡的“冰雪”似乎已融化。但吊诡的是，诗人回到现实中的故乡，却找不回童年的故乡，随着时间迁移，物换星移，景物的变化与人事的更迭，故乡不仅是空间物理上的地名，而是洛夫心中的精神原乡。他在散文《杨泗庙的幻影》中说："四十年来，我日趋孤绝，几乎一度使生命沦为废墟。这几年我们可以回家了，却发现乡愁竟是一种治不好的绝症，往事成了仿佛的梦境，一旦面对现实，梦便粉碎无遗。"对于故乡的乡愁，似乎演变成更多复杂而说不出来的情愫。当回乡从虚有的想象变成事实，梦被锐利的时间撕裂，面目全非，但关于童年"雪"的记忆仍是永远不可化解的乡愁。他在诗歌《夕阳美如远方之死》中说："今夕何夕/归梦与雁子同时回到衡阳/浪子的故事不一定很美/譬如/童年比雪还遥远/这种事就常发生在骨髓深藏的地方/而蚱蜢青色之/岁月，永远不死"。就这样，洛夫带着深植于内心深处的文化乡愁继续漂泊。1996年，他对台湾混乱的政治氛围非常失望，面对记者，掷地有声地喊出："我是坚决反对台独的。"随后，他移居加拿大，在那片异域雪国，过一种"孤舟蓑笠翁，独钓寒江雪"的生活。2001年，他以3000余行长诗《漂木》垂钓中华文化之根，直指生命的无常和宿命的无奈，以及海外华人独有的漂泊之天涯美学，再次震惊华语诗坛。

2004年，加拿大外交部长将出访北京，加拿大驻华使馆打电话到雪楼，邀请洛夫写一幅书法作品，以之作为礼物赠给中方。洛夫说："我平时不怎么与官方接触，这是性格使然，也是图个清静。那天接到加拿大驻中国大使馆工作人员的电话，说是彼塔部长要拜访中国外长，想挑选一件最合适、最有意义的礼品，经过反复讨论，决定请我写一幅书法作品。我很高兴地接下了这个民间外交任务。那幅书法是我独创的新诗对联：'秋深时伊曾托染霜的落叶寄意，春醒后我将以融雪的速度奔回。'除了这幅书法作品，我还送了一本诗集给李肇星外长。他也是一位诗人，爱好风雅，后来特地托人向我表示谢忱。"这两句诗出自洛夫的《故园心》："自从路咬住了月光/月光就像鞋子/咬住了我的脐带/脐带从千里之外牵着风的故乡/山高水远——滴血

洛夫文学艺术馆 罗诗斌 供图

的诗行/插上梦想的翅膀/深秋时伊曾托染霜的落叶寄意/春醒后我将以融雪的速度奔回/亲爱的故乡/你是我额头的皱纹/你是我手心的朱砂/你是我欲眼望穿的风景……”这副独创的现代诗联新颖别致，诗味浓郁，墨香悠长，表达了海外游子叶落归根、归心似箭的家国情怀，受到社会各界高度赞赏。

“为何雁回衡阳？因为风的缘故。”2012年10月30日上午，在衡南县委、县政府相关领导和诗友们的簇拥下，洛夫先生参观了位于衡南县云集街道湘江东岸刚刚落成的洛夫文学艺术馆，来自台湾的目宿媒体和吉林卫视跟随洛夫拍摄纪录片《无岸之河》和《回家》。下午，在洛夫旧居举办“故园心：影响世界的文学大师洛夫诗歌论坛”。旧居前乌桕树上的红叶迎风起舞，淡淡的秋阳穿越天井，落在青苔上，静谧而安详。或许是湖之酒（衡阳特产）的醉意，或许是烧饼的香甜，或许是久违的乡音，激活了他心底潜藏的记忆，他回忆

洛夫回衡阳 陈太仰 摄

起少年时代躲在阁楼上读古典小说《七侠五义》《三国演义》《红楼梦》的情形，那些线装的章回小说成为他文学启蒙的良师益友。黄永玉说，“一个诗人不是战死沙场，便是回到故乡。”这是诗魔洛夫第八次回乡，也是最后一次。后来，他从台湾给我寄来了为诗魔烧饼题写的商标“诗魔的乡愁”与诗歌《回乡偶书》：“你问我从哪里来？/风里雨里/茅店鸡鸣里/寒窗下的灯火里/从丢了魂的天涯/从比我还老的岁月里/有时也从浅浅的杯盏里/孩子，别说不认识我/这乡音/就是我守护了一辈子的胎记”乡音与乡情，是潜伏在洛夫耳廓里的一块小小平衡骨，而诗歌是他对付残酷命运的一种报复手段，他一生漂泊，一生都在诗歌里还乡。2023年6月28日，在洛夫先生诞辰95周年之际，洛夫文学艺术馆在诗城云集正式开馆，那漂泊的诗歌，终于回归故乡衡阳。

洛夫说：“生命的价值不能以时间的长短来衡量，只要心中有诗有爱，瞬间即是永恒。”洛夫的诗，不仅是对1949年去台的那两百多万人命运的象征性沉思，也是对现代人类命运的终极性思考，但其最终指向的仍是精神原乡的故国家园与中华文化。洛夫说：“活在海外的中国人，究竟家在哪里？人在什么地方，家就在什么地方，国也就在什么地方，但根始终在中华。”洛夫还说：“我的中国诗心永远不移，我的中国语言永远不改，我血管里哗哗流淌的华夏血液永远不能改变我是台湾诗人，更是中国诗人的身份。我的文化身份，我的中华诗魂永远不变。”

琼瑶，本名陈喆，1938年4月20日出生于四川成都，祖籍湖南衡阳，中国当代作家、编剧、影视制作人。1942年，随父母回到湖南衡阳祖屋“兰芝堂”居住。1949年，随父母由大陆到台湾生活，中学时开始写作生涯。1954年，以心如为笔名发表小说《云影》。1963年，出版首部长篇小说《窗外》并成名。1964年，出版长篇小说《烟雨濛濛》与小说集《六个梦》等作品。1975年，出版长篇小说《在水一方》。1985年，进入影视剧制作行业，推出电视剧《几度夕阳红》并大获成功。1989年，出版自传《我的故事》。1990—1993年，制作的电视剧《婉君》《梅花烙》等播出。1998年，编剧并参与制作的电视剧《还珠格格》播出，后获第17届中国电视金鹰奖最佳长篇电视连续剧。2001年，编剧并参与制作的电视剧《情深深雨濛濛》播出。2018年，整理出版《琼瑶全集》。2019年，完成长篇小说《梅花英雄梦》。

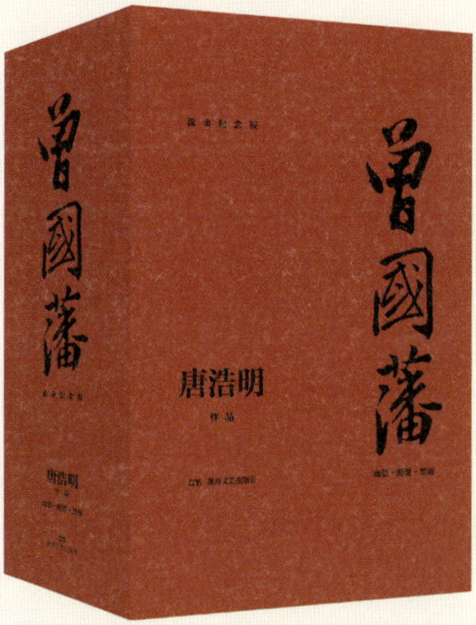

唐浩明，1946年出生于湖南省衡阳市，著名作家、学者，岳麓书社首席编辑、湖南省作家协会名誉主席。毕业于河海大学和华中师范大学，获得硕士学位。唐浩明的职业生涯涵盖了编辑和写作多个方面，包括编辑《曾国藩全集》《胡林翼集》《彭玉麟集》《20世纪湖南文史资料文库》等近代历史文献，以及创作长篇历史小说《曾国藩》《杨度》《张之洞》等。他的作品不仅在国内广受好评，也在国际上产生了深远的影响，其中《曾国藩》被《亚洲周刊》评为20世纪华文小说百强之一，并获得了首届姚雪垠长篇历史小说奖。

第十篇

当文化成为地域的血脉与标识
成为比时光活得更长的符号
当乡愁堆积如山，这些取自于家乡
最朴素的食材，也会如宝塔般
矗立在每个人的味蕾
——刘阳《衡阳土头碗》

文 林新华 陈曦 张文凯

农田与村落 彭斌 摄

风物记

衡阳，是一块充满生机和希望的神奇土地。这里资源丰富，物产众多，是全国著名的“有色金属之乡”“非金属之乡”和“鱼米之乡”。金、银、铜、铁、铅、锌、煤、岩盐、高岭土、钠长石等百余种物质，储量丰富，在国内外占有重要地位。衡阳是一座历史悠久的制造老城，是湖南省的工业重镇，华菱衡钢、恒飞电缆等一家家老牌企业陆续落地生根，凯新特种材料、华意机械等一个个锐意进取的新企业正不断强大。衡阳的农业生产发达，生态环境优良，是全国重点建设的粮、油、猪、鱼、水果基地。

衡阳拥有着绚烂多彩的非物质文化遗产，穿越历史长河，承载着世代相承的艺术与美学，把衡阳这片广袤而博大的土地装点得如此多娇。

中国工业闪耀衡阳智慧

在中国，乃至世界工业发展的棋盘上，衡阳都是一颗闪亮的棋子。

在人类工业文明进程中，衡阳和衡阳人从未缺席。

“衡阳造”，从古到今都是一份骄傲。

从中国最早的农耕农具、酃清贡酒，到古衡州窑、金属冶炼；从衡州铸币、筷子洲造船，到抗战时被誉为中国“小上海”；从毛主席对衡阳工业的发展给予高度关注，到“北有沈阳，南有衡阳”的赞誉；从“湖南工业三分天下衡阳有其一”，到“衡阳造”走出国门、飞向太空……

制造业的一些中国标准、世界标准，来自于衡阳标准。

工业制造的基因，深深融入衡阳发展的血脉。

衡阳，向来被誉为兵家必争之地。

兵家看中的地方，自然是一个极其重要的地方。更为难得的是，这里又是一个孕育工业的摇篮。资源丰富、交通发达、人才荟萃……她拥有工业发展的一切条件。

正因为这样，衡阳自古就是工业重镇！

在人类工业文明进程中，衡阳和衡阳人一直是伟大的贡献者。

远古时代，神农创耒于衡阳，用工具革命开启了华夏农业文明新篇章！

东汉时期，衡阳人蔡伦发明造纸术，开启了世界文明的新纪元！

大宋朝时，水口山地区就有开采有色金属的痕迹，这个地方如今被誉为“世界铅都”“中国铅锌工业的摇篮”。

清朝末年，一代名臣曾国藩在筷子洲造船，中国海军的雏形从此诞生。

……

这些都是衡阳制造业发展的碎片化辉煌史。

衡阳从古至今，百业发达，制造业是中流砥柱。

白沙工业园 彭斌 摄

在古、近代之后，梳理衡阳工业的发展脉络，有四个时间段决定着衡阳工业的走向和辉煌。

这四个时间段是：战时繁荣阶段（1938年至1944年），全面建设阶段（1949年到20世纪末），转型升级阶段（20世纪末至21世纪初期），创新发展阶段（党的十八大以来至今）。

这四个阶段，奠定了衡阳工业发展的辉煌历程。

循着四个阶段的脉络，我们看到的是衡阳工业起起伏伏、一路前行的坚毅足迹。

1937年，抗战全面爆发。一直是兵家必争之地的衡阳，成为重要的军事基地。

20世纪30年代，粤汉铁路和湘桂铁路在衡阳交汇，并设粤汉、湘桂两大铁路管理局，曾管辖湖南、湖北、江西、广东、广西五省份铁路。与发达的铁路交通路网一样，此时的衡阳制造业发达、城市兴盛。

上海沦陷前，许多工业企业开始大批量内迁。衡阳特有的地理位置和资源禀赋，使得当时的衡阳成为全国工商业关注的地方。

工业内迁的选择地，衡阳是较好的城市。一大批企业开始内迁到衡阳，据史料记载，到1943年3月，衡阳规模工业企业达到了215家，仅大型机械工业企业就超过30家。

这些企业的到来，让衡阳成为当时的全国中心城市之一。

这一时期，衡阳的工业产值一度排名全国前列，形成了较为强大的工业生产能力，为抗日战争作出了巨大贡献，同时也给衡阳工业的发展，打下了初级阶段的基础。

当时的衡阳社会、经济、文化快速发展，被称为战时中国“小上海”。

一场衡阳保卫战改变了衡阳，也改变了衡阳工业的发展史。

为阻挡日军进攻衡阳，作为交通要道的粤汉铁路衡阳湘江公铁大桥也被炸毁。

千年古城被夷为平地，战后的衡阳，从曾经的“小上海”，变得满目疮痍，工业自然被损毁殆尽。

抗战之后，又是国民党发动的内战。

战乱使得衡阳工业由曾经的辉煌走向没落。

三

一座城市工业的发展，不仅要具备诸多条件，更要有精神的支撑。

战乱对衡阳工业的发展，带来了毁灭性的打击，但衡阳工业的精神，并没有因为这场惨烈的战争而消亡。

精神不亡，事业必兴。

衡阳解放后，百业待兴。

1949年10月，全市只有4家小工厂和248个小作坊，从事小五金生产和修配工作，年产值仅3530万元，衡阳是一个百业凋零的城市。

中华人民共和国成立后，政府通过没收官僚资本、征管和接收外国在华资本，建立起国营经济。同时，对私营经济实行利用、改造的政策推动发展。

为了发展好工业，衡阳制定了“工业立市”的发展战略，全市因此进入了国民经济恢复时期。

衡阳工业开始快步前行。

1952年，全市工业总产值比1949年增长79.0%，年均增长21.5%。

这一时期，基础十分薄弱的工业得到一定发展，为“一五计划”的实施奠定了坚实的基础。

国家“一五计划”时期（1953—1957年），全市着手实行手工业合作化和私营工业的社会主义改造，到1957年末，社会主义改造全面完成，“衡阳建湘”“衡拖”等企业得到了发展，工业总产值达到1.82亿元，比1949年增长3.86倍，年均增长21.9%，高于同期全国平均水平4个百分点。

衡阳钢管厂、衡阳中药厂、衡阳市清水塘铅锌矿、衡阳界牌瓷厂等一批重点项目在此期间、或随后建成投产，初步搭建起了衡阳工业化的骨架，全市工业行业门类逐步齐全，生产规模明显扩大，工业经济全面恢复发展，为促进全市经济建设起到了积极作用。

1960年1月，毛泽东同志所乘专列在衡阳周家坳火车站停留时，专门听取衡阳工业生产情况汇报，当得知衡阳工业发展的良好态势，他动情地说衡阳“将来会更好”。

著名作家柳青在长篇小说《创业史》中，写出“到衡阳当工人去”的潮流！

《人民日报》等新闻媒体开始关注报道衡阳工业的态势，衡阳工业再一次显示出发展的韧性。

面对高消耗、高成本、低质量、低效益的企业，衡阳在发展工业的同时，注重工业经济的可持续发展。认真贯彻落实“调整、巩固、

恒飞电缆 周围 摄

充实、提高”八字方针，对这些企业实行关停并转等有效措施予以调整。

与此同时，为了推动工业的大发展，组织开展电力、煤炭、农机、钢铁、化肥等五大工业会战以及大力发展轻纺工业等办法，给衡阳工业的发展带来了更多机会。

衡阳轧钢厂、湘衡盐矿、272厂、710厂、自行车厂、无线电总厂（现北方光电）、衡山专用汽车制造厂等一批民用和军工企业纷纷落地，相继建成投产，使得衡阳工业发展有了新的内涵，为全市工业经济的进一步发展奠定了基础，工业增长速度明显加快。

衡阳工业的发展，一直是以优质的产品来树立丰碑。

衡阳自行研制开发了牙轮钻机、连续铸钢机、井下铲运机等一批重要工业产品，生产了中华牌锁具、工农牌手扶拖拉机、芙蓉牌手表、湘江牌自行车等数千种名优产品，其中有许多国家级名优产品。

改革开放初期，衡阳的“三转一响”（飞雁缝纫机、芙蓉手表、喜鹊自行车和雁峰牌收音机）等工业品牌成为新婚家庭的标配。

湖南的第一台手扶拖拉机就是衡阳生产的，当时市场流行一句话：“湖南农机看衡阳，衡阳农机看小拖。”

衡阳工业经济再一次迎来高光时刻，工业产值最高时占全省29.6%，因此创造了“湖南工业三分天下，衡阳有其一”的奇迹。

全市工矿企业出现万马奔腾、突飞猛进的生机勃勃景象。

“北有沈阳，南有衡阳”，衡阳再一次成为全国耀眼的工业重镇！

三

发展从来都不会没有阻力和波折。

衡阳工业的发展，也没有例外。

在世界工业转型的道路上，衡阳同样步入了这个必经的赛道。

从计划经济转入市场经济的大潮中，一些企业开始举步维艰，它们中有的轰然倒闭，有的却冲出重围。

这个时期是阵痛与新生的过程，犹如凤凰涅槃。

为了提升企业活力，帮助企业实现更好更快的发展，衡阳开始不断深化改革，赋予企业更大的自主权，推动企业大发展。

1984年，衡阳被确定为全国综合改革试点城市，全市积极推进体制改革，通过扩大生产经营自主权、落实经济责任制等措施，调动企业发展的积极性。

当建立社会主义市场经济体制作为经济体制改革的方向被确定后，衡阳迅速抓住这一机会，按照改革的目标，开始放手发展经济，加大企业改制力度。

据资料表明，全市从1988年开始股份制试点，至1997年实行股份制改造企业17个，其中上市公司3个，占全省上市公司总数的1/6，上柜公司10个；一批企业进行现代企业制度建制试点；25家企业实现了兼并联合；82个市县工交企业进入破产程序。

改革带来了活力。

1992年至1998年期间，衡阳工业总产值年均增长22.8%。

改革没有停息的时刻，它永远在发展路上。

随着我国加入世贸组织，对外开放程度持续提升，国内企业面临全球化的市场竞争，各大城市之间的竞争愈发激烈。

衡阳作为全国26个老工业基地之一，面对着巨大的改革压力。

衡阳以更大的步伐，加快实施企业改制，大力开展招商引资，在“一企一策”“靓女先嫁”“挂大靠强”等措施的推动下，先后完成229家企业改制任务，引进富士康、特变电工、香港建滔等130多家企业；新建省级以上工业园区11个，白沙工业园区、松木工业园先后开园……

在新型工业化的统揽之下，衡阳逐渐形成了输变电制造、有色冶炼、钢管深加工、盐卤化工、汽车及零部件、电子信息6大支柱产业。

衡阳多种所有制经济共同发展的格局基本形成，优质的资本、优秀的人才和先进的经营模式等不断进入衡阳。

改革为工业发展带来了新的动力，增强了更大的活力，工业发展显现出前所未有的热潮，工业总产值开始大幅增长。

据资料显示，2003年至2012年，衡阳工业经济实现跨越发展、科学发展，全市工业总产值年均增长23.8%，增加值年均增长22.7%，增加值增幅最高年份（2007年）增长28.8%，其余年份增幅都在20%以上，成为新中国成立以来衡阳工业发展的黄金期。

四

衡阳工业，有着光辉的发展历程。

曾经有人骄傲地总结，衡阳的工业门类之齐全，比一般的国家还要多。

作为中国26个老工业基地的衡阳，2020年数据统计，在国家划分的41个规模工业大类中，已覆盖37个行业大类，行业覆盖面达90.2%。

“衡阳造”更是上天入地，名传中外：在这里诞生了第一套重力选矿机、第一台环境噪声检测器、第一台牙轮钻机、第一台连铸钢机、第一台井下铲运机、第一台100千瓦工业光纤激光器等420余项全球领先、中国第一（首台、首套）。

中国第一颗原子弹爆炸、三峡工程、神舟飞天、嫦娥登月、天问探火、深海钻探等一批代表中国高度、中国深度的大国重器研制都有着“衡阳造”的元素。

这样的城市在中国不多，在世界同样不多。

工业兴则衡阳兴，工业强则衡阳强。

因此有人说，衡阳的骄傲在工业，衡阳的潜力在工业，衡阳的希望在工业。

党的十八大以来，衡阳千方百计引领全市加速工业复兴。

工业复兴的衡阳，推出了实施振兴实体经济和工业原地倍增计划等一系列推动发展的战略决策，加速企业的转型和发展。

中核、中国五矿、中兵装、比亚迪等一批世界500强、中国100强企业纷至沓来。

衡钢、建滔化工、南岳电控、衡阳中药、雁峰酒业等一批企业通

比亚迪生产车间 王皓永 摄

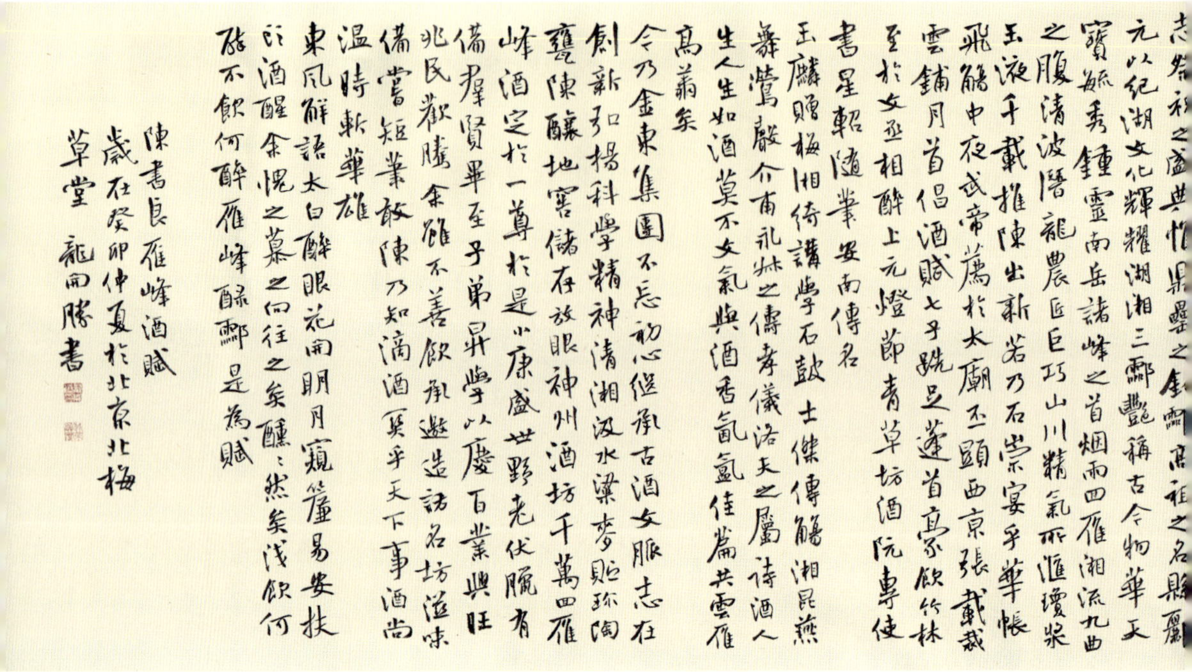

《雁峰酒赋》陈书良 撰 龙开胜 书

过改革发展，实现了跨越式发展。

始建于1958年的衡阳雁峰酿酒总厂，系湖南省白酒生产骨干企业，全国酒类著名品牌企业。2006年8月，被金东集团收购，更名为湖南雁峰酒业有限公司，助推了雁峰品牌的发展壮大，其推出的回雁峰1960、雁峰馆藏6号、雁峰1958大师班分别斩获了2021年、2022年、2023年“布鲁塞尔国际烈酒大奖赛”金奖，填补了衡阳市白酒在国际烈酒专业品质大赛领域的空白。2023年继荣获中国白酒行业首批、湖南省第一家“中国白酒酒庄”称号后，又荣获了湖南省工业遗产荣誉称号，列入湖南省第六批省级非物质文化遗产代表性项目名录，成为湖南省第二批高新技术企业。

始建于1956年的衡阳中药厂，经过不断改革，变身为古汉中药有限公司，成为上世纪湖南第一家医药类上市企业，目前是启迪药业集团股份公司的核心子公司。企业一直致力于传统中医药经典名方和验方的研发，生产、销售，目前拥有五大剂型中成药和药食同源大健康食品近百个品种，其中的“古汉养生精”，处方传承于长沙马王堆出土的《养生方》，被列为国家级秘密技术，是国家中药保护品种，湖南省非物质文化遗产，“古汉”商标获评中国驰名商标，公司成为国家高新技术企业、湖南省农业产业化龙头企业、湖南省小巨人企业和湖南省医药产业链重点企业，是获评全国“五一”劳动奖状、“国家级绿色工厂”企业，衡阳市唯一的“中华老字号”企业。

从一张白纸开始的金杯电缆，1956年生产出了湖南省第一根塑料电线。1984年，公司塑料电线产品获得国家产品最高质量奖——“银质奖”。1985年拿到了我国第一张电工产品认证证书。1987年所生产的市话电缆被国家机电部指定为“替代进口产品”。2020年荣获“全国质量标杆企业”“湖南省省长质量奖”。2023年荣获“全国电器工

衡阳特变5G工厂 彭斌 摄

业标准化企业”“国家绿色工厂”等重磅荣誉。

金杯用七十余年的拼搏，铸就“线缆湘军”品牌。如今，其家装电缆产品销量位居全国第一，金杯牌家装电线已成为家喻户晓的家装电线品牌。凭借其产品和服务质量，金杯电缆已服务我国超三分之一的高铁工程项目，助力我国迈入“高铁时代”。其中，曾服务全球首条智能高铁京张高铁、国内首条中低速磁悬浮铁路长沙磁浮快线、国内首条长距离高铁干线武广高铁等知名线路。企业实现了从手工小厂到中国中西南部地区电线电缆行业龙头企业的华丽“蜕变”。

比金杯电缆晚两年成立的恒飞电缆，同样是一家了不起的企业，一直专注于电线电缆行业，目前已经发展成为中国大型综合性电线电缆制造企业、国家火炬计划重点企业，恒飞电缆不断提升自主创新能力，积极服务“大国重器”，彰显制造实力，长期为中国航天发射火箭承担特种电缆生产,在“长征”系列火箭、“神舟”系列宇宙飞船、“天宫一号”目标飞行器、“嫦娥”系列探月卫星的发射中作出了杰出贡献。

曾位列中国“四大变压器厂”之一、有着70多年历史的衡阳变压器厂（现为特变电工衡阳变压器有限公司，简称衡变公司），通过改制发展，其研发的产品不断超越自我，领先世界。

这个企业生产出了世界上最高电压等级最大容量1500MVA/1000kV特高压变压器，被誉为“国之重器”，其特高压技术站在世界之巅。

2021年12月2日，由衡变公司自主研制的国内首台最大容量10兆瓦海上风电塔筒变压器，打破了外资企业在大功率海上风机市场的垄断。

特变电工生产的特高压变压器在全球市场占有率达40%以上，排

世界最高电压等级最大容量的1500MVA/1000kV特高压变压器
World highest voltage level and largest capacity 1500MVA/1000kV Ultrahigh Voltage Transformer

衡阳特变电工 罗盟 摄

名全球第一；我国已建成运行的39条特高压线路中，有29条线路使用的是衡变公司的输变电装备。

衡阳输变电产业目前已有80家规模企业集群集聚，全产业链规模近300亿元。超高压变压器领域创造了38项世界第一、104项全国第一，已成为独步世界的国家名片。

正是因为这些众多的优秀输变电企业，所以有人说出了——“中国输变电看湖南，湖南输变电看衡阳。”

在输变电发展的同时，衡阳还有一系列在国内外赫赫有名的企业——衡钢一直是湖南钢铁产业链的重要环节，湖南钢铁集团旗下三子之一。

创新发展是衡钢的路径，正是因为不断的开拓创新，衡钢海底管线管创造中国海管铺设新纪录，刻下1542米“中国深度”。

衡钢在钢管领域创造了19项关键核心技术，拥有了18项世界和中国纪录。

2020年，衡钢正是因为在解决重点领域“卡脖子”和瓶颈问题等方面取得突破和创新成果，登上中国工业界“奥斯卡”领奖台，荣获第六届“中国工业大奖表彰奖”。

衡钢集团已成为全球第五、全国第二大的专业化无缝钢管生产企业，其主营产品无缝钢管出口100多个国家和地区，出口比约为50%。

衡阳化工同样有中国榜样企业。

如果进行追溯，在新中国成立初期，一大批化工企业就曾在衡阳崛起，衡阳建衡化工厂就是其中之一。

历经变迁发展，建衡化工已改制成为衡阳市建衡实业有限公司（下称建衡实业）。建衡实业可谓浴火重生，从过去的单一产品，到如今依靠自主研发为主，走上了全面发展的道路。目前已成为全国铝铁盐行业生产规模最大、工艺技术及制造装备最先进的龙头企业，亚洲最大的铝铁盐水处理剂生产基地，产品国内市场占有率已多年稳居第一名，并出口30多个国家和地区，走出了一条从濒临倒闭的老牌化工厂到全国铝铁盐龙头企业的辉煌历程。

在化工行业，有“北石化，南盐化”之说，指的是湘北岳阳的石化产业和湘南衡阳的盐化产业。这两个产业都是湖南化工行业的名片，也在中国化工行业中占有举足轻重的地位。

说到衡阳工业，水口山是一个不能不提及的地方。

这个地方有湘江穿境而过，地下蕴藏着丰富的铅、锌、金、银、铜、硫等45种矿产资源。其中，铅锌居全国之首，黄金储量占湖南省一半以上。

常宁地方志记载，早在宋朝，水口山地区就有开采有色金属的痕迹，及至1896年，水口山正式开启官办采掘。

目前，水口山经济开发区形成了以水口山有色金属集团、五矿铜业、株冶有色三大龙头企业为引领，36家规模企业为支撑的有色金属产业集群，园区列入湖南省首批“五好”园区。水口山有色金属产业列入湖南省17个先进制造产业集群。

如今，这里被誉为“世界铅都”“中国铅锌工业的摇篮”。

据2023年的统计表明，衡阳全市制造业领域拥有百亿级企业1家（衡钢集团）、五十亿至百亿级企业4家（五矿铜业、株冶有色、水口山有色、金杯电工）、十亿至五十亿级企业26家。

截至2023年底，全市累计培育国家制造业单项冠军企业（产品）4家（湖南机油泵、建衡实业·明矾、特变电工·500kV抽水蓄能变压器、南岳电控）、国家专精特新“小巨人”企业36家、省级专精特新企业254家。培育湖南省长质量奖企业2家（特变电工、建衡实业）、湖南省长质量奖提名奖企业2家（合力工业车辆、水口山有色）、湖南省工业质量标杆企业3家（南岳电控、湖南机油泵、金化科技）。

衡阳正全力推进规模工业企业创新研发活动全覆盖，全市有研发活动的规模工业企业占比达56.47%。目前，全市拥有省级企业技术中心86家，其中国家级3家；省级制造业创新中心1家、省级产业技术基础公共服务平台2家。

全市现有省级及以上产业园区11家，其中国家级2家、省级化工园区4家。衡阳高新区先后获批国家大中小企业融通型特色载体、全国第三批大众创业万众创新示范基地，白沙绿岛产业园获评省级高新区，湘南纺织服装产业园被列入省“十四五”重点培育发展的特色园区。

为推动企业发展，衡阳的公共服务平台不断健全，促成省“湘企融”第一家区域性平台落户衡阳；在全省率先实现市、县两级中小企业公共服务平台全覆盖，国家级中小企业公共服务示范平台——市中小企业服务中心平台运营指标连续三年居全省第一，连续四年评为全省最受欢迎窗口平台。目前，衡阳共有市级及以上中小企业公共服务平台14个、中小微企业创业创新基地17个，其中国家级平台（基地）3个。

衡阳工业是中国工业的缩影，也是铸造中国工业许多辉煌的地方。

五

进入新时代，衡阳依然是中国制造的重要棋子。

今天的衡阳，更需要加快工业的发展，才能担当起国家赋予的重任。

2017年2月，《国务院办公厅关于批准衡阳市城市总体规划的通知》明确，衡阳是湘南地区中心城市。

2020年12月，湖南省提出，支持衡阳建设省域副中心城市。

2021年4月，《中共中央 国务院关于新时代推动中部地区高质量发展的意见》明确提出，促进衡阳等区域重点城市经济发展和人口集聚。

几年来，衡阳的发展定位实现了从湘南地区中心到湖南省域副中心再到国家区域重点城市的“三连跳”，成为国家区域协调发展战略中的重要一环。

衡阳市已被纳入长株潭衡“中国制造2025”试点示范城市群。

湖南要打造国家重要先进制造业高地，作为省域副中心城市、国家区域重点城市的衡阳，重任在肩、责无旁贷。

2023年7月27日，中国共产党衡阳市第十二届委员会第五次全体会议通过实施“制造立市、文旅兴城”发展战略，加快推进区域中心化进程的意见。

未来工业，一定是一条“高端、智能、绿色”之路。

面向未来，抓住机遇，挺立潮头，衡阳以发展新质生产力为动力，借助投资布局华南地区的“桥头堡”、粤港澳大湾区辐射内陆的“集散地”这一优势，大力引进现代化、环保节能的工业技术和平台，为实现全市的经济转型、二次创业，提供了清晰的目标和道路。

衡阳工业的未来之路，就是坚持以习近平新时代中国特色社会主义思想为指导，聚焦“制造立市”这一主攻方向，围绕“一核两电三色四新”十大主导产业加速集聚，形成输变电、有色金属、盐卤化工、钢管及深加工、电子信息、汽车零配件等6大在全国或全省有比较优势的特色产业，主动融入中部地区产业集群（基地）发展，因地制宜培育和发展新质生产力，持续擦亮核技术应用等产业名片，全力推动输变电装备产业集群争创国家先进制造业集群，引导盐卤化工新材料、钟表、黄花菜加工、纺织服装等产业集群创建国家和省级中小企业特色产业集群，着力构建富有衡阳特色和优势的现代化产业体系。

为帮助企业发展，衡阳正持续开展骨干企业“原地倍增”专项行动，细化“原地倍增13条”政策措施，推动存量企业扩能升级，打造一批十亿、五十亿、百亿企业；建立健全优质中小企业梯度培育体系，分层培育、分类指导，引导更多中小企业走专精特新发展之路；深入开展“新增规模以上工业企业”行动，持续推动个转企、小升规，培育产业发展新动能；全力做好全国中小企业数字化转型、智能网联汽车“车路云一体化”应用等试点城市申报创建工作；以深入实施“智赋万企”行动为抓手，加快推进5G基站、数据中心等新型基础设施建设，支持龙头企业建设国家级数字化转型试点示范项目，打造一批智能工位、智能制造产线（车间）和智能制造业企业；积极稳妥推进工业领域碳达峰工作，加快推进衡阳工业绿色化低碳发展；积极筹办线上工业博览会，加大“衡阳制造”和产业招商推介力度。

衡阳未来工业的发展，将是一条坚持“产业链建设和数智赋能”两手抓，紧盯“高端化、智能化、绿色化”三大方向，大力实施“产业集群发展、企业梯度培育、园区提档升级、创新能力提升、绿色安全发展”五大行动，奋力建设先进制造业示范区和现代产业强市。

衡阳工业的发展，又一次步入转型之路。

一切都在向“高端化、智能化、绿色化”方向发展。

衡山科学城 罗盟 摄

与工业经济血肉相连的衡阳数字经济，从2022年开始，连续两年跻身数字城市全国百强榜单。2023年与上海市、杭州市同获DWC数字世界贡献奖——城市奖。

衡阳工业的发展，再一次走向高光时刻。

从2021年开始，衡阳连续三年上榜全国先进制造业百强城市。

衡阳工业赓续“红色血脉”，正奔跑在新型工业化道路上，以大踏步向前发展的姿态，实现历史性跨越，为工业强国之路贡献自己的力量。

千年古城，衡阳工业依然呈现出青春的气息，彰显出勃勃生机。

衡阳非物质文化遗产

具有2000多年历史的衡阳，文化底蕴深厚，是湖湘文化的重要发祥地。在漫长的历史进程中，先辈们在这片神奇的土地上，留下了大量弥足珍贵的非物质文化遗产。

衡阳传统文化的血脉来自何处？本土文化中不可忽视的几个重要元素符号，便是它的生命源泉和母体胞衣。

一是祭祀文化。祭祀文化起源于先民对山川的原始崇拜。民间祭祀主要分为团体祭祀和家庭祭祀两种。团体祭祀的对象是地方神。在衡阳，这种祭祀的对象主要是祝融神，也就是衡阳本土的地方菩萨——圣帝。时至今日仍然可以时常在南岳看到有组织的、规模庞大的外地进香团。家庭祭祀，则主要是感念大自然的恩赐而举行的祭祀，如祭祀灶神、祭祀土地神。在普天同庆的春节，家家户户都会举行隆重的祭祖活动，祭拜列祖列宗，感念祖先恩德，祈祷其“庇佑儿孙”。

二是农耕文化。相传炎帝站在衡山之巅，极目远眺，发现一段首尾欲接而未接的河流，当地人称之为“金线吊葫芦”。炎帝喜出望外，在此掘地翻土，称之为“耒”，被称为“神农创耒”。如果说，炎帝的这个故事只是传说，那么学者考证出的农耕文化标志性创始人物与衡阳关联紧密可谓铁证如山了。

三是火文化。八百里衡山连绵起伏，七十二峰中祝融是它的主峰也是至尊。祝融还是姓氏和火神。在中华民族始祖黄帝时期，它是负责司火的火正官，也是一个可以世袭的职位，所以后世子孙以祝融为氏。因为衡阳是火神祝融的诞生之地和纪念之地，近水楼台先得月，火文化对衡阳文化的影响可谓深远。

颇具特色的地方戏剧

衡阳的地方剧名目繁多，主要的有这样几种。

皮影，也称影子戏，是一种摹拟戏曲的民间艺术，从形式到内容，拟人戏而成，为广大群众喜闻乐见。特别是遍布衡山县及周边地区的衡山影子戏，历史悠久、特色鲜明，是中国南派皮影的典型代表，作为“中国皮影”的一部分，2014年被联合国教科文组织列入《人类非物质文化遗产代表作名录》。衡山影子戏以二人包打包唱的形式演出为主，其演唱的腔调是地方方言的四平调，广泛吸收了戏曲音乐、佛教、道教音乐和民间小调的营养成分，圆润甜美，独具特色，为传统音乐的发展提供了丰富的原始素材。在影型制作上以纸影为主，融合了剪纸、绘画、雕刻等多门艺术的精华，造型美观，惟妙惟肖，十分逼真。

衡阳湘剧。作为湖南省地方大戏剧种，至今已有600余年历史。遍及湘南17个县市及江西、广东、广西等地，有广泛的分布地域跟强大的群众基础。演出风格以昆腔为主，高腔、弹腔及杂曲小调多声腔并重，具有“昆曲艺术本土化、文戏与武戏并重的谭派表演艺术、多声腔共存的一戏三唱”等独特的戏曲艺术表演形式；具有粗犷、阳刚、细腻婉转、富有个性的戏曲艺术表演特点；具有戏剧艺术的“活化石”之称，在中国戏剧中艺术价值极高。2006年6月，衡阳湘剧被国务院列入“第一批国家级非物质文化遗产保护名录”。

祁剧。产生于湖南祁山之南的古祁阳县（今祁东县、祁阳县）境内，旧称祁阳戏、祁阳班子、“楚南戏”。中华人民共和国成立后，定名“祁剧”。据宋代大词人晏殊对祁阳“俗尚弦歌”的记载和有关资料考证，“祁剧起源于唐代，盛于宋代”，经过数百年的传承与发展，形成了一个以弹腔为主，高腔、昆腔及杂曲小调兼有多声腔剧种，流布于湖南邵阳、衡阳、永州、郴州、怀化以及江西、福建、广西、广东、贵州、新疆等地。属全国范围内历史最悠久、影响最大、流行地域最广的地方大戏剧种，形成“祁阳子弟遍天下”的鼎盛局面，为广大人民群众所喜闻乐见。尤其是祁剧的目连戏被称作中国“戏祖”“戏娘”“活化石”，是我国拥有目连戏最早的剧种，可以说，祁剧是博大精深、蕴藏量十分丰富。2008年，祁剧被列入国家第二批非物质文化遗产保护名录。

衡州花鼓戏。明末清初湘南地区流行的民间小戏剧种，以衡阳地方方言为舞台语稍加提炼而形成的湘南花鼓戏独一流派。音调高亢、热烈、抒情，有浓厚的乡土气息和田野山歌风味，表演形式贴近生活是衡州花鼓戏的基本艺术特点。衡南、衡阳、耒阳、常宁一带叫“马灯”，攸县、茶陵一带叫“地花鼓”，安仁、永兴一带叫“花灯”，各地叫法不一。1954年根据湖南省文化局意见统称衡阳花鼓戏。1982年，在筹备撰修《中国戏曲志·湖南卷》时经过论证协商，将流行在湘南各地的花鼓戏统称为衡州花鼓戏。2010年，衡州花鼓戏被列入国家第三批非物质文化遗产保护名录。

丰富多彩的民间艺术

两千多年的文化传承，使得衡阳逐渐形成了包括民间音乐、传统舞蹈和美术在内的丰富多彩的民间艺术。

民间音乐。民歌是人类历史上产生最早的语言艺术之一。我们的祖先,在生产劳动中，创造了音乐，唱出了最早的民间歌曲——劳动号子。原始的民歌,，同人们的生活息息相关。

“岳北山歌”流传于衡山岳北的涓江河畔及周边地区，通俗易懂，生活气息浓郁，其高亢优美的音乐旋律、简约风趣的演唱形式，充分体现了山歌艺人的睿智、诙谐和豪爽的性格。特别是演唱时全用岳北地方方言，更是圆润甜美，独具特色，深受人民群众的喜爱。“岳北山歌”的旋律风格独特，高亢悠扬、高音假唱、自由发挥、每个音符像泉鸣幽谷一样流淌出原始的风韵，让人从听觉上感觉到仿佛置身于层峦幽境、山谷泉旁，顿使人心旷神怡，忘忧涤虑。2012年，岳北山歌被例入湖南省第三批非物质文化遗产保护名录。

湘江渔歌是千百年来湘江流域渔民们打渔时唱的民歌，随编随唱，调子多样，展现了湘江边渔民的日常生活场景，是具有浓厚地方特色的传统音乐形式。每一年发春水，出鱼苗的季节，渔歌就开始唱了起来，连绵不绝，唱响了整个湘江。

传统舞蹈。龙舞源于古代人对龙的崇拜。龙舞最初是作为祭祀祖先、祈求甘雨的一种仪式，后来逐渐成为一种文娱活动。到了唐宋时代，龙舞已是逢年过节时常见的表现形式。每逢有大节日、大庆典，

舞龙表演　张志伟 摄

及出会巡游等，必有龙舞助庆。衡阳龙舞各具特色：活跃在衡南东乡的衡南七巧龙舞耍法善于变化，便于舞蹈，短而活、舞而巧，流行于衡山县店门、祝融、九观及南岳周边一带的衡山拜龙，因以席草制作而成，又称席草龙，源于明朝初期，距今已有500多年历史，是我省湘南地区唯一将舞龙娱乐与祭祀拜神完美结合的民间传统舞蹈，极具地域特征和文化表现力。流传于衡阳县台源镇台九村肖家大屋一带的九市稻草龙，展示了九市劳动人民用稻草编制稻草龙的聪明智慧，表达了九市劳动人民在丰收后的喜悦心情，通过舞龙的方式表达了劳动人民奋发向上的精神，祈求国泰民安、风调雨顺、五谷丰登、人兴财旺的朴素愿望。流传耒阳北乡的大和滚地龙又名涌神龙、芋子龙、伏地鳖，有大鼓大锣壮其声威，又有唢呐配合动作。粗中有细、刚中带柔，同时还配有故事队，扮演“桃园三结义”“哪吒闹海”等诸类故事中的人物，饶龙灯边舞边唱，起源于祁东县白地市镇老白地市村板凳龙，用打草鞋的板凳当龙舞起来，自娱自乐。还有地处常宁市罗桥镇西南方的石盘鸡毛龙、南岳的纸龙舞等。

雕刻是最古老的艺术形式之一。衡阳的雕刻主要是木雕。其中以石市竹木雕、祁东木雕、南岳古建筑雕刻最具有特色。

石市竹木雕始发于秦汉之前，至汉代，已经具有相当的规模和水平，明清时期竹木雕刻艺术发展走向顶峰，距今已有二千多年历史。石市竹木雕从题材、刀法、造型、美学等方面都具有自己的特色，以佛教文化和山海经的神话故事等为题材。刀法细腻、洒脱，线条流畅、舒展，造型奇巧、立异、奇特，形态逼真、生动，具有很好的审美价值和鉴赏价值。

祁东木雕历史悠久，据考证有1800多年历史。祁东早期木雕是木工的一种技艺，木工老师傅大多精于“雕花”。随着时代的发展，木雕逐渐从传统木工中分离出来，祁东木雕成为湘南地区民间工艺美术的一个重要分支。祁东木雕大量使用海南黄花梨、越南黄花梨、小叶紫檀、老山檀、沉香、小叶黄扬等珍稀木材雕刻工艺品，雕工精细，色泽天然，纹理别致，格调高雅，其作品在省外被称为“湘作”，省内称为“祁作”，形成了“湘工祁雕”的品牌。

南岳古建筑雕刻是以传统祠庙建筑木质构件为主要载体的雕刻艺术。历史可追溯到唐宋时期，始建于隋唐时期的南岳庙是中国江南最大的古建筑群，素有“江南第一庙”“南国故宫”之称，南岳古建筑雕刻有平雕、浮雕和镂空雕等多种表现雕刻技法，主要雕刻工艺步骤包括下料、绘图、打孔、铲底、锯边、打胚、修光、打磨、上色、安装等。木雕纹样以民间故事、古典人物、奇花异草和龙、凤、麒麟、狮像等飞禽走兽为主。由于南岳浓郁的宗教文化氛围，传统祠庙建筑内摆放的神像、神龛等，也是南岳古建木雕不可分割的部分。

世代守护的传统医药

中医药传统文化是中国传统文化的重要组成部分，它是一种综合的医学系统，包括中草药治疗、针灸、推拿按摩、饮食疗法、气功等多种治疗方法。

南詹正骨疗法，又名“茅芦正骨医学”。詹顺庭（字善丞）祖辈皆为镖师，习得中医骨伤治疗术，家族世代相传，清代晚期，核心传承人詹顺庭在继承祖传骨伤术的基础上，精研瑶族骨伤术，将瑶医正骨传统的理、夹（固定）术与汉族的离、吊（牵引）术及自创理经刀、鹤嘴钳复位、三角板架固定、子午流注给药原理等正骨治疗方式有机结合。又先后于滇、黔、赣、粤等省遍访名师，博众家之长，独创“南詹正骨疗法”。

贺氏脏腑筋骨消痛膏系中国传统膏药。膏药，旧称薄贴，是中国传统中药的五大剂型之一，源于魏晋，完善于唐宋，兴盛于明清，清朝已经发展成为普遍的民间医药，是常用的中医外治之一。清朝嘉庆年间，一宫庭御医为逃难流落到现今的湖南省衡阳市祁东县步云桥，当地乡士贺仕斌带其回家赡养。为表感谢，御医主动拿出绝活脏腑筋骨消痛膏制作技艺传授给贺仕斌，并收其为徒，贺仕斌得其真传。

椿树堂继先膏。由太平曾氏先人曾成章先生于清雍正年间所传，第五代传人曾继先先生损益其祖传配方，继先膏自雍正年间曾氏远祖曾成章先生以来，二百六十余年间，由曾氏一门父子秘传，一代只传一人，代代创新，开拓其功，增强其效，涵聚了曾氏一门七代的医学成就，其炼制工序达十三道之繁，所用药物亦调整为六十四味之巨。尤其制法独特，不同世流。临床医疗中疗效显著。

古汉养生精。配方出自1972年长沙马王堆西汉古墓出土了三大稀世珍宝之一的竹简医书《养生方》。“辛追夫人”能够千年容颜不变，与当时的医学有着密切的关系，代表着当时最高医学水平的《养生方》，无疑具有极高的医学研究价值。当时党和国家的领导人指示：要好好研究，古为今用。中医研究在国内处于领先水平的湖南中医研究院和衡阳中药厂担负起《养生方》科技攻关项目，根据古汉《养生方》医理，经过13年的不断研究，结合现代先进的科学技术，上万例的临床实验，终于在1986年，研制出了——古汉养生精片。古汉养生精片是国家一级保密处方，中药保护品种。

匠心独具的手工技艺

坛下乡铜锣制作技艺——可追溯至三国时期。据民间传说和史料记载，耒阳市坛下乡铜锣制作技艺起源于三国时期，刘备南下入蜀，派先锋张飞驻守坛下，其时随军工匠将北方金属冶炼技术传入，至今则有1700多年历史。流经坛下乡的春陵江畔及其附近地区拥有丰厚的铜、锡资源，为当地金属冶炼技术的发展提供了基础和保障。考古资料显示，该地在春秋战国时期便已加工制作铜质兵器、生活器皿等。《耒阳市志》载：“（坛下圩）清代即以加工铜器而出名。”

界牌釉下五彩瓷——是以衡州窑老窑堆技艺起家，在衡州青花瓷和釉里红的基础上，历经千年的衍变和发展。据史料记载，清朝雍正末年，衡阳县界牌镇的王芝塘发现瓷泥矿源，道光年间又新辟界牌国庆瓷泥矿源，开始建窑生产。自此，当地陶瓷产业逐渐向界牌镇转移，正式拉开了近代瓷业的转型序幕。界牌釉下五彩技术生产的瓷器，釉面晶莹润泽，釉胎白里泛青，色彩绚丽雅致。并具有耐磨擦，耐酸碱，无铅毒，耐氧化，永不褪色等特点。可说集胎质美、釉色美、工艺美、形体美、装饰美于一身，融艺术性、观赏性、文化价值于一体，具有古彩、新彩、粉彩、喷彩不可比拟的优点。

酿酒技艺——衡阳的酿酒历史可以追溯西汉，《水经注》卷三十九载：“酃县有酃湖，湖中有洲，洲上民居彼，人资以给酿，酒甚醇美，谓之酃酒，岁常贡之。”酃酒，即酃湖之酒，以其酿酒之水取自酃县（衡阳在西汉至东晋时期称酃县）湘江东岸耒水西岸的酃湖而得名。在北魏时就成为宫廷的贡酒，而且还被历代帝王祭祀祖先作为最佳的祭酒。中国古代十大贡酒之一，也是中国历史上最早的名酒，至今已有千年的历史。《后汉书》有引文记载：“酃湖周回三里，取湖水为酒，酒极甘美”。

雁峰酒酿造工艺——起源于2100年前利用稻米酿制的“醑”贡酒。千百年来，雁峰酒酿造技艺操作重点靠眼观、鼻闻、口尝、手摸；靠师傅的言传身教和徒弟的实践领悟而相传。

衡阳美食 彭斌 张志伟 摄

蛋
昇汇缘当
53

衡阳美食：食在衡阳，味甲一方，衡阳美食众多，极具特色，是湖湘美食文化的重要支柱。衡阳土菜以独特的“鲜辣美”吸引着八方食客，每个县都有自己的招牌菜。还有君玲水磨元宵、东乡糖人、冠市红豆腐、五谷粑、茅市豆腐、岐山栗子豆、衡阳烧饼、祁东黄花菜等特色食品和产品，让人在细细品尝中感受到那份独特的衡阳味道。

风格独特的民俗文化

除春节、元宵、清明、端午、中元和中秋这样全民族的传统节日以外，衡阳范围内地方性的民俗还有很多，贯穿百姓的日常生活，承载着祖祖辈辈的记忆。

南岳庙会。南岳为中华五岳之一，南岳的朝香文化可谓源远流长，从大禹南岳烧香祈祷上天赐金简玉书、得治水之法算起，已有四千余年。南岳庙会规模宏大，内容丰富，参与者甚众，在整个中国南方影响很大。传说天符大帝每年农历五月十七日下凡，到衡山一带为百姓收瘟治病。南岳在这前后半月内举行各种各样的宗教、民俗活动，以示庆贺。整个庙会以“三星点吉祥”活动拉开序幕，戏班陆续开进南岳，在古镇四街和大庙内搭台唱戏，持续半月之久。佛道两教各自举行大型法会，高僧大德也云集南岳，或讲经说法，或参学受戒。历经千年演变，现代南岳庙会除常规的宗教活动以外，主要是经贸活动、旅游观光和文化娱乐。每年从大年初一抢头香开始，其活动自春节开始贯穿全年，尤以春节为盛。南岳庙会是文化部全国首批最具影响力的春节民俗活动，也是目前得湖南省非物质文化遗产项目。

赶分社。赶分社是为纪念华夏始祖炎帝神农氏而兴起来的一种民俗活动。衡阳境内有草市赶分社、渣江春社等。每年春分时节，周边县市乃至江西都有货商乘船或赶陆路，蜂拥而至。各地都会按照历史

南岳庙会　罗盟 摄

火灯节 张志伟 摄

沿承下来的习俗举行隆重盛大的庆典。庆典活动周期较长，自二月上旬始，少则七天，多则月余。除了开台唱庙戏，还有木偶戏、皮影戏、耍龙舞狮、闹花灯之类的表演。此时，四面八方的人们纷纷赶来进行商贸活动，为即将到来的春耕生产做准备，助推节日气氛。

界牌火灯节。界牌火灯节始发于明朝永乐年间，距今已有600多年历史。由于当时地方连年遭受虫灾，时圣寿寺寿佛托梦人们玩耍灯火可以消灾，于是人们自发玩耍火灯，果然虫灾消除，收成如意。以后每逢农历二月初七晚上，人们为消灾免难，祈求一年风调雨顺、农业生产丰收、社会平安和谐，自发性地玩耍火灯。这项活动在1953年后中断。进入新世纪以来，界牌人自发组织重建圣寿寺，于2002年起开始重新举办火灯节，已连续成功举办十几届，逐渐成为当地盛大节日活动。

常宁荷花灯会。起源于清朝康熙年间。当时医疗技术不发达、卫生环境较差，人们多灾多病。康熙九年的中秋节那天，常宁板桥街的街长傍晚途经柏坊街，看到当地群众耍荷花灯求平安保健康，便召集乡亲效仿。起初，大家把灯放在从池塘采摘来的荷花里，沿街玩耍，然后置于河面任其随波漂荡。那年板桥街平安和谐，人们更加信仰此事。从此，中秋之夜耍荷花灯是必行之习俗。

丰富的衡阳特产

衡阳物产丰富，这里有祁东酥脆枣、祁东黄花菜、西渡湖之酒、常宁茶油等4个国家地理标志保护产品，还有金甲岭萝卜、衡山红脆桃、衡阳台源乌莲、衡阳湘黄鸡、耒阳大和草鱼、寺门前猪等6个国家地理标志农产品，还有11个中国地理标志集体、证明商标，分别是常宁无渣生姜、耒阳红薯粉皮、耒阳烟叶、船山烟草、衡南烟叶、耒阳油茶、祁东槟榔芋、南岳云雾茶、衡阳鱼丸、祁东黄花菜、三樟黄贡椒。

祁东酥脆枣

祁东县以其千年的枣树种植历史，孕育出了一种别具一格的鲜食枣新品种——祁东酥脆枣。它的果皮薄如蝉翼，果核细小如豆，肉质酥脆可口、甜中带香。它在每年的金秋八九月间成熟，因此得名“中秋酥脆枣”。

祁东县作为南方枣的传统产区，其枣树种植历史可追溯至千年之前。而上世纪八十年代末，当地人在那颗历经沧桑的百年古糖枣树上发现了神奇的芽变枝条，这无疑是祁东酥脆枣选育的重要起点。1992年，祁东县新丰果业有限公司敏锐地捕捉到了这一机遇，开始利用二年生芽变枝条作接穗，开展系统的选育研究工作。经过长期的自然选择与人工培育，祁东酥脆枣逐渐形成了其独特的品种特性，并于2005年通过省级科技成果鉴定，被认定为湖南省高新技术产品，这是对其独特魅力和科技含量的充分认可。

近年来，祁东县依托其得天独厚的生态优势，大力推动酥脆枣等特色农产品的发展。政府整合资金和资源，多方位、多层次地打造祁东酥脆枣的特色品牌，将枣业生产作为农业经济的支柱产业来抓。举全县之力，做大、做强、做特枣产业，让祁东酥脆枣焕发出了新的生命力。

如今，祁东酥脆枣的种植面积已达6万余亩，有超过1.4万人从事酥脆枣的种植和相关产业。祁东酥脆枣鲜枣及枣酒已被列为“全国消费扶贫产品目录”，成为了传递爱与希望的甜蜜使者。

祁东酥脆枣不仅承载着千年的种植历史和文化传承，更在当代焕发出了新的光辉，成为祁东县一张亮丽的名片和农业经济的支柱产业。

祁东黄花菜

祁东种植黄花菜的历史悠久，可追溯至明朝。当地村民发现野生黄花菜可鲜食后，便开始移植栽培，并创造了独特的黄花菜蒸制技

黄花菜 曹正平 摄

术。这一技术代代相传，使得祁东黄花菜色泽鲜亮、根根饱满。到了清朝年间，黄花菜已成为了地方上的特色美食和向朝廷进贡的贡品。如今，祁东黄花菜以其色泽金黄、香味浓郁、口感鲜甜而著称，不仅在国内享有盛誉，还远销东南亚、日本、澳大利亚等地区和国家。

近年来，祁东县在黄花菜产业化方面不断创新，从种植、加工到宣传推广，产业不断做大做强。通过科技创新和品牌建设，祁东黄花菜的产品质量和市场竞争力不断提升，为当地农民带来了实实在在的经济效益。同时，祁东县还积极推进黄花菜主产区乡镇基础设施建设，新建黄花菜示范基地，促进了全县黄花菜产业绿色高质量发展。祁东黄花菜先后获得“国家地理标志保护产品”“省十大名优农产品品牌”“省十大农业区域公用品牌”等，列入湖南省“一县一特”重点产业名录。

一根黄花菜，半部祁东史。黄花菜不仅是祁东农业的支柱产业，更是祁东人民精神的象征。它包容含蓄、顽强拼搏、与人为善的精神特质深深融入祁东人民的精神血脉。

西渡湖之酒

湖之酒，作为中国南方传统名酒的代表，拥有悠久的历史和独特的文化魅力。它起源于西汉时期，盛于三国，历代均作为贡酒，历经两千多年的历史沉淀。

湖之酒，最早取自酃湖水酿造而成，具有“色泽鲜明、醇厚绵香”的特点，其制酒技术被北魏贾思勰在《齐民要术》中记载为“酃酒法”。后来，“酃酒法”逐步传播开去，成为衡阳余庆人家过年必备的佳酿。

西渡生产的湖之酒，生产工艺非常讲究，选用当地特有的麻矮糯为原料，采用自制饼药（酒曲），酿造过程严格遵守“五不加”原则，即不加水、不加糖、不调香、不着色、不加添加剂，保证了酒的纯正口感和营养价值。

与其它地方产的湖之酒相比，西渡湖之酒酒体晶莹透亮、光泽鲜明，馥郁醇香浓郁，口感鲜甜、浓而不腻、清明爽快，具有不上头的风格。它营养丰富，含有人体必需的多种氨基酸、钙、铁、锌、硒等微量元素。

20世纪50年代初，西渡湖之酒生产得到快速发展。1951年，西渡酒厂（后称湘南酒厂）成立，专业生产湖之酒，并以“西渡湖之酒”冠名，生产规模、产销量及产品质量得到全面发展和提升。至1998年，年产量已达到800余吨，销售额达到1800万元。2014年，原国家质检总局批准对“西渡湖之酒”实施地理标志产品保护。

2018年，湖南酃渌酒业黄酒产业园项目启动，年产3万吨西渡湖之酒生产基地在衡阳县西渡高新区成立，标志着西渡湖之酒生产规模进一步扩大。

常宁茶油

常宁，是一片被油茶林浸染的土地，这里被誉为中国的“油茶之乡”。常宁油茶，以其悠久的历史、优良的品质和丰富的文化内涵，成为了当地的一张璀璨名片。

追溯历史，常宁油茶的栽培历史可追溯至两千多年前，其深厚的底蕴和独特的魅力，让这片土地上的每一寸都散发着茶油的芬芳。得天独厚的地理环境、亚热带季风气候和酸性土壤，为油茶的生长提供了理想的条件，使得常宁茶油油质优良、色泽清亮、香味浓郁，被誉为东方的“橄榄油”。

油茶基地 彭斌 摄

近年来，常宁市以建成“中国油茶第一市”为目标，大力推动油茶产业发展，出台了一系列政策扶持和资金投入，使得油茶产业得到了快速发展。如今，油茶林面积已达到百万亩，年产茶油量屡创新高，年产值更是突破数十亿元大关，彰显了油茶产业的辉煌成就。

常宁茶油的生产经营已形成规模化、标准化、产业化的发展模式。这里的油茶开发企业、专业合作社和种植大户众多，他们流转林地，带动近十万农户参与油茶产业建设，共同书写着油茶产业的繁荣篇章。2014年，“常宁茶油”荣获国家地理标志保护产品，品牌影响力进一步提升。

漫步在常宁的油茶林中，那一片片翠绿的树海仿佛诉说着千年的故事。从栽培到采摘，从榨油到销售，每一个环节都充满着专业和热情。这里的油茶林不仅是一道美丽的风景线，更是当地农民持续增收、巩固脱贫成果、助力乡村振兴的重要法宝。

常宁油茶的魅力不仅仅在于其经济效益，还在于其生态和文化价值。油茶林作为生态产业，发挥着维持水土、涵养水源、净化空气的生态作用。同时，油茶文化也在这里得到了传承和发扬，四届中国（常宁）油茶旅游文化节吸引着众多游客前来感受茶油文化的魅力，品尝茶油独特的风味。

如今，常宁油茶已经远销海外，成为湖南省茶油首次出口美国的产品，代表了中国高端茶油的品质。这不仅是对常宁油茶品质的认可，更是对这片土地上勤劳和智慧的人民的赞誉。

走进衡阳，才能了解衡阳；寻味衡阳，才能品味衡阳。无论是常宁的茶油，还是祁东的黄花菜、脆枣，或者是醉人的湖之酒，以及最抚慰人心的美味和丰富多彩的非物质文化，这些都是我们一次又一次来衡阳的理由。

“雁到衡阳不南飞，客到南岳不思归。”这句诗便是呈现衡阳风物、体现衡阳魅力的最好诠释。

后 记

千里湘水，于此交汇三江；一脉衡山，于此独秀五岳。以湘江为镜，衡山为屏的美丽衡阳，氤氲开自然的笔墨，在山水之间挥毫着诗意之境。

寿比南山，雁鸣衡阳。作为第三届湖南旅游发展大会的承办地，衡阳正以饱满的热情、如画的美景等待和迎接大家的到来，我们也相信衡阳丰富多彩的故事，以及这里温暖且浓烈的人间烟火，定会不负踏足这里的每一位客人。

雁城衡阳，这座英雄城市，这片红色热土，这方文化底蕴深厚的宝地，这里诞生了众多杰出人物，这里也见证了世事变迁与风云激荡。为配合支持第三届湖南旅游发展大会在衡阳举办，我们策划出版这本融媒体图书《衡阳传》，全书分为十个篇章，以文字、图片、视频等方式，多角度记录衡阳的厚重历史，回顾在这片土地上发生的重大事件，书写诞生于此的人物故事，呈现大美衡阳的壮丽风光。

本书的编写，感谢各位撰稿老师和摄影老师的辛勤付出，在大家共同的努力下，我们得以在较短的时间内，尽可能的把衡阳各个方面的内容呈现给读者朋友。当然，限于篇幅和水平，本书内容难免挂一漏万，衡阳的人与事，衡阳的美丽与精彩远不止于此，这本书算是展示大美衡阳的一扇窗口，让大家了解衡阳多了一种选择。

本书的出版，得到了衡阳市委宣传部、衡阳日报社及衡阳各县市区宣传部门的大力支持；中南出版传媒集团和湖南电子音像出版社付出辛勤劳动。在此一并表示感谢。

编 者

2024年8月

图书在版编目（CIP）数据

衡阳传 / 胡丘陵主编. -- 长沙 : 湖南电子音像出版社, 2024. -- ISBN 978-7-83004-555-5

Ⅰ. I25

中国国家版本馆CIP数据核字第20240JV542号

衡阳传 *HENGYANGZHUAN*

主　　编：胡丘陵　　责任编辑：傅　蓉　曾　散　朱　懿
副 主 编：陈群洲　　技术编辑：王　枢　钟　瑛
出 版 人：黄永华　　责任校对：刘德华
出版统筹：曾　散　　装帧设计：杨发凯　张　剑

出　　版：湖南电子音像出版社
网　　址：www.kuaidianting.com
地　　址：长沙市营盘东路3号
邮　　编：410005
经　　销：湖南省新华书店
印　　刷：湖南天闻新华印务有限公司
开　　本：787mm × 1092mm　1/16
印　　张：20
字　　数：186千字
版　　次：2024年8月第1版
印　　次：2024年8月第1次印刷
书　　号：ISBN 978-7-83004-555-5
定　　价：78.00元

如有印装质量问题，请与我社生产服务中心联系调换。
联系电话：0731-82228602